燕赵文艺名家丛书·文学

张峻 著

秋忆
张峻散文选

河北出版传媒集团
河北教育出版社

图书在版编目（ＣＩＰ）数据

秋忆 : 张峻散文选 / 张峻著 . -- 石家庄 : 河北教
育出版社 , 2025.3. -- （燕赵文艺名家丛书：文学）. -- ISBN
978-7-5545-9096-6

Ⅰ . I267

中国国家版本馆 CIP 数据核字第 2025VR7061 号

燕赵文艺名家丛书·文学

秋忆——张峻散文选

QIUYI——ZHANG JUN SANWEN XUAN

作　　者　张　峻

出 版 人　董素山

选题策划　汪雅瑛

责任编辑　管非凡　赵　萌

特约编辑　赵鑫雅

装帧设计　郝　旭

出版发行　河北出版传媒集团

　　　　　河北教育出版社 http://www.hbep.com

　　　　　（石家庄市联盟路 705 号，050061）

印　　制　石家庄名伦印刷有限公司

开　　本　787 mm×1092 mm　　1/16

印　　张　15.25

字　　数　203 千字

版　　次　2025 年 3 月第 1 版

印　　次　2025 年 3 月第 1 次印刷

书　　号　ISBN 978-7-5545-9096-6

定　　价　78.00 元

序言

文化兴则国家兴，文化强则民族强。燕赵文化源远流长、博大精深，形成了慷慨悲歌的燕赵精神，孕育了灿若星河的文艺名家。他们立时代之潮头、发时代之先声，传承着河北文艺的优良传统，书写和记录着人民的伟大实践，为河北文化事业的繁荣发展做出了巨大贡献。

星河灿烂，艺道日新。为了继承和发扬老一辈文艺名家的宝贵精神，发挥好他们在文艺创作道路上的"传帮带"作用，推动文艺繁荣发展，河北省坚持以习近平文化思想为指导，组织实施了文艺名家推出工程、中青年文艺人才"秀林计划"、文艺后备人才"春苗行动"、文艺名家情系河北"故乡创作计划"，通过每年为文艺名家出版专著、召开研讨会、成立工作室等方式，支持名家开展创作、发展事业，鼓励名家收徒传艺、扶携后辈，勉励新一代文艺工作者见贤思齐、接续奋斗，努力形成河北文艺事业长江后浪推前浪的生动局面，构建"老中青梯次衔接、省内外交相辉映"的人才格局。

作为文艺名家推出工程的重要内容，省委宣传部会同省文联、省作协开展了"燕赵文艺名家丛书"的编辑出版工作，按照"一人一书"的原则，为我省文艺名家出版作品集或个人专著，集中展示文艺名家的创作历程、

秋忆　张峻散文选

1

奋斗精神和创作成果，强化文艺名家的行业引领效应，带领人才成长、带动文艺事业发展。首批文艺名家包括张峻、尧山壁、封秋昌、蔡子谔、刘小放、边国政、梅洁、刘家科、何玉茹、傅剑仁、谈歌等11位著名作家，以及边发吉、旭宇、郑一民、铁扬、孙德民、曹贤邦、刘瑞新等7位著名艺术家。

择一事，终一生。这18位著名作家、艺术家，是河北文艺发展的实践者和见证人，代表着一个时代的文艺水平和精神。他们用一生的文艺实践，走出了一条扎根时代、扎根人民的创作之路；他们用无愧时代的精品，绘就了欣欣向荣的文艺画卷；他们用发自内心的真诚和热爱，传递了生生不息的文艺薪火。全省广大文艺工作者要以名家为榜样，不忘初心、牢记使命，不负时代、不负人民，创作更多思想精深、艺术精湛、制作精良的优秀作品，热忱描绘新时代新征程的恢宏气象，书写生生不息的人民史诗，奋力攀登新时代文艺新高峰！

编委会

2024年9月

目 录

说爹 　　　　　　　　　　　　　/1

记弟 　　　　　　　　　　　　　/37

追忆二姐 　　　　　　　　　　　/61

秋忆 　　　　　　　　　　　　　/76

伊河的诉说 　　　　　　　　　　/85

紫塞故里几沧桑 　　　　　　　　/90

山魂探秘 　　　　　　　　　　　/105

长城永不倒 　　　　　　　　　　/108

难忘息烽 　　　　　　　　　　　/115

挨挤的滋味 　　　　　　　　　　/118

室友蔫大成 　　　　　　　　　　/121

我的"留学"生涯 　　　　　　　/124

秋忆　张峻散文选

秋祭　　　　　　　　　　　/139

心灯　　　　　　　　　　　/145

想念浩然　　　　　　　　　/153

一个甲子的深情　　　　　　/158

上学　　　　　　　　　　　/162

庙影　　　　　　　　　　　/165

乡根　　　　　　　　　　　/169

漫忆那片神圣的故土　　　　/174

大红灯笼遍山村　　　　　　/178

永远的林中草地　　　　　　/181

涅瓦河上的心灵之歌　　　　/185

伊犁之美　　　　　　　　　/187

尽展文学的春天　　　　　　/193

让想象展翅翱翔　　　　　　/196

苦土的路　　　　　　　　　/199

富士山下说箱根　　　　　　/211

阿诗玛印象　　　　　　　　/214

美的怡然　　　　　　　　　/218

"过桥"的风味　　　　　　　/222

孔雀西南飞　　　　　　　　/226

追船的云儿　　　　　　　　/231

说 爹
——我的亲情梦之一

一

从我开口学说话，娘就教我叫爹，从不叫爸或别的什么。

爹，是老家对父亲的称呼。

祖根在山东蓬莱，那儿也一定叫爹，祖传嘛！

打我记事，爹在我眼里就是黑煞神。身板宽厚、敦实，光头，两腮黑黑的大蓬胡茬，眼睛不大，眼珠黑亮，似两颗圆溜溜的黑油豆——瞪人时，纹丝不动；暴怒时，像放箭，凶光闪烁。全家十多口人，谁都怕他，谁都被他打过，包括我的叔婶。尽管家人常被他打，还是谁都尊重他，有时还心疼他，因为他是不容置疑的"大当家的"、顶门户主。对外有什么事，他都扛着：包括区村办事员、警察狗子、牌甲长们，有事都找他；有时要挨剋、挨吊打、被关押，他都得承受，甚至奋不顾身。这时候，全家人都替他提心吊胆；他不顺心时，拿家人出出气，也该当，谁都听任爹打骂。

记得我刚懂点儿事时，一哭闹、耍歪，哥姐们就嚷一声："爹回来啦！"

吓得我死猫一样，合眼闭嘴，静无声息，一动不动了。

我稍大一些，每到傍晌或傍晚的饭前，常被娘或老婶撵到大门口瞭哨："看你爹露影没？一露影，你就跑回来吭一声。"

我不知道娘婶们为啥要这样，许是要把该做的事做得更好，在爹的面前讨个笑脸？

二

爹并不总是一副凶相。对外人，对来客或亲戚往来，他也会笑脸相迎；尤其被亲友请去"随礼儿"，几盅酒下肚回来，脸儿红扑扑的，挂满笑容，话也特别多，千年谷子万年糠，啥都往外秃噜。

"说啥日子艰难？我小时候，那才真的艰难！一年到头，糠菜填肚，还常空着半副肠子。临年了，家里没一星点儿年味儿，哥姐们就扒着墙头，去闻邻居家撒黏米糕的香味儿。你们爷爷见了，气得一脸铁青，大声吼散我们。随后，他垂头提个筛子，去别人家的场院里，筛人家不要的黏谷糠。筛拣出糠里的碎石、土块，提回家半口袋，又在大水盆里漂洗干净，然后放到锅里翻炒，炒干了，就去找碾子轧烂，再用细箩筛；筛了再轧，一连轧、筛三遍，才将细糠面儿装进袋，提回屋。你们爷爷和别人家撒年糕的做法一样，大锅烧开水，放上笸子、蒸布，看到蒸布上满气了，就一把把地往笸子上撒糠面，一层又一层。随着锅里的糠面热气蒸腾，那香香的蒸黏糠味儿，就和真年糕一样，香气直拱鼻子，我和姐弟们乐得拍手跳高，急盼着黏糕起锅。

"锅盖揭开了，满屋都是黏糕香味儿。

"几双小眼瞪得溜圆，盯着你们爷爷手里的刀。锅里的'蒸糕'很快被切成一个个小方块，你们爷爷就把小方块盛进一个个碗里。我们端起碗，饿狼般地用筷子一夹，小方块立马碎成细面儿，只能用筷子往嘴里划拉。

"咋样？你们爷爷忙问。

"我们异口同声：香！真香！就是……拉嗓子，咽不下……

"你们爷爷看我们伸长脖子硬往下咽，他像笑又像在哭，眼泪已经糊住眼圈……"

爹还常说起他十三岁就给人家扛小活。主家还是远房亲戚，让爹拿小活的工钱，跟扛大活的人一样下地。爹干农活儿回来外加喂牲口、烧火、扫地、哄孩子，稍有怠慢，就挨主家的打。有一回，把他打急了，他装作逃跑，慌不择路，故意去狠踩主家新媳妇的三寸小脚，那新媳妇疼得"嗷"地号叫，"扑通"倒在地上去揉小脚尖……

爹还多次说："你们爷爷过世时，我和你们叔伯们都还年轻。哥四个分家，全部家当就一个小牛犊、五块苶子（秫秸篾编织物，苶粮食用）。你们大爷仗着个儿大胳臂粗，就把这点儿家产独吞了；你们三叔一气之下，去当了奉军；我领上你们小老叔——我俩都属牛，那年我十九（爹是清朝光绪十五年即1889出生的），你们老叔才七岁，我们俩一边打零工一边讨要。隆化北边、围场南边的各村落都跑遍了，临了落脚在隆西楠木沟，给一户主家耪青——就是开垦山荒地，前三年不交租，以后对半分粮。我累到三十四岁，才算蹬住脚步，成家立业……"

爹说的成家，就是娶我娘进门。

那年我娘才十五，爹三十四，爹大我娘十九岁。在那个年代实属罕见。爹说起这，还面含羞涩。他说："按当时，岁数大得忒离谱。我比你们姥爷小一岁，比你们姥姥还大一岁，你们娘是你们姥姥的头生闺女。那时候，你们姥爷和我相邻耪青，他听说我人实诚、肯受累，也算知根知底。"

爹说起这，总不忘加一句："这婚事还真得感谢宋恒！"

宋恒与他们一块耪青。人热情，爱成全人，嘴头子功夫硬，能比苏秦"顺说六国"。那边，愣夸我爹，还给我爹瞒了八岁；这边，苦苦劝说我爹："别傻了！算你挣下金山银山，炕上没女人，地下没孩子，成天苦扒苦拽，有啥意思？"

记得1962年，我带着妻小回家过春节。年三十晚上，爹酒足饭饱之后，喜盈盈地端坐在热炕头。我三弟的头生儿子爬向爹的怀前，爹一探身，就把这个不满周岁的孙儿抱在怀里。我禁不住一惊，记得我们姐弟五人，从小到大，爹从没抱过任何一个，这在全村留下话柄："张二爷一辈子没抱过亲生儿女。"现今对隔代人咋就破了他的老例？踌躇间，我的正上幼儿园的儿子，兴然地给爷爷唱起儿歌《我是一粒米》，我的不到两岁的女儿，两只小手扯着大狸猫的两只前腿，在炕上扭动着胖胖的娃娃身，与大狸猫"跳舞"，逗得我爹忍不住地抿嘴乐。这时，爹触景生情，随口溜出："多亏宋恒！要不是他'顺说六国'，我哪会有今儿的一大家子人？"

三

爹在楠木沟苦受到三十八岁，才带着我老叔和家小，回到故乡八达营。先租房，后买下三间旧瓦屋，还用多年积蓄置下四亩三分二洼地（长年湿洼，十年五不收）。靠这点儿地自然养不了家，哥俩又租种十几亩地并打零工。我出生时爹已经四十四岁；我记事时的1937年，全家已经十口人，我们屋里有我爹娘、大姐、大哥、我和三弟；我老叔屋里有我叔婶和我二姐、四弟。作为当家人，爹要为全家十张嘴劳心劳力。

在那时，我不敢正眼看爹，怕他那副黑煞神的样儿。其实，无冬历夏也很少看到他。清早，我睁开眼，爹早已吃过饭下地干活去了；冬天地里没活，他也天一亮就外出，傍晚一副劳累的样子回来——我长大才知道，他冬季外出是给香坊、糖坊等作坊打工，一去一整天。爹更多的时候和我老叔一起出去，有时是他自己。爹抽空还挑个货郎担串山沟，卖针头花线等杂物，风雪严寒也不闲，累得他夜里睡觉翻身总喊腰痛。娘心疼爹这么苦受，劝他悠着点儿："你是铁身子啊？甭学'急发财'（一个土财主的外号）！"爹摇头，又叹息。老叔性子绵，整天不急不火，干活听吆喝；爹向来疼我老叔，宁可自己苦累，也不让老兄弟过劳。老叔闲时，常给我们讲笑话或摆弄点儿小玩意儿。他爱打猎、会捉鸟。我很喜欢叔婶，没事儿就扎在叔婶屋里玩。娘也和老婶说过："我看二子挺喜欢你和他叔，就把他给你们屋吧！"老婶说："你舍得？"我就偷着乐。

我是日本军侵占热河省那年——1933年出生的，一记事，就怕小鬼子催种大烟（产鸦片的罂粟），全家人更是怕得要死。因为每年总有乡亲因交不够烟干（鬼子给预定的烟产量），被吊打或灌辣椒水、煤油等致死。可爹不怕，他说："打、灌算个球！我能'鬼'过小鬼子。"

爹的"鬼"，不过是在高粱、玉米等高秆庄稼地里，偷着多种几棵私烟秧，以弥补鬼子给定的产烟量，若是被查出，就有掉头之险。可是，爹为一家人活命，豁出去了。再就是抗烟，任鬼子打、灌，尽量少交点儿。实在挺不住被打、灌了，他就说："只要放我回去，就能想法子再凑点儿烟。"鬼子要的是大烟，就让他找保人，放他回家。到家后，爹将叔婶们起早摸黑抹的露水烟和刮烟碴子（平时割大烟用的装烟小铁盒）里的烟嘎巴儿刮一些，凑一起送去。鬼子一见可怜巴巴这点儿烟，以为我家真的没大烟了，就算糊弄过去了。爹就这样硬抗和软磨，每年都能留存几两大烟。

那年月，大烟特值钱。鬼子为毒害青年开的烟馆里，半钱重的小烟泡，官价五角钱；私下议价买卖，烟价高得更没边儿。爹就是靠剩余的大烟置一点儿活契地，多打点儿粮食够全家吃用。只可叹，爹这样冒死苦心糊弄小鬼子，却"鬼"不过典地户，人家总坚持在契约上写钱数不写粮食数。于是，随着伪币的快速贬值，我家花几石小米置的地，因契约上只写一百元左右伪币的地价，没过两三年，就被人家用卖一只小猪的钱全赎回去了。我家又成了缺地少粮的贫困户。

四

爹虽穷，骨头却硬。在我们四邻八乡，一直传颂着"张德清打衙役"的故事。

还是鬼子没侵占我东北之前的民国年间，初春的一天下晌，爹和我老叔正在街门旁的粪坑里埋头刨粪。

"谁叫张德清？"头顶上有人突然厉声喊叫。

"我就是！"爹停镐仰起头。

两个穿着官衙服装的人戳在他们眼前，一个是大高个儿，一个个头儿稍低。两个人都提着大拇指粗的藤子棍，爹暗称他俩为大衙役和小衙役。

大衙役厉声喝问："你家的地亩捐咋还不交？"

爹说："我家早交了，历来没拖欠过。"

"有收条吗？"大衙役斜楞着眼吼叫。

爹说"有啊"，并示意我老叔回屋去拿。

收据条拿来了。小衙役接过来扫一眼递给大衙役，大衙役瞅都不瞅，随手就给撕掉，扔在粪堆上，并大声怒吼："假的！"随即伸出发黄的瘦手，厉声喝道，"二十块大洋，现在就交！"

爹急了，心想：这不是明摆着讹诈嘛！他沉静地反问："我要是不交呢？"

"你那是假收据！凭什么不交？"大衙役说着举起手里的藤子棍，猛地朝爹的头上打来。爹急了，赶忙举起镐一搪，同时大喊："杂种！你还真打呀？"随即，那镐头就朝大衙役的左肩砸去。大衙役一闪身，没砸着。当爹再次举镐时，冷不防，小衙役的藤子棍敲在爹的头上。爹疼痛中喊叫我老叔："老号子，打杂种们！"其时，我老叔见大衙役打二哥，他气得早已按捺不住，一镐猛地砸向大衙役。只听大衙役"嗷"一声号叫："打死我了！"一只手捂着右肩倒地。小衙役见状撒开藤子棍，忙去关顾大衙役……

此刻的粪堆旁已有好几个围观的人，村里的保长荣景昭也突然出现在现场。他一边搀扶起大衙役，一边狠扫我爹一眼："老二，你闯大祸啦！等着吧，有你苦受的！"他边说边架着大衙役，去了街里的陈家客栈。

衙役们一走，围观的亲邻们多都跟随我爹进了我们家。有的人比我爹还害怕，脸色煞白，嘴唇微颤："哎呀！吓死我啦！"连声劝我爹："他……他……他二叔，你……你快逃命吧！打了衙役可是大罪啊……"有人接腔："赶明儿，县衙知道信儿，马快们的马队一准来抓人，一绑你上马，到县衙就没命啦！"也有人附和道："就是！今晚就逃，趁黑夜全家都走！"

我娘插言："怕是不行，我儿（指我大哥）出生没过三天，哪能往远处逃……"

人们都七言八语地帮着想辙，说来说去大都离不开"逃"字。

一直闷着头的我爹，突然昂起头说："大伙的好心我领了，可今儿的事，衙役是讹诈，想弄钱花，我有理。我做人一向是'没事不找事，遇事不怕事'。天不早了，大伙都回去歇吧，谢谢啦，容我再仔细想想……"

大伙散去不一会儿，有人来报信说："大衙役膀子肿得像牛头，说是伤了骨头，让保长给他买大烟抽，说能止疼，小衙役也跟着一起抽；还听说，小衙役明儿早起，回县衙报信儿……"

爹听了，禁不住一惊。送走了报信人后，他苦思一时，倒有了新的主意。他让娘和老婶马上烧火蒸窝头，自己去睡大觉，转瞬就响起鼾声……

天还没亮，爹起身将八个窝头装进一个长布袋里，围在腰间，嘱咐我老叔和娘婶们："尽管放宽心，哥这就去县城，冒死也决不让恶人先告状！死活在此一举……"说罢，独自出门上路。他走到离村两里多远的阿牛沟门（这是去县城的必经之地），停了下来，摸着黑，弯腰捡石头，都是拳头大的一块块石头。他捡了一大堆，随后就坐下来吃窝头。他刚好吃饱，遥见村口走出一个黑影。黑影越来越近，他看清楚正是那个小衙役，心想：总算赶在狗日的前头了！他的愤怒的心狂跳一阵，很快就镇静下来。当小衙役走近些，他弯腰抓起石头，一只手抓一块，猛地跳到路中间，又开粗壮的两腿，挡住人行路，大声喝道："站住！今儿你要想回县城，先把小命给爷爷留下！"

小衙役一惊。当他看清爹叉开双腿拦路，两手紧握石块，一副拼命的架势，才弄懂是怎么回事，吓得浑身筛糠："好！好！咱俩谁也不欠谁的命，我这就回，就回……"

爹紧盯着小衙役语声颤抖着调转身，一溜小跑地退逃回村。爹这才放心地转身甩开大步，急急奔赴县城。

县城设在皇姑屯，距我们村四十华里。爹进城时日头刚冒红。他想，此刻县衙还没上班，就在一个小饭摊讨了一碗米汤，坐了下来，边喝汤边思谋，怎样闯进县衙，向县长喊冤。

当日头升起一竿子多高时，他估摸县长已经上班了，才大模大样地向县衙大门走去。

"干什么的？"站岗的大兵横枪大声喝问。

爹沉静地微笑着，弯腰点下头，右手还轻拍一下腰间的衣兜："军爷，我来交捐税的。"

站岗的大兵抬起枪，朝里边挥了下手。他兴然道了声"谢军爷"，就大步走进院里。

他从未来过县衙，不知哪儿是县长断案的大堂，边走边四下瞧看。眨眼间进了二门，后院的正房绿椽红窗，比较富丽堂皇，他估谋：这儿有八成是大堂。左右一瞧望，扫见左边正好立个鼓架，架上还挂有鼓槌，他立马想到击鼓喊冤，抓过鼓槌猛敲几下。果然有衙役出来大声问："你有什么事？"

爹说："我有天大的冤情！"他当着衙役不能说出是来告衙役。

那衙役似笑非笑地说："啥事？还天大？"说着就去报告县长。

转瞬，爹被传进还算堂皇的正厅。

坐在正堂上的县长，身穿黑制服，像个年纪不能说老的书生。他语气平和地问爹："叫什么？哪村人？要告什么人？"爹就照实说："就告你们催捐税的衙役。"县长冷笑一声："你胆子不小啊！竟敢告本县衙的人？说说看，是谁？为啥？"爹就从兜里掏出被大衙役撕毁又被粘裱在一起的税捐收据，呈给县长，然后将俩衙役怎样诈捐、撕碎税捐条子，又怎样行凶打人，一五一十地向县长诉说。他还移花接木地说："好心人劝我逃跑，可我哪能跑啊！我家的（指我娘）给吓得早产了，我来时还不知母子能不能平安……"说到此处，喉头似乎哽咽。县长说："你不要再说了，我不能只听你一面之词，关键是你这张税据是真是假，我们要查清楚。"县长说完，就叫过一个当值的差役，低声向他吩咐几句什么，他便将爹交给县长的税据条拿走了。

过不一会儿，那差役就回到大堂，他在递还税捐收条时，低声与县长说了几句什么。爹听到好像是说，收条是真的，会计还核对了底账……爹见县长一再点头，还涨红着脸骂道："这两个大烟鬼，外出净他妈滋事！也不是一回两回了！"说着让听差把收条递还给爹，然后温和地对爹说："回去吧，你确实交了税，他们乱诈钱又乱打人更不对！本县衙会惩戒他们的！什么都没你的事儿。回去转告那两个烟鬼，马上给我滚回来！"

爹就这么斗胆闯县衙，打赢了官司。可是，当他走出县衙大门时，那站岗的大兵突然打了他一拳："干吗说你是交税捐的？！"

爹正在喜兴中，自认扯谎该打；可他不扯谎又哪能进县衙？

爹完胜回村。原来为爹揪着心的亲邻们，立刻来家问长问短。当爹乐呵呵地向亲邻们学说闯县衙的经过时，保长荣景昭也来了，他也假意地关心、问候。爹说："景昭大哥，您来得正巧。县长让我转告那两位衙役，让他俩立马回县衙！"他有意吞咽了那个"滚"字——胜者当饶人嘛！

荣保长惊怔片刻，又缓缓地从衣兜里掏出一大把白纸黑字的条子，迟疑地说："他二叔，你看这些，都是那两位军爷吃、抽、治伤的花销……"

爹当然知道这是怎么回事，立马说道："景昭大哥，县长说啦，什么都没我的事，若不信，你去问县长！"

荣保长立马拉下冷脸儿，攥着大把单据条，灰溜溜地走了。

爹心里早就清楚，因为自己直性子，多次顶撞过荣景昭，这次俩衙役找上门来讹诈自己，想弄几个抽大烟钱，一准是他荣景昭背地使坏，若不然，衙役们咋会指名道姓地打上门来？

荣保长发坏丢了脸面又蚀钱，倒使得我爹白打了衙役名扬四乡。

五

家里人并不把爹打衙役看得怎么了不起，都归结为爹的火暴脾气对外张扬。在家，爹向来是"一人野"，打人是他的家常便饭；尤其对我娘和我们屋里的孩子们。我娘挨打，多为顶撞爹的"一人野"。他主事武断、专横，不管家中有没有余粮、余钱，总是贪婪地置买土地。每年一入冬，他就四处委托中间人，购置活契地。整口袋的粮食，一趟又一趟地扛给典地户，娘和老婶都心痛得流泪。因为这样，转年入夏青黄不接时，她们就没米下锅，一家人采野菜吃，直至豆角、山药（土豆）、茄子等瓜菜旺季，整天不见一粒粮食。她们眼瞅着大人孩子渐瘦，心里难过。娘埋怨爹，这就触发了爹的蛮气，对娘非骂即打。我曾多次亲眼见过，爹揪住娘的乌黑长发，摁倒在地，狠劲捶打娘的后腰和臀部。娘多是不吭声、不反抗，有时反抗反而被得更惨。娘被打后，唯一的抗拒就是不梳头、不洗脸、不打扮，一连几天不理爹，直到娘梳洗打扮了，说明娘与爹和好了。

我可怜的娘，不只常挨爹的拳头，还整天劳累。差不多每年春夏秋三季，娘都是起五更做饭；晚间我们都睡下了，娘还在煤油灯下忙针线活儿，一家八口人的衣服鞋袜，都是娘一针针地做；每天鸡叫三遍时，她就得爬起来烧火做饭，真不知娘睡没睡觉。终因长期过度劳累，娘患了肺病，发烧、咯血，没钱医治，她三十六岁就离开了我们。当时我八岁，三弟四岁，还有个两岁的小妹。那年盛暑，我大哥因重感冒，没钱医治，也随我娘而去。爹接连丧妻失子，真的伤心极了。一连半年多，我夜里醒来，常听到爹嗓音哽咽地哼哼，似低吟，其实在哭。他多次当着我们说："爹这辈子，最对不起的就是你们的娘！"

一年后，经人撮合，爹娶了四十多岁的我的继母于氏，又有人给我们做饭、做衣服了。若不然，土改前与叔婶分家，真不知我家的日子该怎么过……

爹打我们孩子们，多为他训斥你，哪怕不是你的错，也不能跟他申辩，申辩、讲理就是"犟嘴""犯上"，摁在炕沿上狠打屁股；有时打得他自己的手都疼得难忍，才住手。但他从不打孩子的脑袋，也烦气我娘打孩子脑袋，怕打傻了。几个孩子中，爹打我最多、最狠，皆因我爱讲理又"脸急"——说白了，就是受不得委屈；说得文雅点儿，自尊心强，容不得脸面被污损。爹一无故训斥我，我感到委屈，立马就眼泪汪汪，想哭。这就更气恼了爹。他最烦气男孩子爱哭、不坚强，越哭他越狠打，有时打得我屁股肿得不敢挨板凳。长大些了，也敢反抗爹，办法就是逃跑。我十四岁那年秋，和三弟一起割豆秧。爹嫌我们割得慢，我申辩说："豆秧太矮不好下刀。"爹狠歹歹地嚷我："手头慢嘴倒挺快！"举起镰刀把要打我。我一闪身就跑出豆子地。他追，我跑得更快。眼看着天快黑了，我故意逃进大山里，爹气得喊叫："有能耐你就永远别回家！"那黑夜我真的没回家，害得继母和我老婶、大姐、二姐们，满山遍野地喊叫我的名字，寻找我。我深藏在蒿草窝里，听见了也故意不吭声。大山黑魆魆一片，他们什么也瞧不见。等她们哭喊着回村了，无边的夜野异常寂静，我时而听到"嚓嚓"的响动声。是狼，是豹，还是山蛇？我真的害怕了，就偷偷溜到山下看地的窝棚里。就这样，也没挡住爹的铁巴掌。

我回家后两三天，不和爹说话，还是爹主动地打破僵局。那早，他不出声地盯瞅我好半会儿，才说了句："你咋犯傻哩！"

我知道，爹是指我在山里过夜的事，也算是一句暖和话吧！

其实，爹喜欢我。他打我，多半是恨铁不成钢，想让我更像一条汉子。要不然，家里几个孩子中，他只送我进洋学堂，念洋书；后来他又听人说，光念洋书识汉字少，又送我去深山沟读私塾。他不惜力地背着粮食翻山，还不停嘴地说："我不怕累，一粒汗珠子摔八瓣，也要供你念书；你可要对得起我。"我十一二岁时，右腿窝处长个大疖子，肿得像馒头，疼，不能走路上学，爹急了，就用没消毒的剃头刀给割开，流出许多脓水。因感染发了炎，不封口的刀伤一直流黄水，疼得我不能睡觉，爹就陪坐在我身旁，给我砸山枣仁吃。枣仁最催眠，爹看着我合眼呼呼大睡，才悄悄离开。

这里插一段趣话：1950 年我已到隆化县委会工作，过了两年实行工资制，我每月的六十元工资，除留下十元交伙食费和零用，余下的如数捎回家。后来，爹摸准我每月发工资的时间，转天他必进县城"办事"，顺便到县委会看我（其实专来取钱）。有一回，爹来时我正巧没在办公室，他就和我的同事巢海山闲谈起来。他说："张峻'参加'前我没少狠打他，不知他记恨我不？"巢说："他傻呀？哪会跟亲爹记仇哩！张峻闲谈时光说您的好。"爹乐了，眼也湿润了，他扬起脸儿，好半会儿瞧看天花板……

六

爹虽说脾气火暴，但与乡邻们相处十分融洽，为人厚道，从不与人争斤掰两，还常开导家人吃亏是福；更不要说与乡邻动手打架。可是，谁也没想到，爹六十一岁那年，竟然制服了绰号"骂遍街"的荣栋，村人乍听谁都不信。

荣栋正当壮年，三十岁出头，他不只身板壮实，还会点儿武术，自吹"十个人一齐动手，不等与他贴身，就全给踢趴下"。因此，他豪横骂街时没人敢惹他。说来也凑巧，那天爹在河边二洼地耪高粱，见一伙小男孩脱光衣服，挥锨弄镐地挡河汊。这是村人捉鱼常用的办法，即在岔流的源头挡起一条泥石混杂的河坝，将岔流的河水暂时归入主河道，被挡住的河汊会急速地断水、干涸，鱼儿就立马向有水的浅坑里蹦跳，鳞光闪闪。这时，人们就能很容易地在浅水坑里捉鱼了。爹儿时也喜欢挡河汊捉鱼，现在，他边耪地边笑望孩子们挡河。当爹看到堤坝挡至不足五尺宽的流水口，因水流湍急怎么也挡不住，扔进去的草坯眨眼间就被冲走时，他替孩子们着急，他不得不扔下锄头，快步跑去指挥。他让孩子们准备好几块大石头和成堆的泥蒿草坯，先将大石块成行摆在水口处，然后让几个大一点儿的孩子膀抱膀地并排坐在水口处的石头下，随即，众多孩子一齐动手，急速地将成堆的泥草坯堵在人"墙"的后背，眨眼间就让水坝合龙了。伴随着被挡住的河汊水流急速下泄，露出的小水坑里，川丁鱼、马口鱼、滑子片鱼、黑泥鳅等，在浅水坑里哗儿叭儿乱蹦，煞是壮观、喜人。爹依据自己的经验，指挥着孩子们追随急速下泄的水流，赶快去最下游的河汊汇流处，自下而上地捡鱼、捉鱼。不然，下游的鱼群会随着退水逃进汇流处的大河里。孩子们听从爹的指挥，提着筐篓急速地朝下游跑去。

这时候，"骂遍街"荣栋不知从哪儿来到干河汊，还提个草编篓，像是有预谋似的一声不吭地在河坝下捉、捡活鱼。爹知道他是赖皮脸，捡就捡儿点吧！可爹万没想到，他捡了满满一篓鱼后，竟发坏地弯腰去扒河坝。这可非同一般，河坝一开，激流猛泄，不但孩子们捉不到鱼，矮小的孩子还有可能被激流冲倒，滚进主河道，大有被河水吞淹的危险……这可激怒了老爹，他顾不得多想，猛喝一声："荣栋！你小子忒坏啦！"荣栋不理不睬地嘟囔："你甩狗咬耗子多管闲事……"边说边手脚并用地扒水坝。爹顾不得跟他磨嘴皮，冷不防地扑了上去，一头将荣栋撞进堤里面的大河里，河水有大腿根深，爹乘势骑在荣栋身上，摁下他的头，先让他喝够水，感觉到他无力挣扎了，才将他拖上岸，随高就低地头朝下，倒控出他喝进肚里的水……

日头落山不一会儿，荣栋的妈哭喊着找上门来："他二叔啊，栋儿发坏，你打他、骂他，我都不怪你，可你万不该摁在大河里灌他，万一灌出个好歹……"

爹打断荣栋娘："嫂子，谁不知道你栋儿会武把架？我不灌他，挨他的死打不说，那帮可怜的孩子，不光捉不到鱼，还要被淹……"

两个人正吵嚷，十几位挡坝捉鱼的孩子的家长赶来向爹道谢。一见荣栋妈，自然要数叨她的儿子"骂遍街"是何等的没有人性，弄得荣栋妈失了脸面，低着头灰溜溜地走了。

七

爹的日子好过些了，并没忘记当年独霸家产的我大爷和去当奉军的我三叔。

我大爷年轻时就好吃懒做，那点儿祖产很快被他折腾光了。打了多年光棍，到四十岁才与守寡多年的我大娘做了半路夫妻，大娘还带来当时十多岁的我大哥张斌。斌大哥自小右胳膊残疾，伸不直，长大了干活使不上劲。大娘嫁给我大爷后，又生了我三姐。四口人活得很艰难。爹凭借自己的威望，说服了村南半条街的养牲畜户，将自家的牛驴都交给我大爷集中放养，每头牛一季度收一升半米、毛驴二升米。共有四十多头牲畜，春夏秋三季合起来也收四石多米，足够一家人吃用。可我大爷身子懒，又吸大烟，上山放牛驴全靠给我三姐（为维持家用，我张斌大哥须去打短工）。记得我七八岁时，大我三岁的我三姐，两条辫子盘成两个小鬏髻，头戴大草帽，肩上挎着蓑衣，像个小男孩，赶牛鞭一甩，"叭叭"地脆响，拖着长音喊叫："撒——牛——咪——"各家的牛驴们就走出自家的门，在街口汇集成群。我三姐又"叭叭"地连甩几鞭，牛和驴们就成群结队地出了村，成为山乡清晨的一道风景。

然而，不管我斌大哥和我三姐怎样苦挣，所得的粮、钱，都被我大爷吸进大烟枪里，家里终归还是一年穷。所以我大爷家揭不开锅时，他就夹个小口袋来我家灌粮。我爹娘总是不声不响地让他如愿。可有时，我大爷过分充大，装得理直气壮，灌粮食时还要骂三七，胡说什么："张德清，你坑兄灭弟，独霸家产！你名下的地，有一半是祖业……"这时候，我爹气得要炸肺，甚至动粗。记得有一年过中秋节，我家吃韭菜肉馅包子。我们一家人刚坐下吃饭，我大爷夹个小口袋进院就开骂："张德清！你坑兄灭弟，独霸祖产……"我大爷一开骂，只见我爹连抓起几个包子，一口一个地吞下肚里，随即，一声不响地跳下炕，走出屋，到院子里揪住我大爷的后脖领，按倒在地就捶他的后腰。我大爷急喊："老二，你轻点儿，轻点儿，打死我了！"我爹放开我大爷，趁势扯过他的小口袋，让我娘给他装满了粮食，外加几个肉包子，送他回家。

至于我三叔，是当奉军时染上的大烟瘾。"九一八"后，奉军南撤，我三叔偷逃回村。当时，他手里还有点儿余钱，娶了我三婶。三婶人漂亮，也会过日子，她阻止三叔抽大烟，三叔却偷偷在她饭碗里放进大烟面，没几回，就让我三婶也染上了大烟瘾。一家两杆大烟枪，很快穷得叮当响。实在没吃的了，就来我们家。三叔和我大爷不一样，他住在我家隔壁的一间半小屋。每见我家的烟筒一住烟，他就知道我家要放桌子吃饭了。这时，他就端着一个大碗进屋，自己下手盛满一大碗饭，又盖上两勺子菜，坐在炕沿上闷头就吃。无论我娘和我老婶怎样数落他，一声不吭。吃饱了，还要盛一大碗给媳妇吃。我爹只是白瞪三弟几眼，啥话都不说，终归是一个娘肚里爬出来的。有时地里活计忙了，爹也去喊我三叔："有空儿过来帮把手！"

这就是爹与叔伯们的日常兄弟关系。

日本鬼子投降后，八路军来了。区里来了个李主任，名叫李全喜，进村就找劳而又苦的人当干部，听人说我爹大半辈子劳而又苦，为人忠厚、处事公道，李主任就提名选他当农会主任。爹当上了，才知道这个角色责任不轻。头一件事就是减租减息，说是为穷人吃饱饭。这工作爹还能接受，因为他一辈子光种租粮地，"二五减租"对受苦人有好处，他积极听从李主任的指挥，给租地户减了租，还受到区里表扬。下一步搞"清算复仇"，要清算伪协和会长兼地主白广顺和地主陈玉珍的财产，他心里犯起颠算：这些人依仗日本人，欺压百姓，是可恨；可是，八路军那几杆破枪能占长久吗？听说"中央军"已经打到平泉县，离这儿不到三百里地，万一……他不想当这个"头行人"了，就向李主任请假，说梁西我姥爷病重，他得去照看，之后就一去不回了。

李主任也不是傻子，他早已看出我爹怕"变天"，不想为贫下中农办事了，可"清算复仇"耽搁不得，就另找农会主任和清算主任。这时，我三叔主动出马了："李主任，我甘愿为穷哥们儿服务，您看行吗？"

李主任"哼"了一声，说："容我考虑考虑。"他嘴上这么说，心里早已"磨盘压手"，能不同意吗？他虽然知道我三叔当过奉军并抽鸦片烟，可要想把工作开展起来，也只能起用这些"穷不怕"和"勇敢分子"们。他很快通知我三叔上任；我三叔又串联另一穷哥们儿陈某当武委会主任，半辈子做长工的刘臣任农会主任。为了能镇唬住反动势力，李主任还特意给他们每人发一杆套筒子枪，仨人每天挎枪在肩，来往于村街，好不神气！

有了穷人头，"清算复仇"运动很快闹翻了天。伪协和会长白广顺、地主陈玉珍闻讯偷逃到外地，可他们的土地、浮财、骡马逃脱不了，被一样不少地分给了穷苦人，日用家具也给分光。为找金银财宝大烟土，还掘地三尺，不知他们找到多少"宝"。自然，两个烟鬼主任私搂不少。我大爷作为贫农，分得了陈玉珍的五亩青苗地。三叔还让我去白家抱回了一个蓝花大瓷瓶，半路碰上我爹，愣逼着我给抱了回去。

没过两个月的初秋，果然"变天"了。公路上不断线的国民党大兵，天上三五架飞机，猛地进攻。八路军的后勤部队为迅速撤退，将一车车炮弹、地雷、手榴弹等，都卸在我村南胡同口的沤麻坑里。小孩子们捞出手榴弹，在大河套里随便扔，只为听响。李主任早已踪影不见，我三叔吓得东躲西藏，我三婶被突然冒出来的地主武装给抢走了。

外逃的被清算户白广顺、陈玉珍等，都跟随着国民党大军回到村里。我亲眼见得陈玉珍晃着膀子在街上高喊："穷小子们，爷爷我今儿回来啦！谁分了我家的东西，一样不少地给送回来。不然……"

一天，陈玉珍在街上碰见我爹，还算客气地说："二兄弟，你们张家的哥们儿对不起我呀！一个领头分抢我家的财物，一个分了我的地。今儿我明告诉你，张老三，早晚我能抓住他，跟他有算不清的账。你大哥分我的五亩青苗地，可是用你家的牛稠我的地，今儿我也明告诉你，我家的地让你家的牛给稠坏了，三年以内庄稼长不好，你张德清得如数赔偿我粮食……"

爹知道，我大爷和三叔都穷，榨不出什么油水，陈玉珍只能找算他；可我爹又想：我张德清也不是软蛋，任你捏拢？便即刻反驳说："玉珍大哥，你这话可离谱了。我大哥是放牛的，他偷着使唤我家的牛，我还没找他算账呢，你反倒让牛主儿包赔你家粮食，天底下有这个理吗？"

"反正这事没完！"陈玉珍扔了句下台阶的话，气昂昂地走了。

我三叔外逃不到两年，直至隆化二次解放，他才回到村，但一条腿被土匪打残了。从此，他更是赖在我家，理由是，他是"替"二哥当村干部才被逼外逃伤了腿。他直至离开人世，一直吃在我家。

八

在敌我"拉锯"一年多的日子里，爹还冒险做了两宗让村人永远忘不了的事。

那一年多，在乡间，地主武装（人称土匪队）多如牛毛。他们专与我县、区地方武装和区村干部为敌，还抓捕亲共的穷苦农民。什么赵队王队卢队肖队……这队走了那队来，把各村的农户都吃穷了。有一回，卢队的一拨土匪住我家，他们抓来山嘴村一位来营子里买香的张姓农民，硬说他是八路军的暗探，将他吊在我家的房梁上，用皮鞭好一阵抽打，打得脊梁和脸上都是血印子。可张某就是不承认通八路。我快五十岁的继母看不下去，就近前阻挡，土匪连我继母一起打。

这时候，有个齐姓队副来催问："这小子招没招供？"答曰："这家伙死硬！"齐队副听罢，就去我家柴火垛抽棍子。他竟抽出一根一寸半粗的大木棍，劈权去梢留有五尺多长，手提粗棍气哼哼冲进屋。我爹一看，这还了得！这么粗的棍子搂头打去，还不结果了被吊人的性命？他不顾一切地猛扑过去，死死抱住齐队副的腰，连同胳膊。对方一惊，一只手挣扎着去摸手枪，可又抽不出来，心急地喊问爹："你想干啥？"

"在我家不能打死人！"爹说。

"他是八路的探子！"

"他不是！就是来买香的，"爹说，"放了他吧！"

"你认识他？"

"上下村住着，能不认识？"

"你敢担保？"

"敢！他要是八路探子，你杀我。"

"那你松开我。"

此刻，爹才意识到，他还紧紧抱着齐队副的腰并两只胳膊。他一松手，齐队副趁势攥住他的胳膊："你能保证八路三天不来，我就放了他！"

爹豁出去了："我能！"

"拿你脑袋担保？"

爹点点头。

"那好，"齐队副说，"你马上立字句、写保条！"

"我不识字，"爹说，"我叫张德清。你们写，我摁手印，画押。"

齐队副让他们中一个人写了字据，让爹摁了手印。

被抓的人当即给放走了，爹却当了人质。

那三天啊，爹一直在土匪的看管之下，心在半空悬着，七上八下的，睡不着。他当时只想救人，哪里管得住八路军啊！他们可是三天两头来打土匪的啊！不怕一万就怕万一，万一八路突然来了……

还算侥幸。八路军真的三天没有来，爹的脑袋保住了。山嘴村张某（后来才知他叫张义）一家，一直在烧香念佛为爹祈祷。以后每到年节，张义都提点儿礼物来看望冒死救他命的我爹。

还有一回，是1947年的严冬清晨。

从拂晓开始，枪炮声一直响个不停，是我十九团的一个营攻击"中央军"石觉的一支运输队。除截获一些军用物资外，还缴获七头活的肥猪，也许是敌军备的年货。敌人的十多辆军车跑的跑、坏的坏，别的物资可以背走，七头活猪需要人赶——可猪走得太慢，需要人抬。营长就命令八排长带两个战士进村找老乡帮忙。

仨人踏冰过河进村，各家街门都紧关着。敲开几家门，找不到强壮的年轻人，多是怕"国军"抓兵，早已躲藏起来。当大兵们敲我家门时，我爹主动地开了大门。得知八路军是要找人抬猪，爹就试探地问："看我行不？"

爹那年虽已六十岁，但他与我姥爷有约，不能留胡子，以示他比岳父"年轻"。可是，八路军排长还是看出来了，就说："家里有年轻人吗？"

爹答："没啦，就我年轻。"晨光中，排长上下打量他几眼，问："您老高寿？"爹有意瞒了几岁，忙说："还小呢！五十三。"那排长沉吟片刻，又问："您会杀猪吗？"爹兴然地连说三个"会"字，排长让爹跟着他们走了。

那天，排长又找了几个老乡抬猪，爹实际没怎么抬，多是小战士们出力。队伍一直走出五十多里山路，到庙子沟才休息、吃饭。其时，爹一刻也没休息。排长进庄就给爹借刀子，让他杀猪。忙乎一个多钟头，两口一百八十多斤的肥猪收拾得干干净净。到吃饭时，营首长也来感谢爹，陪他一起喝酒吃饭，称呼他"老大爷"，把大块肥肉夹到他的碗里。爹平生头一次遇上这么好的大兵。营长留爹住了一宿，第二天傍晚他才回到村。

那一晚啊，亲邻们都来看他，他就不停嘴地夸说八路军："兵们一口一个老大爷，重活一点儿也不让我插手，比亲儿子还亲……"

第二天清早，爹去街门外的井台挑水。打满水，他不往家挑，谁来挑水他就学说八路对他多么地好，来回重复那句"一口一个老大爷"。这时候，一个姓白的地下国民党兵对爹冷笑道："张二爷，你是吃八路的肥肉吃多了吧？满嘴流油地夸八路。知道吗？这叫'反宣传'！是要担罪的呀……"

当夜，爹就被一伙反动土匪抓走了，挨了一顿苦打。后托人说和，家里人挖出埋在地下（因怕土匪队抢）的三斗小米交给土匪，爹才被放回家。

九

一顿苦打、三斗小米，让爹记住了这世上的"真好"也不能实说；同时，也唤起了他脑子里蓄存已久的想法：好军头，不一定能占长久。从打大清朝倒台，冯玉祥、段祺瑞、吴佩孚、张作霖……走马灯似的轮换，光热河省都统就换了五六茬，谁占长远了？都是来回拉抽屉，揉搓小百姓！伪协和会长白广顺就曾拍着胸脯在大街上喊叫："大'满洲帝国'，铁打的江山，说完蛋，'哗啦'一眨眼就完啦！"这阵子国共两党争天下，末了也说不定谁输谁赢。即便赢了的，也不一定占长久。

梳拢他大半辈子的亲经亲历，国事如同天气，总是变幻不定。这在他脑子里已根深蒂固。因此，家乡第二次解放后，爹极力反对我参加村里的宣传活动，甚至为此动手打我；当我被同村杨老师"骗"到区里参加工作，他更是火冒三丈，借口他老了（那年他也确实六十有一），家里需要劳力，一定要我回家。弄得杨老师天天晚上去我家跟他磨嘴皮，还让村里帮我家代耕土地。总之，无论爹怎么凶，区里就是不放我回家。

一个月后，经区领导同意，我第一次回家，爹才说："掏心窝的话，说家里种地缺人手，离不开你，那是借口；我就怕八路军占不长久，到那时候，你和全家都遭祸灾。你没见两年前八路军北撤后，区村干部和家属们遭的罪：你三叔被打断腿；陈相禹（曾当过村武委会主任）的八十岁老爹，让国民党的谍报队用烧红的烙铁给烙得全身没一点儿好肉；当过区干部的赵广良，躲藏时被地雷炸死……"爹红着眼圈嘱咐我："既然不放你回家，干上了，凡事都别当真，要给自个儿留个退身步，大不了回家种地。谁看准八路军能占长久……"

我当然不能依从爹的嘱咐。到区里工作还不满仨月，区委派我去西沟村处理两件违法案件。我那年十六岁，个儿也不高，看上去还是孩子样儿，挎一支二号木壳手枪，枪膛里只有三颗子弹，其中一颗还是后换炮的，关键时候不一定能打响。我还是信心十足地走了大半天，钻进大西沟。先是去了沟半腰一刘姓富农家，主人正好在家。我按着事先掌握的情况，问他："你是不是把分给于霖的二亩半地硬要回来自己种？"他狡辩说："不是我硬要的，是他懒得种。我看地荒着怪可惜的，就种上晚谷子……"

我想，不管是什么因由，要回土改被分给穷人的土地自己种，就是"反把倒算"，属犯法行为。我把他的原话如实记下，并让他按了手印，然后命令他随我一起去区里。

他在前面走，我紧跟在他身后，手握的匣子枪张开机头。刘某身高体壮，两只大眼睛溜溜转，还不时回过头溜我一眼，弄得我有点儿发毛，后悔当初没有找条绳子捆上他。我知道他二弟当土匪外逃，也时不时偷着回家。这时太阳将落，眨眼间就会黑天，小路两旁有一人多高的高粱地，他要趁黑钻进高粱地或者回身夺我的枪该咋办？踌躇间，忽见眼前道边的谷子地里，一个小伙子在割莠子草。我看清他正是小南沟的远房当家子张有。张有长得五大三粗，人也机灵。我心里一闪缝，那叫乐啊！我忙向张有摆手，张有立马过来了。我向他附耳低声道："我是押送刘某回区，你是民兵，天就黑了，你帮我一下。"张有见我信任他，微笑着连连点头，且认真地手持镰刀紧紧跟在刘某身后，我持枪跟在张有后面。就这样，在农舍的灯光初亮的时分，我顺利地回到区政府。当我将刘某暂时关进小黑屋，张有笑嘻嘻地问我："二兄弟，我回呀？"我绷起脸儿对他说："你也别走，陈公安找你有事呢！"

这时候，区公安助理陈世荣走过来，问他道："你叫张有？"张有点头。陈公安扯过张有的胳膊，将他也关进小黑屋。

原来，张有就是我要抓的另一个案犯。他奸污军属，且怀上孩子，影响恶劣。我正巧遇上他，借口帮忙，赚他到区，等于"一箭双雕"，两项任务一次完成。区委书记夸我人小智大。

这两个案犯刚送到县公安局，我爹就找上门来。他一进屋就随手关严门，审问我："好哇！你真长能耐啦？你抓的人，一个是远亲，一个是远房当家子。你把咱老张家几辈子的人都给得罪啦！让我没脸见人！在家里我是怎么嘱咐你的？这才几天，就让共产党给迷住啦！"他扯住我的胳膊："走，咱不干了，跟爹回家！"

听爹大声喊嚷，区委书记王华进来了："大爷，消消气，您听我说……"

王书记给他讲了半个多钟头的道理，他也没消气，留他吃饭也不吃，一脸丧气地走了。

十

在区里工作不到一年，我被选调到隆化县委会工作。

去县里报到的前一天，我回家向老爹告别。到家已经很晚了，爹已经躺下但还没睡着。我轻声告诉他："爹，我调了……"

没容我把话说完，爹兴奋得"噌"地坐了起来："掉了，好哇！跟爹好好种地……"

爹以为，调了就是"掉了"，区里不要我了，他自然兴奋异常。当我说明是调动到县委工作，离家远了，"不能常回来看您老了"，他像个撒气皮球似的，歪身倒下，蒙上头，语声有点儿哽咽地说："你是怕我管教你，故意躲远了，是吧？"

我沉默片刻，才低声说："哪能呢！工作调动也不是我个人说了算。"

那晚，我一直高兴不起来。尽管次日爹让继母早点儿起炕，做我爱吃的韭菜合子，爹亲手到园子里割韭菜，继母在馅里放了好几个鸡蛋，并放不少香油，真的很好吃，可我没吃几个。爹说："隆化离咱家不远，我会常去看你的。"那天，他破例送我到离家二里远的双柳树下。我都登上山梁大道了，回过头瞧望，爹缩小了的身影，还直戳戳地立在双柳树下……

爹到底年老了。他不顾我姥爷的反对，六十二岁开始留胡须。黑白相间的爹蓬胡，长长了些，从两鬓飘然垂下，远看就像围个灰缎子大围脖，平添了几分和善。真的，我离开家后，爹的火暴脾气绵了许多。尤其对我三弟张杰，喜欢多于打骂。也是，我离家时，三弟才十二岁，他跟随爹下地干活，耕、耪、犁、耙什么都会，成了农田里的主要劳力，爹高兴得耐不住地对亲友们炫耀；让爹整天悬着心的，依旧是只身在外的我，生怕我给老张家又惹出什么祸。

果然，我又一次让爹担心了。调到县的第二年春天，爹听一邻居悄悄给他透信，说前两天县委派人来村调查过张峻。爹一听就急眼了，又不好意思直接去问村干部，第二天起个大早，来县委问我："你犯啥案了县里派人去咱村查问你？"我一听反倒笑了，说："爹您放心，调查对我是好事。"

爹有些迷惑不解。我笑着说："说起这事，还真得感谢您老呢！"

"谢我？"爹松心地露出白牙，还长长地吐了一口气。

原来，一个月前，县里开展"清理中内层"运动，即机关所有的党员、干部，以前不管什么原因，没向组织上说清楚的个人政治历史或社会关系等问题，不论问题大小，都要向组织交代清楚。我自感没一点儿隐瞒，每天和大家一起，大松心地学习文件、讨论。有一天，和我们一起开会的县委组织部部长提示大家说："有一位同志，本来他的问题不大，但确属政治历史问题，他就是不交代，弄得大家天天为他一个人开会，你还让大家陪你多久？"

他这样说，似乎此人就在会场。我也和大家一样，随便扫一眼会场的每一个人，着急地附和道："这是谁呀？咋这么不顾大局，还假装镇静……"我发言时，有人以不解的目光盯睬我。

当晚，部长找我谈话。他直截了当地说："希望你就像今天在会上说的，要顾大局，不要假装镇静。其实你的问题真是一般性质的政治问题，但必须向组织说清楚……"

我急了，吃惊地打断他："你们还真的怀疑我呀？直说吧！"

"那好！"部长说，"有人举报，你们村是'一贯道'（当时被定为反动会道门，其重要头头不少被枪毙）村，对吧？"

"对。"我点了下头。

"全村大人、孩子都入了'一贯道'，对吧？"部长又进一步追问。

我又点了下头："基本是这样。"

"可你的履历表上从来就未填写过，对吧？"

我摇了下头，随即一笑："这个举报人有点儿片面性。他只知道我们村是'一贯道'村，可他不知道我们村只有一户人家就是不信'一贯道'，全家人没有一个加入的，就是我们家。你派人去调查吧！"

部长又将信将疑地问："你们一家人为什么不加入？"

我如实地回答："我大姐、二姐、我婶和我都动过心，想加入；可我爹不允许。他吼叫：'咱家的人，谁也不许入那个！甭听那头子顺嘴胡咧咧，说什么七七四十九天有什么大劫大难。呸！不就是想骗钱、让人家磕头嘛！你们谁有钱给我，谁想磕头给我磕！'他那一脸凶煞气，把全家人都震住啦，谁还敢加入……"

当我学说到这儿，爹悠然自得地插言道："爹一辈子没啥能耐，就是不信神鬼、这道那教的。爹就是认定：肯撒汗珠子，才能吃饱饭，不挨饿，不受冻，过上好日子！别的爹全不信。"

是啊！爹从来就不信神鬼邪教，我从小就知道。他常说："人死如灯灭，从来没神没鬼。鬼长得啥样？谁见过？给祖坟烧香、烧纸，是老辈人传下来的'活人眼目'。若不然，我才不上坟、烧香哩！香算什么，我年轻时在香坊干过，轧香面子时，驴粪马尿都拉在里面；我们踹香泥时，都是光着脚丫子踩，憋不住尿时，顺便就……这玩意儿能敬佛、敬神？可见神灵们都'傻'！呵呵呵……"

那天我们爷俩旧话重提，一直唠到吃中午饭。爹从不信鬼神邪教的思想，影响了我的一生。

十一

说也怪，爹越是不放心我，我却离他越远。

我们父子俩谁也没想到，1954年5月，我被调到热河省委组织部工作。当时热河省会在承德，离我家一百六十华里，这对极少出远门的庄稼人，犹如遥不可及的另一方云天。但我告别隆化时爹就狠下心说："不管你走多远，爹一定常去看望你们（那时我已结婚）。"

大约是转年春天，爹真的独自一人，来到承德。他怀着喜悦的心情，急急赶来看我们，且更想看他的头生大孙子。他一进屋就歪头端详他孙子的小模样儿，抬眼扫一遍我当时居住的十五平方米的房间，突然吃惊地嚷道："怎么锅台紧连着火炕？这可不行！我孙子眨眼间就会爬，一眼瞅不见他就会爬进热锅里，太危险啦！"当天下午，他就转遍房前屋后，捡回一堆砖头。第二天，他又去我宿舍的后山（我宿舍在承德离宫西山）正修花房的工地讨来一土兜水泥。眨眼间，爹在火炕与锅台之间，垒砌一段二尺多高的隔墙。我妻子高兴地拍着手乐，说："真是祖孙连心哪！孩子生下四五个月啦，我们都熟视无睹；爹一进屋就想到了垒隔墙，防孩子掉进锅里。"

爹被儿媳夸得笑眯眯的，灰胡子微微抖动。

老人家的忙身子很少在外闲住，这回竟破例地在承德住了半个月。这期间，有两件事让我迄今不忘。

一是，他来后的第一个星期日，我陪他逛离宫。我们从西山家属院刚刚走到鱼鳞坡，爹四下瞧瞧，见近处无人，突然悄声问我："跟爹说实话，你看八路军能占长远不？"

啊？我心里一惊：都啥年代了，祖国大陆统一都快四年了，我们还在朝鲜打败了美军，爹咋还担心变不变天？

我正思谋该怎样回答他，爹又说："多长点儿心眼儿，看着八路军不行了，就赶紧想法子早点儿逃回去！咱家有地，饿不着你。反正你总不能在外待一辈子吧？老年间的公卿大臣也都告老还乡、叶落归根哩……"

我的老爹呀，你埋进心里的念头咋就这么固执？我不会顺从您的意愿，半路"脱鞋"逃回家的。

二是，他来承德第一天就说他要进一次大戏院和电影院，还说"就一次"。这也出乎我的意料。我在家时，爹最不喜欢看戏。我们子弟班演出的文艺宣传节目，他更不看；相反，他还极力反对我演戏，甚至为此打骂过我。我为反抗，也曾"教育"过他，还演出了一场恶作剧。

那是1948年初冬的一天，区里在我村开大会。为吸引更多的群众参加会，决定开会前后演戏剧，中间有领导讲话。而我表演的节目，安排得比较靠前。可我爹并不知道开会前后都要演戏，照常让我和三弟一起去西沟割柴。我故意装得很顺从，根本不提今天要演戏的事，走时还幸灾乐祸地暗想：瞧吧，我这一走，有好戏看喽！果不其然，就要开始演戏了，主持会议的区委宣传委员湛廷焕发现我没到会场。他问是啥原因，同情我的戏友们就添油加醋地"状告"我爹如何限制我参加宣传活动。老湛气得立马让村干部"传"来我爹，劈头盖脸地狠训斥他一顿，勒令他马上去大西沟找我，并说："今天若误了演出，你要负全责！"老湛同时将我的节目调到靠后。

天傍晌时，我已割了五六捆茅柴，遥见我爹一路小跑、气喘吁吁地爬上山，来到我们近前。我和三弟都担心，爹一定先打我一顿再说事，可他没有。他边擦满头热汗边伸手要过我手中的镰刀："给我！你快跑步回去，别耽搁演戏！"当我暗笑着转身走时，又听爹说："以后演戏先告诉我，我不会再拦你的……"

此后，爹果然不再反对我搞宣传工作了，并让我向大家学习；我真的做得很出色。当时剧团的头儿杨殿臣特喜欢我。不久，杨担任了区政府秘书，他就向区委书记王华推荐我到区里工作；但他也特别了解我爹，就写信"骗"我到区里说"有要事"，之后他又软磨硬抗地对付我爹。

爹因反对我演戏挨批后，更不喜欢看戏剧演出了。听我继母说，有一年，县剧团来我们村演出《小二黑结婚》，大家都夸好，他也去戏楼下观看。不一会儿就跑回来了，独自在屋里跺着脚骂："有什么好？！全是教人学坏哩！姑娘小伙都乱搞，天下不乱才怪哩！"

我觉得怪。从来不爱看戏的我爹，今儿怎么一来承德就说要进戏院、电影院？其实，他不说我也得这样办。我和妻子先陪他老人家去新落成的承德剧场，看了评戏《五女祝寿》；接着，又去承德群众电影院看了一场电影（名字实在想不起了）。无论在剧场还是在影院，他全没有认真看剧情，都是开头东瞧西望地看剧场内的装饰，抚摸座椅，不一会儿就呼呼地睡着了，回到家反说自己特高兴。妻子问爹："您老为啥高兴？"爹一脸笑意地说："回到家，邻里们要问，去没去电影院、大剧院，我就高兴地告诉亲邻们'我可开眼了'！说白了，也是给你们脸上擦粉，如若不然，人家要问，爹就有口难言。这回，人家不问，爹也乐呵呵地告诉人家……"

爹脸膛儿红润，十分满足地嘿嘿笑了。

这就是总在"胸怀儿女"的我可爱的老爹！

十二

爹走时，说明年还来看我们，可是拖至三年后他老才又来一次，说年纪大了，不便出远门儿；其实是我三弟不放心，又没时间送他。不过，爹还是让我继母经常来看我们。

继母总会带来爹的信息。继母说："搞农业社时，你爹正经有几天睡不着觉。他自己不睡，还半夜叫醒我陪他说话。甭看他庄稼脑袋，大字不识一个，呐谋事儿不亚于国家主席。他说：'共产党有一招我佩服，夺天下时靠穷人，喊出"土地还家"。地是庄稼人的命根，穷人能不拼命？如今土地真的还家了，庄稼人火奔心似的发家致富，可地还没种热乎，又让归公伙着种。说是人多力量大，可咋就没想到人多心不齐呢？'他多次告诉张杰（此时，爹已经不愿参加会，多是张杰以户主身份到会）：'只要国家准许单干，咱家死活不入社！'张杰是进步青年，能听他的？偷偷地报了名。这下可捅了马蜂窝，你爹骂个不停不说，还独自钻进亮子沟，坐在幽暗的沟塘里，静静地闷想了一整夜。"

我一听，心里特震撼。亮子沟，那是伊玛图河西边很深的一条沟，是爹和我老叔的血汗挣下的山产。阳坡全栽种着桃、杏和红果树，沟底有泉水，有一大片比较平整的地能种些瓜菜、洋姜。我儿时就愿意去亮子沟玩。爹也说过，等他老了，就来亮子沟搭一座马架子屋，住这里看果园、种瓜菜，快快乐乐地安度晚年……可继母说他去亮子沟静坐了一整夜。我不知道爹孤身静坐在那黑沉沉的长沟里，冥思苦想，又是怎样的一种心境。后来，继母时断时续地告诉我，爹曾想到，当年他们亲哥四个都过不到一起，还分了那个穷家。他什么也没分到，不得不领上刚七岁的我小老叔，北上讨要、打工，用汗水挣下这点儿家产，包括这条沟。现今都要无代价地归公？世道真会是这样吗？什么你的我的，全是大伙的，凡事由队长说了算？社员权当是"奴隶"，听吆喝，百人百心，肯定弄不好……

我惊叹！一个大字不识的老农民，在社会变革的大时代，他能在静静的长夜里，反复思谋生产关系改变后的短与长？从旧社会走过来的庄稼人，眼下的思想觉悟能不能跟上时代？

爹清早回到家，还是埋怨张杰脑袋不开缝儿。爹说："不是我老了，思想落后，是你做事欠思量。你好好想一想，从古到今，亲哥们儿兄弟没有不分家单过的，为啥？就是心拢不到一块儿，各想各的，都想多刮群伙里的一块肉。精明的老人们，到一定时候，都会给儿子们分家。因为老人知道，亲兄弟伙着过都不会尽心尽力，必然有勤的，有懒的，到后勤的也学懒了，就会靠穷，更何况入农业社是百姓百心？绝对搞不好。不信你就瞪大眼睛等着瞧吧！"

入社头一二年，爹还去农业社里干点儿活儿，毕竟是靠工分过日子；后来他说什么也不去了，说挣那点儿分，生不起气。每天上工钟敲老半会儿了，人才懒洋洋地提着家什出来，不聚齐不下地；到了地头，还要坐下来抽袋烟，一磨蹭，日头一竿子高了。以前，自个儿单干，日头没出就吃完早饭下地，这工夫已干出小半天的活计了。真是气死人不偿命！

爹说，不是集体不好，是人心不靠谱，公心还没长齐。

大约是办高级社的第二年，我们县委书记李景岳告诉我："你老父亲又上工了，是我动员的，村上开稻田，他懂技术，请他出山当把头。"

李书记是当喜事告诉我的，我当然高兴，也知道爹年轻时在滦河岸的四道营子当过稻田把头。既然县委书记亲自动员他，他得给面子，也想给大伙露一手，让村人吃上他种的本地大米。

不用说，他经管稻田专业队是尽心尽力的，但也生了不少气。听我继母学说，最让他气恼的一件事是：

进入暑热的中伏，高天万里无云。爹怎么也没想到，湛蓝的响晴天，河渠里突然流进黑泥浆般的浑水。他乐得一蹦老高。凭经验，他知道是两百里以外的河上游围场县下暴雨了。木兰围场是清末民初才开发的，土质肥得流油，从那儿冲刷下来的浑水灌进稻田地里比什么都金贵，不单今年，连明年都能生长好稻子。爹乐坏了，高声喊叫专业队员们："都快来'穿泥'啊！快呀！"

"穿泥"——是要队员们先把守好主渠道，然后各自分工及时扒开每个稻畦的进出水口，让每个畦里都灌满浑水，喝个饱；浑水一落，就沉淀下一层黑黑的厚泥。这是万金难买的腐殖物肥料啊！眼下急需每个队员全力以赴，快速赶来"穿"浑水。可这工夫，任爹喊破嗓子，也不见队员的人影儿。

原来，队员们见大河里从上游冲下来很多淤柴，河边也时有被浑泥汤呛晕的大鲇鱼翻滚，都去抢着搂淤柴和逮鱼，明明听着爹在喊叫，也装作没听见。爹的嗓子都喊哑了，也不见有人来。他急气交加地跳着脚高声骂道："我操你高级社的祖宗！我操……"

这句脏话他连着大骂七八声，成了当时流传许久的笑柄。

事后有人问他："你怎么骂起高级社？"

爹说："气晕了呗！"

其实，他脑子里最清楚，队员都是低头不见抬头见的本村晚辈，干家里私活都是好样的，是高级社把他们"惯"成这样；至于高级社的祖宗是谁，他没多想。如若是他们自家开的稻田，有了浑泥水，用不着谁喊叫，不打破头抢着"穿泥"才怪呢……

那年收了稻子后，爹说啥也不再当把头了，更不参加集体劳动，说"眼不见心不烦"，只在家里干点儿零活儿。当时，爹已是年近七十岁的老人了，按社里规定，他已不属于正式劳动力。

十三

1958 年冬，爹出乎意料地又来承德看我们。他说："张杰不让我来，我还是身不由己地来了。"

"为啥呀，"我笑问，"还是身不由己？"

爹说："不知咋的，近两个月想你想得睡不着觉，夜里还常做噩梦。心老悬着，莫不如亲眼来瞧瞧，心里踏实。"

我又问："啥事让您心里不踏实？"

爹绷起脸儿："你甭硬撑着，听说你到了报社，成了文化人，近两年的'运动'，多是'运动'文化人，就怕你摊上事儿！"

爹告诉我，他这么想，是因为我的小学同学白玉田、姚青等人，都给'运动'得自杀了。"村里谁不知道他们都是好孩子？还有，你知道的，咱村在外工作的人多，教书的更多，有好几个划了'右派'，突然给打发回村，有的拖娘带崽的，连个住处也没有，好惨啊！"

爹说着这些，像是忽然想起什么似的，说道："荣国贤也回来啦！"

我一惊："他也出事了？"

爹摇下头："不是，他是回咱区当书记了。回来后，队里就批给他家一块房场地，大着哩！盖上五间瓦房还有半亩大园子。"爹说着，眼里充满羡慕。

荣国贤，我是最知底的。儿时，我们住在一个大串堂院，他母亲早亡，父子俩过日子。虽然只住一间半草房，但他家土地多，有二十多亩好平地。只靠他爹一个人劳动，忙时雇一些短工。土改前，他爹怕给他家划富农，就送荣国贤去张家口干训班。荣三个月后回来，当了区青委干事，家里给划个上中农成分。他长我两岁，能说，革命觉悟也真高。听说他常和我继母一个窗台里一个窗台外地磨嘴皮。我继母故意说些落后话，荣国贤就慷慨激昂地一一批驳，继母就说他喝了共产党的"迷魂汤"了，才仨月就给"灌"得铁石心肠。没过多久，他调到十二区任团委书记。我调离隆化县去热河省委时，他任县委组织部主管人事的大干事。我走时，他恋恋不舍地送我，还一起到照相馆照了相。现在他回本区主政，又有了大房场、大菜园，爹很羡慕，试探我："如若你不愿退职，也申请调回本地咋样？"

我想，这恐怕是爹"身不由己"来承德的主要用意。我明白地告诉爹："您老别胡思乱想了，目下全国各行业都在'大跃进'，我不会退职或调回本地。"他仍然不死心，又嘱咐做事要"紧睁眼，慢说话"，"千万别犯了错误再给撵回去"。

他第三天就想走，我强留他一个星期。几天话闲时，他还说到村里办食堂，是强迫性的，谁不加入就拔他家的锅，"让你在自家做不成饭，也正好凑齐上交钢铁的任务"。爹还说，为大炼钢铁，有钱出钱，有物出物，有力出力，强壮男女劳力都上"前线"了；队里的、个人家里的东西随便"共产"，反正要跑步进共产主义了……其实，有些事他不说，我在报社工作也知道一些，但当时是"报喜不报忧"，我心中有数地做些正面报道。幸好，爹最终没执意要我退职或调回本地。

可是，到了三年困难时期，爹又心活了，最诱惑他的是荣国贤退职回家。为此，爹特意派我继母来承德说服我。当晚，继母端着她的长杆烟袋吸着旱烟，很动容地说："荣国贤你们俩打小就要好。当年那么革命的人都回家了，一次性的离休金拿了上千元不说，他那半亩园田可出产大钱了。都说'三级工，四级工，比不上农家的两垄葱'，还真是那么回事，荣国贤园子里的萝卜、白菜都高价卖到每斤三块钱，半亩园子出产多少斤菜？你算吧！老值钱啦！也有人退职不全是为钱，是害怕蒋介石'反攻'大陆。就是你爹常说的'变天'！这说法当地传得很凶，夜里各村都派民兵跟踪特务发的信号弹。咱村退职回家的不止两三个，别的村也有……"荣国贤退职可不是怕变天，他是老党员。他退职是因为老伴有病，家有实际困难。

继母说的我全信。老蒋趁大陆三年困难，叫嚣"反攻"大陆的文件多次传达过，国家为减轻城市供应的压力，也曾动员职工还乡，但我决不写申请，我喜欢自己的工作。继母说服不了我，又动情地诉说："你爹近来夜里常做噩梦，几回梦见你饿得皮包骨头，下乡时半路晕倒了爬不起。梦醒后就说：'该给张峻准备房子了，万一他突然给打发回来……'"

继母说着，她自己也抹起眼泪。

继母还特意告诉我："你爹近二年特别显老。我临来前，他和你木匠二叔把他准备的松木棺材板合成寿棺了。棺材做好后，他自己先躺进棺材里试了试，觉着哪儿不舒服，就用刨子推平刨光，直到他自己满意为止。他还说，自己没几天活头了，就盼着你能回去。这老东西！"

继母走后好些天，我总想，她老人家为啥要和我说这些？肯定是想以父子之情感动我，让我及早退职或调回家乡，守在爹的身边。

十四

爹年轻时喜欢喝两盅，可那时只顾全家填饱肚子，哪有喝酒的钱。

解放后生活好些了，除了年节，平时只是晚间喝一点儿，最多不超过二两。遇上来客或外出做客，那就没准了。激情所致，半斤八两没问题。但我怎么也没想到，老人家的离世却与喝酒有关。

爹一生勤劳，也练出了硬身板。七十来岁时，担、扛百来斤的重量不算啥。听说他离世前五天，还登高与我木匠二叔一起拉大锯。三弟张杰后来和我说，若说爹去世前身体有什么不适，用爹自己的话，"清早起来总觉着迷瞪瞪的"。"许是血压高？也从没检查过，唉！"三弟语气里充满悔意。

让我愧疚的是，爹喝酒失控，是为给我批房基地而宴请队干部。

我家的三间草房，还是解放前与我老叔分家时盖起的，老旧且不宽敞，爹与三弟家各住一间半，还能凑合。可爹一直认为，张峻迟早得回家，总想以我的名义申请一块房基地，再盖一处房；可申报了几次，大队干部总说"研究研究"，不给准信。有人就劝爹："出点儿'血'吧，'研究'就是烟酒。"爹真的买了几瓶好酒送给大队主要干部。这回倒是答复了："张峻若真回来，我们准批。"爹就真的找人代笔写信，劝我退职回家；我哪会轻易地服从爹，事情就耽搁了下来。过了一年多，爹为我盖房的心又活了，才狠心摆一桌席，宴请大小队干部。

据三弟说："那天，爹见大小队干部八个人到场，他特兴奋，把我甩在一边，他成了待客主人。先与来客每个人碰了三大盅，然后，谁叫板他都应战，一盅一口闷，不剩一滴。席间，他喝下肚的酒早已超量，可他还舌头僵硬地说：'今……今天，我……我没想到各位都……都来……来捧场，我高……高兴！再……再和各位打……打个同……同锅！'"

我三弟见状，赶忙说："爹的提议很好，由我来代表您……"三弟的话还没落音，爹就抓过酒瓶，摇头嚷道："你……你哪能……能代替我！咱……咱……咱家还……还是我……我说了算！"接着就自斟自饮，一口一大盅地大口喝。还没喝下四盅，他就身子一出溜，歪倒在凳子下面……

大家见状，齐声喊叫："二爷！二爷！"紧挨着爹的荣支书一边搀扶他一边说："二爷，您放心，只要张峻一回来，不用您开口，我就给您找最好的房场……"

第二天清晨，爹酒醒后就问三弟，昨晚干部们到底是咋说的。三弟把荣支书的话学说一遍，爹一听就拍着炕沿大骂："狗日的们！把我老头子当猴耍了！又说等张峻，这不是车辘辘话吗！归其还是不给批地皮。我是哑巴让驴日了，痛也说不出口，满桌子的席权当喂狗了！"

爹气得脸色紫胀，他暴怒地拍着炕席喊叫，越喊声越大，并大喘着粗气，喉咙里像是堵了什么。他猛劲一咳，竟"噗"地喷出一大口血，红殷殷地洒了半炕……

1964年4月初的一天，我接到老爹病危的电报，是地区文联刘光波兄转给我的。电报转到他手时，我已登上了去保定参加"全省文学创作会议"的火车。我心焦地立即在上板城站下车，又搭乘从锦州过来的火车返承。回去简单准备下，又上了路经我家的运粮汽车，天傍黑才赶到家。我进院时，爹已躺进自己亲手打造好的松木棺材里，停尸院中。我扑身跪倒在棺材前，号啕大哭："爹呀！儿不孝，回来晚了……"

三弟、继母、老叔、老婶……众多家人拥到棺材前，和我一起哭。

回到屋，三弟才述说爹的病程。从摆宴喝酒到晕倒、吐血，直至咽气，前后不到五天，病状时重时轻，公社医院的大夫临了也没断准是啥病，只说似是肝硬化，与喝酒有关联。"爹清醒时总问：'张峻哩？咋还没回来？'爹临'走'前，多想让二哥坐在他身边……"

我又泣不成声了："爹呀！您老一辈子为我劳心，盼着我不离您身边，临老，还为我叶落归根准备房场……"

三弟哭着还告诉我："近些年村里不少社员推荐我当大队干部，公社领导也多次找我谈，可咱爹说：'除非我断气，你甭想当干部！你二哥从"参加"就一直远离我……'"三弟又说，"可我怎么也没想到，他老人家临闭眼的前一天，把我叫到他的枕边，说：'爹错了，公社再让你当干部，你就干！'我一直想不清楚，爹为啥在临终前改了主意……"

第二天出殡前，开棺让我最后见爹一面。当棺材盖错开半边，我清楚地瞅见爹那略显消瘦的脸庞，合着眼，是那么安详、慈善，一丝也瞧不见他青壮年时的暴虐。那晚，我睡眼蒙眬中，恍惚又见到那年老爹送我离家时，灰胡须飘飘地站立在双柳树下，久久地目送着我……那场景，我许久挥之不去。

我也不曾想到，二十年后，我妻子先我而去。按我岳母的意愿，一定让妻子的骨灰埋入张家老坟地里爹的坟墓脚下，要她"侍奉"老人。我不迷信，但也不想逆着老岳母的心愿，就将妻子的骨灰埋于爹的坟墓下面。按乡俗，到我终老时，必与妻子合葬，尽管我们爷俩谁也不相信人死后会有灵魂。到那时，咱爷俩的"房舍"前后相连，我最终将永远不离开您老人家的身边了！

2014年8月21日于山东威海

载于《长城》2015年第2期

记 弟

——我的亲情梦之二

一

都说兄弟如手足。

对于胞弟张杰，我还没有像熟悉自己手脚那样熟悉他。原因，我十六岁离家，也就离开了他，他一直固守家乡热土，哥俩再也没有像儿时那样朝夕相处。

儿时的记忆很有趣。杰弟小我四岁。我五岁多的朦胧印象：烈光炎炎的夏日，全身只穿着小裤头的我，晒得脊背发痒。我手握一根棍子，看着院子里的猪鸡们，不让它们胡乱抢食吃。喜欢在地上乱爬的杰弟，一丝不挂地仰着小圆脑袋，胖胖的，横在猪们与鸡群中间，两只小胖手拍打着地，使劲地喊嚷、发威，似在吓唬猪鸡们。我真怕猪咬他、鸡鹐他，又怕我轰赶猪鸡时，一不小心伤着他。

他再大一点儿，能摇摇晃晃地走路了，夏天依然一丝不挂。他脸儿溜圆，大额头，深眼窝，两颗小黑眼珠骨碌碌地转，就像两粒水灵灵的黑葡萄；嘴偏小，唇厚，闭着时恰似一个圆圆的红樱桃；小胳膊小腿胖似棒槌，猛一看，活像个时尚的瓷娃娃。若真是瓷的倒也好了；可他天生好动，整天寸步不离地黏我。酷夏，我去河滩草地里放猪，他跟屁虫似的，一丝不挂，在河滩里采野花、逮蚂蚱，时而追进草窝深处。我真怕花脖子野蛇咬他，一心想跟紧他，又怕猪们乱跑，钻进地里糟害庄稼。

好不容易盼到他长高一些，跟我更黏糊了，白天一起干活，夜里睡一个被窝，直睡到我离开家。

上学念书非他强项。他只念过两年"洋书"（伪满小学），随着伪满洲国倒台，他就不再念书了。这期间，我发现他比同龄的孩子力气都大：摔跤，没有谁能摔过他，都尽量躲着他。他特爱干活。我十一岁休学务农，他虽说小我四岁，我干什么他都抢着干。冷冬，天蒙蒙亮起来喂牛、清圈、担粪，手冻得疼似猫咬，他那小脸儿冻得紫红，从不嚷冷；夏秋，浇园、耪地、割地、打场，样样都不比我少干。

爹喜欢孩子爱干活，经常夸他，他干得更来劲了，有意无意地总想超过我。记得我们父子三人一起耪地，我打头，他打二，他总嫌我耪得慢，不时用锄头杵我的脚后跟。耪在他身后的老爹瞧见他手头快是快，时常浅锄、丢草，就轻声笑骂："猫盖屎！"随手替他深补一锄，并锄掉他丢下的荒草。

二

杰弟不光能受累，还能吃得大苦。

1947年前后，家乡兵匪为患。国民党兵和他们豢养的"自卫队"（土匪），吃喝并翻抢各家的粮食，造成罕见的饥荒。苦春时节，乡亲们大多都靠吃树叶、野菜活命。

某日，我和杰弟喝一肚子苦菜汤，就扛着锄去亮子沟耪地。耪一会儿，撒两泡尿，身子一点儿劲儿都没有了，杰弟就去山坡寻野菜吃，吃得嘴角满是绿浆，缓过点儿劲儿，再接着耪地。一次，他转山寻野菜，好久不回，我心神不安地去寻他。拐过山弯，吓我一大跳，只见他头朝下躺在山坡上。我惊恐地"啊"了一声，扔下锄，急去他近前看个究竟。还好，先是瞅见他的光脑袋仿佛在动，近前细瞧，那瘦得眍在眼窝里的黑眼珠子还能骨碌碌地转动。我松心地大声喊叫："杰！你这是做啥嘛！"

他咧嘴苦笑，慢悠悠地说："哥，这么倒控躺着，好像肚子里满满的，不那么饿。真的，舒服多了！"

我愣然不解。

他招手："不信，您也来试试。"

我犹豫片刻，还是相挨着他，选了块坡度较缓的空地，悄然地头朝下仰面躺倒。眼里立马现出连接远山的蓝天和朵朵白云，那棉絮般的碎云片似在蠕动。轻风抚摸着我疲惫的身心，倒控着的腹部，似乎真的有一种"饱"的感觉，比肚里咕咕叫舒坦多了。

我正受用着这份暂时的"舒坦"，杰弟却突然"嗷"一声叫，挺身坐起，一只手像从后腰处抓到个什么物件。他一松手，一只三寸来长的四脚蛇（又名马蛇子），扭动着花条身子，飞快地钻进碎石堆里，没了踪影。

"嘿！"杰弟十分痛惜地说，"要知是'小山鱼'（四脚蛇的又一俗名），真该一口吞掉它！"

瞅着一脸痛惜的杰弟，我却一脸苦笑。

杰弟重又躺下，不一会儿，说他倒控得真的"有劲儿"了，爬起来摸起锄，又转过山弯去坡下耪地。

我们哥俩就这样饿着肚子，将六亩坡地耪了两遍。

也是那个苦夏，我们哥俩靠吃菜团，不惜苦累和汗水，天天去阿牛沟里的小獾子沟割青叶子柴火，待晒干后，再捆好背回家。酷热晃天，日复一日，我俩背回的柴堆起的柴垛比院墙还高。

就因为这，老爹被土匪队抓去审问："快把你家的存粮交出来！"

老爹惊愕："我家真的没粮！"

匪首猛地拍桌子恐吓："胡说！没粮你家能割那一大垛青叶子柴？"训斥得老爹哭笑不得。他怎能说得清，俩儿子饿着肚子割青柴，竟招来祸端。后经叔父拜托保长出面说情，土匪才放回老爹。

说到割柴，杰弟是小伙伴中出名的快手，不光手快，还不惜力气背得多。那时候，家乡秃山光岭，茅柴少而矬，手一抓，都没有下镰刀之处，怕砍手，只能用镰刀头砸柴根。柴短自然难捆，可杰弟能打三节，捆成二尺多长、圆滚滚的一大捆。他手头也比我快，通常，我割六捆时，他能割八捆。我怕他背不动，常是每人背七捆。有一年寒冬，我俩背着柴下山时，突然狂风大作，顷刻间，将杰弟的柴背刮倒。我回头瞧望，见他正在吃力地拱身。我因柴背在身，暂不能去帮他，急喊："杰！你扔掉两捆就好背了！"他哪里舍得扔，硬是一边喊叫一边拖着柴背，将七捆柴整背地拖下山。凛冽寒风中，我见他满头的热汗，像水洗一般。

三

苦和累并没影响杰弟的身体发育。他十二三岁时，就几乎赶上当地成年人的个头儿，而且什么农活儿他都敢摸索，包括扶犁、摇鞭赶大车等，使唤牲畜特油。爹非常喜欢干活俏实的人，常在亲邻们面前夸说杰弟："多大的小人啊！硬挺起大老爷们的活计。"

亲邻们听了就笑脸连声赞许："就是！就是！半条街也找不出第二个……"

听亲邻们的夸赞，爹高兴；杰弟很知趣，就越发地闷头干活。他心思都悟在农活儿上，也就越发地心灵手巧，性格却越发地内向，见人不多言多语，更不会讲客套话，着急时还口吃；衣着穿戴上也越发不怎么讲究，夏季里忙农活儿，全身只一条大裤衩，光着脊梁、裸着脚榜地，皮肤晒得黝黑，脸上多有汗迹，像永远洗不净似的。家人劝说他，全当耳旁风，满不在乎地讪笑："一个庄稼人，还要啥样儿？"

可是，谁也没想到，杰弟一个硬实的好庄稼人，婚娶却让老爹犯难、着急。

杰弟到了该谈对象时，正赶上1953年国家建设用人的高潮，成批的农村青年应招进城参干或进工厂做工。当时，乡下姑娘找对象流行的口头禅是"宁找穿吊兜的，不嫁扛锄钩的"。吊兜，是指当时国家工人的服饰。嫁给当干部的或工人，不受户口限制，就能随夫进城，当安闲享乐的家属。扛锄钩，自然是指榜地受苦累的庄稼汉了。因为我已在外工作，老爹就一百个不愿意再放杰弟出去；可他老人家又偏偏认死理，在家里跺着脚发狠："我就不信邪！像张杰这样的正牌庄稼人，会娶不上媳妇，打一辈子光棍？"

杰弟到底没有打光棍，但他娶媳妇却颇费周折。开头两年，常有来家提亲的，老爹以为自己儿子庄稼活出众，就过分地挑剔女方，没能说成；后来他发现，是油炸麻花满拧个儿，都是人家姑娘嫌弃自己儿子是庄稼耙子。他老人家也责怪杰弟笨嘴拙舌，不会讨姑娘喜欢。

又一次给杰弟说亲，姑娘是二十里远的煤窑洼村人，老爹怕杰弟嘴头子笨，特意请杰弟本族的堂哥张富相陪。张富刚从部队复员，穿了一身半新的黄军装。双方见面的第二天，姑娘就传过信说同意并让杰弟去交换礼物。杰弟再次去会面，还没容掏出礼物，姑娘就拉下脸儿问："你来干啥？"原来，姑娘相中的是张富。杰弟羞臊得一副关公脸儿，垂着头，丧气地走出姑娘家门……

老爹狠挨了一闷棍，转而放低了娶儿媳的条件。我每次回家，他都唉声叹气地说："唉！没想到张杰寻媳妇这么难，我算是想通了，只要人家姑娘愿意，长相咱不挑，不缺鼻子少眼就行！"

老爹的伤感，让我心头一震。从杰弟找媳妇难，联想和剖析我当时接触到的农村青年的婚姻状况，几经构思，终以《弟弟的婚事》为题，写了一篇不算短的小说，在1955年5月的《热河青年报》上连载。

一年后，杰弟终于娶了弟妹陈桂兰。她除了个头儿矮了点儿，人能干，干净，也能吃苦，可算是"天作之合"。桂兰是为了及早摆脱给她气受的继母，才愿意早些出嫁离家；但她当时没有问清楚，婆家也是后婆婆。当她后来与我继母相处得不愉快时，常背地说："算我瞎眼，没想到从屎窝又挪到了尿窝！"

四

桂兰对杰弟很好；但也嫌他只顾闷头干活，不修饰自己。杰弟习惯成自然，新换的衣服很快弄得不干不净，为此，两口子不免常犯口角。还好，俩人的感情没出大碍。

此时的家乡，已进入农业合作化高潮。杰弟是不打折扣的进步青年，为带头入社不惜同老爹闹翻，他从心眼儿里盼着农业社好。为此，他不惜力气地带头吃大苦，累活、脏活都抢着干。譬如淘各家茅厕的大粪，去砖瓦窑脱坯烧砖，去油坊抡大锤等，不光为自己名声好，心里还藏个"小九九"——多挣工分。工分是命根，为一家人的口粮充足，也为安抚不愿入社的老爹。

他勤苦耐劳为农业社，为人正派，时常无代价地帮助老弱病残，自然赢得人心。乡亲们几次提名选他当队长，首先是老爹挡道："杰你记着，只要我还有一口活气，你就甭想当干部！"老爹不是怕儿子苦累，怕的是杰弟当干部得罪人。他曾多次袒露心扉："都是老亲近邻的，父一辈子一辈和美相处不容易。你当干部主事再公道，也难免伤着想占便宜的人。遭人咒骂，我对不起祖宗。"

1964 年春，老爹突然病故。老人家临咽气前，不知出于什么因由，总算给杰弟松了绑："大伙再选你当干部，你就当！"那年秋后，正巧赶上"四清"运动后期建政，驻队干部反复强调："当干部犯错误，多因懒、贪、占（多吃、多占）；这回一定要选个勤劳的、不贪不占、办事公道的好队长……"话音未落人们就齐声高喊："张杰行！就选张杰！"

"就选他！"驻队干部也极赞同，立马报给"四清"工作队大队部。可是，等了好多天，大队部也不批准，社员们像被装进闷葫芦里，都说："真怪，张杰可是打着灯笼都难找的好苗子啊！上边咋就不批准呢？"

社员们正着急时，上边传下来惊人的消息："张杰要当大队党支书啦！"

"谣传！全是谣传！"有人猜断。杰弟本人更不信："我还是'白丁'哩！哪有非党员当书记的？"说归说，传归传，工作队的大队长刘品三找张杰谈话了："八达营大队地处公社所在地，但一向是'灯下黑'，历届主要干部多因懒、贪、占受处分下台，工作也自然打不开局面。生产落后，社员受穷，归根结底是没有选好'一把手'、好的领头人。工作队和公社党委几经研究，要你挑起大队党支部书记这个重担……"

没容刘品三队长把话说完，杰弟就摇着头笑道："刘队长，您……您……您别耍我了，我……我可是'白丁'呀！

"说啥'白丁'，"刘品三依然一本正经，"其实，你的思想、行为早就够党员条件了！这之前，工作队和公社党委都反复讨论过，针对八达营大队急需挑选一个好的领头人的特殊情况，特殊对待，一致认为，只有你才能担好这个重担，并已上报县委。昨天县委已经特别批准……"

杰弟一听不是开玩笑，真的急眼了："不……不行！真的不……不不行！"他一紧张就口吃，结结巴巴地说："我……我……我请求工作队领导、公社党委，再……再研究，改……改……改……"

"改啥呀？"刘品三笑了笑，斩钉截铁地打断他，"县委特批了，哪能再改！你以为是小孩们过家家呀？"

"真……真的不行！"杰弟都急晕了，他满头大汗地争辩，"实……

实在话，当个生产队长，领着大伙干活，我……我不发怵；可当……当党支书，全大队的领头人，真……真的不行。说……说实在的，我……我……我做梦都……都不敢想……"

刘品三根本不想听杰弟解释，还借着开社员大会，把生米做成熟饭，当众宣布了新支书的任命，并且当场拉杰弟上台，让他讲话、表态。他晃晃悠悠地立在台上，心慌、脸红，眼前似是一片白墙。他大张着嘴，却又发不出音，磕磕巴巴好半会儿，嘟囔几句，自己也不知说了些什么，像是过鬼门关似的，捂着大红脸儿跳下台。

出丑！真格是出丑了！他心里长时间五味杂陈，惴惴不安。弟媳桂兰也说他"欠灯儿"，讥讽他："屁股沟夹一绺麻，假装大尾巴狼！啥支书？不砸锅才怪哩！"让他想起来就脸红的是，有个顽皮的孩子，当着他的面儿学他磕磕巴巴讲话的样子，然后做个鬼脸，嬉笑着一路远去。"这不是当面臊我的脸嘛！"他欲哭无泪。

愁苦得夜里睡不着觉时，他苦想：硬生生给搭上套，拉上台，看样子党支书是推不掉了。要干，带头吃苦没问题，可得先过讲话这一关。他自信脑子还算机灵、好用，村里的事该咋铺摆，他心里有"小九九"，眼巴前的大实话，还能说出个子午卯酉（一些道理），就是这结巴嘴不中用，就像茶壶里煮饺子——有嘴儿倒不出。他得立马下狠心练嘴。老话说"马快出在腿上，人能也在嘴上"，他反复闷想，认定结巴嘴是他表达真情实意的一大障碍。这毛病能不能治？心里真没底儿。他抹下脸儿，偷偷去找地段医院的王大夫求教。王大夫微笑着说："治结巴真的没有特效药。我想，许是与心理障碍有关吧。心里一紧张，舌根就发硬，说话就会卡壳。你试着有闲空儿就左右、上下活动舌头，用力摆动。活动久了，或许会管用。再就是常练声，一有闲空儿，你就找个清静地处，试着'啊——啊——'地练声。医生没法儿帮你，全在你自己。"他觉得大夫的话很实在，也很受启发。他谢过了王大夫，就试着有空儿就多活动舌头；也时常找个僻静的地方抓紧练声。

有一回，春暖花开的仲春时节，他在僻静无人的南石碴下的水塘边大张着嘴"啊——啊——啊——"，不知怎么，他隐约地感觉到似有回声。是石碴子的回音？停下来静听，不像。原来是趴在塘边的几只蛤蟆也在"咯啊——咯啊——咯啊——"地叫。是引发还是巧合？他轻摇了下头，暗自笑了，继续与青蛙叫声混合，高调儿练习发声。

还别说，舌头这么活动久了，加上偷偷练声，讲话时又尽量沉下心，不急不火，专心致志，还真有些效果。他心里清楚，只要克服紧张，舌头就灵活，就能够慢条斯理地讲下去，嘴就极少卡壳，好使唤多了。他逐渐地听到了好的反馈："没想到，张杰还真有两下子，讲话慢条斯理的，真能说出些好道道来！"洞子沟的一位乡亲这么评价他。

他豁然明白：当支部书记可不比当生产队长，虑事开阔，思路广，道道孕在脑里，出自灵活的嘴上，不求妙语连珠，但须声声入耳，断不能"自关电门，有话发不出声"！他自认：口才，也是当好党支书必过的一关。

五

愁归愁，搭上套就得拉硬弓。杰弟说，活人难得众人捧，以心换心，咱得以行动回报众乡亲。凡事讲忠诚，正心态，吃得苦，一丝一毫不能应景。

杰弟深知，尽管自己做梦都没想到当支书，也甭管心眼儿里多么不愿意，全营子四百多户、千余口人的吃喝穿住行，好坏都连着自己的忠诚、能耐。他更知道前几任支书为啥下的台，也知道各生产队的劳动工分为啥不值钱，社员们为啥穷，农林牧副各业又为啥上不去……

村里首任党支书刘某，响当当的雇农，土改时的硬汉子。开始搞合作化时，他在县里开罢会，知道农民土地将来要逐步归集体，走合作化道路。回村后，他不首先传达发展互助合作的精神，急慌慌地将自家的二十亩好地卖个精光，把钱存入银行吃利息。那时候，银行的利息高，他只想个人发家，顶风损害集体，因此被开除党籍。第二任支书荣某，当上"大拿"就不再劳动。社员评说他"溜溜达达，两千七八（指全年补贴工分）"。他厌恶劳动，喜欢吃请，贪占集体的钱物；好财贪色，男女关系等丑事都找上门……杰弟本不想翻前任们的老账，触动下台干部的伤疤。他梳理这些，刨根问底，是为弄清楚：自己为谁当干部，又该怎样当个好干部。

他最先想到的，要让社员们一年的劳动量得实惠，年终核算增加收入，就得先解决好劳动管理。譬如有的社员出工不出力，干活"大呼隆"，瞎混工分。这也是干活诚实的社员最痛恨的。不光他自己对此深恶痛绝，老爹在世时，也常为此事叫骂不迭。

他是从小干农活儿的老把式，哪样活计用多少工，他凭眼瞪也能判断出八九不离十。但他为公正、准确，还是在自家所在的二生产队扑下身子，一锄一镐地亲手示范，定出多项农活儿的工分定额，然后请诚实的老农和社员代表评议，再交社员们充分讨论，直至大家心服口服。凡能"定额管理"的农活儿，他都亲身试做后实行"小包工"，不光劳动效率提高，还鼓励了社员勤恳、诚实劳动，也惩罚了个别偷懒、耍奸、巧占便宜的社员。随后，他把二队的经验推广到全大队。当年的农田管理、庄稼的长势，普遍好于往年，各队工分值也比上一年提高二至三成，劳动好的社员年收入普遍增加，同时也惩戒、教育了偷懒耍奸的人。这样，杰弟在群众中的威望向好。大家都说：还是庄稼把式当头儿清正、公道，劳动好的社员全能得实惠。

弟媳桂兰说："张杰从当上干部，睡觉少多了。从大队开会回来本来就很晚，躺下也睡不着，来回'翻煎饼'；有时睡着了也梦话连篇，还'嘎吱吱'地咬牙。当地老话说'男人睡梦里咬牙是恨家不起'；如今，他管着全村的事，睡觉前想的、梦里恨的'家不起'，也肯定是队上的'大家'……"

"无林无木，山村不富"，这句话不知啥时钻进他的脑子里。他从小爬坡踅岭砍茅柴，深知几辈子村人吃够了秃山光岭的苦。为做饭，我们哥俩从小就爬山崖，割茅柴，也刨过柴根、木疙瘩，刨得秃山无遮拦，下雨满坡流，山洪大泛滥，每年都冲毁一些平地和房屋。老人们传说：清朝光绪十六年（1890）那场大水，从东山根到西山根，巨浪黑滔滔一片，房屋倒塌，人畜淹死过半。儿时，我们哥俩就牢记着酸苦的顺口溜：不怕神，不怕鬼，就怕西沟发大水。西沟，是一条汇集七沟八梁十五华里长的深沟，每逢暴雨，山洪从沟沟岔岔汇入主沟，多流猛汇掀起巨浪，牛吼般地冲出沟，涌向营子，村南半条街被冲得房倒屋塌，惨不忍睹。

封山育林，养坡植果，减缓洪害。杰弟认定，这是八达营村致富拔穷根的必走之路。

党支部做决议，各生产队分沟分坡包干，植树护林，养果致富。树苗从哪儿来？没钱不行。他去县里找扶他上台的刘品三，一见面就叫苦："刘局长，你扶我上台，万不能像耍猴那样，你'哐哐'地敲锣，哄我爬高，随后大撒手，让我从高处摔下来，看我的笑话啊！"刘品三笑："别扯没用的，说正事！"杰弟说："正事是帮我找林业局，给点儿树苗或买树苗钱。我们村出力，保栽保活，等树木成林，山青水绿，林业局还能向上级报成绩。"刘品三又笑："照你说，是你张杰在为林业局谋好处？人家还得谢你呀！"

玩笑归玩笑，有品三局长出面担保，买树苗钱还真有了着落。当年雨季，全村人奋战，一多半荒山秃岭都栽上了黑松与洋槐。第二年雨季，继续奋战，遍山栽上树苗，离村较近的土坡建果园。同时出台"护林公约"，成立专业护林队，由爱较真的老党员陈广信当队长，赏罚严明。

"公约"明文规定：自封山之日起，任何人不得进山放牧；更不能割、刨山上的一草一木，违者必罚……立此"公约"前，杰弟就想到，以往也曾栽过树，封过山，可为啥封不住呢？归根结底是没有解决好社员的做饭烧柴问题。有的社员为做饭，照样偷偷进山割蒿草、砍茅柴，还随手把刚栽上的树苗拔回家当柴做饭。据此，杰弟把解决烧柴问题放在封山育林的优先位置。农田里的秸秆，除留做牲畜饲料外，余者全部按户按人分给各家。对人口多、烧柴量大的个别户，大队想办法给他们拉煤（后又烧煤气）；杰弟还带头试验、推广沼气。加之负责任的护林员严管，山林逐渐长了起来，秃岭逐渐绿袍加身。后来，对一些不能成材的荒蒿，也有领导地定期组织间割，烧柴已经不是问题了，人们也体会到封山育林的好处。随着大山转绿，社员的收益逐年增多，深山里的野兽也逐渐现身。荒岭变宝，村人乐了……

　　不过，也总有个别不乐的人，就是那些惯占便宜，时常偷摸进山放牧，并且不服护林队严管的。碰到这样的"刺头"，杰弟有时就得到现场处理。一次，三队荣某的愣小子偷偷溜进东山后沟放牲口，护林队长陈广信去劝阻，愣小子毫不理睬。广信无奈，就把杰弟喊到现场。万没想到这愣小子抗拒更烈，竟敢挥舞镰刀追砍杰弟，幸亏派出所警察及时赶到，才制止了这场祸灾。当警察给二愣戴上手铐要带他走时，杰弟喊住警察，悄声劝阻："算了吧！他从小就愣头巴脑，不明事理。我和他爸同院住过，一块儿玩泥长大，总是低头不见抬头见的。现在他爸有病，我不想让他爸着急。教育他认错就行了……"

　　这是封山育林中的一段插曲。但从此，属于八达营村的沟沟岔岔、坡坡岭岭，少有损坏林木现象发生。树渐高，山变绿，收益陡增……

六

　　我从1964年4月回村安葬老爹，这之后，整整二十年未回老家，其间经过十年"文革"。有关杰弟经县委特批入党的同时就任党支书的事，最先是当传言听的，似信非信。后来，在家乡当科级干部的小学同学李万源来石家庄办事，亲口对我学说，我才当真。随即忧心地问："他干得咋样？"

"好着呢！"万源以夸赞的口吻叙说张杰，连说几个"没想到"——没想到他的磕巴嘴练得那么能说；没想到他想事、办事那么有谋略、有远见、有套路；没想到村里变得这么快：山有树了，社员富了，新房多了。"他还是全县有名的模范党支书、不脱产的公社党委委员……"简直把杰弟夸成了一朵花。

李万源所说的谋略、远见，是指杰弟破天荒地带领众乡亲修了五华里长的改河大坝。不但护住了多年受害的村庄，还改出六百余亩河滩地种植水稻，让全村人吃上大米。"大伙都嚷着要给他立碑呢！"

"立碑大可不必，"我说，"不过，修坝改河确实是村人千百年渴望的大好事。"

我立马想起儿时那句民谣：不信神，不怕鬼，就怕西沟发大水。

西沟，是村子西边十多华里长的一条深沟。主沟南北两坡，又分延出七八条陡峭的深沟。一场暴雨猛降，七沟八梁的山洪汇流至主沟，聚成洪峰，牛腰般的巨浪吼叫着冲出西沟口，直逼村西南北流向的伊玛图河，逼得大河猛向东弯，冲向村落，致使村南的一条小街（俗名南胡同）逐年被冲得坍陷，临河的沈姓、侯姓、张姓等几十家的房院逐年随洪水而去。

我与杰弟从小就一次次目睹那洪水淹庄的悲惨场面。每到洪水泛滥季节，我们都惴惴不安地去南河沿瞭望大水。亲眼看那滔滔大浪撞击村岸，顷刻间岸边就冲坍一大块，房倒屋坍，灰苍苍的土坯墙与房梁、檩、椽等木料披裹着青瓦灰草随浪而下；逃跑不及的猪、羊、鸡等，惨叫着在浪涛中挣扎、漂荡。夜里，临河的人家吓得不敢困觉，生怕睡梦中墙倒房坍，随"龙王"而去。

一次，我与杰弟在南胡同姥爷家的小院里扒着矮墙看大水，远远望见河上游对岸有个微黑的人影蠕动，看样子他是想过河，但又惧怕水浪凶猛。只见他晃悠好长时间，似乎终于下了决心，才脱掉衣服，单手高举，走入河中。当他快蹚到大河主流时，突然被一个猛浪冲倒，身影便时隐时现地随恶浪漂流而下。大伙都为他揪心、哀叹："这人完了！没救了！"当他被冲到姥爷家的房舍对面，突然地从水浪里蹿出上半身，狂喊了一声："妈吧！"我姥爷是爱接话茬的人，他当即惋惜地随口应声："你喊爹也不行啦！"没料及，那人被冲到下游一里多地时，恰好被会泳"狗刨"的我老叔奋力给捞上岸来。老叔仔细一看，原来是我姥爷的四儿子、我的亲四舅。他在梁西扛长工，探家心切，才冒险过河。四舅被救活后抬回家，我姥爷一想起四舅危急中呼喊妈时自己随口说的那句噱头话就臊得脸红。此事也在村里长时间传为笑柄。

还有一回，是20世纪60年代，本村的王玉清被洪水冲到河下游，巧被不会水的杰弟发现，杰弟不顾一切地跃入河中，拼死抢救上岸。玉清媳妇感动得几次登门送礼道谢，说："张杰本不会游泳，可他不惜搭上性命，冒死救人，我们全家感激不尽，必须酬谢报恩！"杰弟连连摆手，坚决不收礼，只说："救人是应该的！谁遇上险情都会这么做，哪有见死不救的？"

回述这些，我只想说：挡坝改河，是村人血泪凝聚的千百年夙愿，当然，也是杰弟的心头祈盼。

杰弟偶然地被推上"村头"的岗位后，他就开始思谋：我们这代人，一定要制服西沟的水患！要根治，必须下大力修大坝改河，让多年为害的伊玛图河远离村落，也让西沟雨后暴发的大洪水一出沟口就乖乖地顺着河坝东去，再也不能祸害村街。他心生这一想法后，曾几次偷闲沿着河岸勘察，从下游一直走到离村五华里远的白云山下的大庙湾。他还约请一位懂水利的技术员与他共同目测，他们一致认定：能挡住西沟洪水的改河大坝，必须从上游大庙湾修起，一直修到东山阿牛沟门的对面。坝长起码需两千五百米，坝底宽十米，坝高五米，全坝用大石块并水泥灌浆，修成"万年牢（牢固）"！这是一件亘古未有的大工程，如果修成了，不光能护住村庄，还能使六百多亩河滩地改种稻田，让村人吃上大米。

他拿定改河修坝的主意后，就召集党支委和大队干部会议，亮明了他的初步想法，会场一下子炸了窝："你是说笑话吧？咱一个村可没这大能力！"多数到会的人都没信心。他就打开当红的"宝书"，领着大伙学《愚公移山》，鼓励党员、干部们："咱这代人要立大志，发扬愚公精神，根绝千年水害，一年修不成两年，两年修不成三年，只要决心大，不怕苦，终能干成这桩亘古未有的大业！"

经过多次学习、反复讨论，党支委和队委们逐渐增强了信心，绝大多数党员、干部都表明了决心，并搞出来"改河初步规划"。经全体党员、干部们讨论通过后，他即刻去找在县委、县政府工作的发小白云琪、李万德、李万源等，让他们帮忙献计、出力。终由分管水利工作的副县长李广泽领队，带着水利局局长张守仁等科技人员来村，勘察并落实了修坝改河的规划，解决了部分钢筋、水泥等物资。八达营亘古未有的改河工程，就这么红红火火地干起来了。

七

1974年金秋十月，霜叶染山，地了场光。修坝改河工程，经过一段在村民中充分动员和物资上的准备，正式动工了。

做事一向低调、务实的杰弟，开工那天，兴奋异常地闹出了大动静，在村里的古戏楼前，召开了少有的动员大会。当时正处于"文革"中的所谓"斗、批、改"阶段，杰弟巧妙地接过"斗、批、改"的口号，塞满了他的意愿。他说："斗，不光是斗人，还要斗天、斗地，把狠劲儿用在修坝上；批，也要批障碍修坝的种种思想，铆足劲儿，劈山挖大石头；改，当然包括改河。可这改河，革命意义深远大无边！简单说，咱是替老辈人还债，为晚生下辈造福！”话没落音，台下掌声一片。

这里顺便提一句，"文革"开始，村里的"造反派"和群众异口同声地说："张杰是革命的好干部，从上任至今，带头吃苦，带头搞劳动定额，带头植树造林，社员收入年年提高，成效显著。他是不折不扣的革命干部，应该继续担任党支部领导和'革委会'主任，运动、生产一起抓。"

这次动员会上，他响亮地提出：运动、生产两不误，农忙务田，农闲修坝，大批判贯穿始终，力争两个冬春大坝完工。

大会还宣布了修坝改河的领导小组成员以及下设的劳动组织，分设起石头队、大车运输队、垒坝队和安全检查等组织，并规定了劳动纪律，除老弱和真正有病的，男女劳力一个不能缺勤。日常行动听从司号员荣国先吹号：第一遍号起床、做饭，第二遍号集合、出工，一切行动听号声。起石与垒坝工地设有移动工棚，日夜煤火炉升腾，锤钻钢钎，声震原野，人欢马叫，红旗招展。用杰弟的话说："干就干出个气势。心有千年盼，死活一身汗！"

无论起石、垒坝，杰弟都是能手。他身先士卒，日夜不离工地，吃睡在工棚。用弟媳桂兰的话说："他的魂都让大坝给迷住了，家里几天都不见他的影儿！"

杰弟特别强调出全勤。男女正式劳力，真正有病的必须请假；对无故缺勤的，轻则批评，重者当众检讨。尤其是干部家属或与干部有亲属关系的，如若缺勤，必须严处，毫不心慈手软。

有一天，杰弟回来找什么工具，问妻子桂兰咋没出工。桂兰气色憔悴地告诉他："我请假了。连着几天了，小肚子特疼，有时'下身'还流血。"杰弟哼了一声，连句安慰的话也没说，推门就走。桂兰见他这么不讲情分、不关心她，气就不打一处来，病情就越发加重。当天下午，"下身"突然大出血，她意识到病重危急，一边喊叫同院的我老婶，一边自己找盆子接血。随着失血越来越多，她感到浑身乏力，转瞬间就支撑不住了，倒在屋地上，欲大声呼唤我老婶，可怎样用劲也发不出声，渐渐地昏迷过去……不知过了多长时间，她才隐约地听见，好像是我老婶在呼喊她，声音低微，似在很遥远的地方。渐渐地，她耳里的呼喊声越来越大，由远及近。又过了一会儿，她终于在我老婶的大声呼唤中苏醒。我老婶已经将她抱上炕，给她擦洗；同时叫人去工地找张杰，并去地段医院请来医生。经紧急抢救，桂兰才保住了性命。

这件事，桂兰想起来就骂张杰，说要记恨他一辈子。

这件事发生不久，炮火连天的起石组，突然出了一桩大事故。

那天清早，凛冽的寒风中，东山大洼的黑石砬下，叮叮当当的凿岩声均已停止，负责放炮的社员开始投炮眼、装炸药、雷管，准备放炮，人们都躲到石砬西侧的安全地带。当爆破声响过十九响，大家都说还差一响，就静心等待。唯有陈玉珍等不及，他说："这半会子不响，肯定是哑炮了。"说罢，就起身奔向爆破点，大伙齐声喊叫他："你稍等一会儿！"他像是没听见。当他刚到距爆破点十来米处，那"哑炮"突然爆响，碎石腾飞，击中了他的头盖骨，皮帽子飞出老远，顷刻，鲜血满脸流，他当即倒在乱石窝。"出大事了！"正在现场的杰弟第一个抢到陈玉珍的近前，见他满脸是血，头皮被掀起一大块，急忙伸手按住被炸伤的头皮，抱起他离开采石场，来到公路旁，拦截了一辆过路卡车，急送到县医院，没有耽误治疗。当时就有"好心人"说杰弟："一个'地主分子'，还值得你这么关心？"杰弟立马反驳他："地主咋啦？地主也是人！能见死不救吗？"

八

杰弟曾经感叹地对我说："唉！当村头，苦辣酸甜都得往下咽。闹'文革'那阵子，开头上边总批我'右'，斗敌不狠；批斗起来又说我'软'，很少'刺刀见红'；到运动后期才夸说我'稳'——讲究政策，实里求实，没留下任何后遗症，是全公社村头们的'样板'。"杰弟说罢这些，嘿嘿一笑，谈起了他与地主陈玉珍一家的故事。

"陈玉珍，哥你知道，解放前，咱家租种过他家在东洼的五亩地。一年夏天，爹听说陈玉珍要从县城回来，即刻让咱俩去东洼地耪地头和地边，怕他去查看，万一嫌地里荒草多，下年不租给咱家，咱就吃不饱饭。其实，他家的地不是咱村最多的，他大儿子还下地带领长工干活，就是他为人太刻薄、太狂气，人们才恨他。

"哥你还记得吧？1946年7月，八路军第一次北退，逃到县城避祸的陈玉珍大摇大摆地回村，跳着脚骂大街：'穷小子们听着！谁分了爷爷家的地、粮食、东西，一丝不少地快给爷爷送回来！不然的话，爷爷不会轻饶你们……'咱家大伯分了他家五亩青苗地，是大伯趁着他放牛方便，偷着用咱家的牛，犁了他分的陈玉珍家的地。陈玉珍知道咱大伯穷，榨不出什么油水，就找上门威胁咱爹：'张老二，听说你大哥是用你家的牛犁了我家的地！我今儿就说给你，从今往后，我那块地三年内庄稼长不好，打粮食少，都得你家包赔！'咱爹是火性子，一听就火冒三丈，质问他道：'姓陈的！你别抓个蛤蟆就想挤出尿！财大也得讲理？我哥是放牛的，他借着方便，偷着使用了我家的牛，你难道还让被偷的人替偷的人还债？世上有这个道理吗？啊？'问得陈玉珍直眨巴眼，好半会儿不吭声，一甩袖子走了。

"他真是蛮不讲理，听说他还唆使国民党谍报队拷打了村武委会主任的老父亲等人。这些都激起了民愤。'文革'中，开他的批斗会时，受害的贫下中农们纷纷控诉、批判他。大伙越说越激愤，老贫农张顺恼怒地找来一根三寸多粗的大棍子，凑近他，将棍子高高地举过头顶，要狠打他。我一看，不得了，这一猛棍敲到他头上，不打死也得半瘫。我立即大声制

止张顺：'你放下！毛主席说，要文斗不要武斗！'

"这一声断喝止住了张顺举过头顶的大棍子，救了陈玉珍。此事，不光陈玉珍自己感恩，也让陈家后人牢记终生。直至新时期，每到年节，在县当政协主席的陈玉珍孙女都来家看望我，并且一再说感激话：'三大伯，村里人都说，那年若不是您用毛主席的话制止武斗，当时那一棍子下去，我爷爷就没命了！'我说：'你可千万别谢我，该谢党的政策。'

"还有街南头的姚国孝，你知道，伪满洲国时他在围场县当过伪警长，殴打老百姓特狠，人送外号'姚大马棒'。'文革'中揪斗'坏人'盛行时，围场县半截塔镇的一伙'造反派'，持当地'革委会'的介绍信，来揪姚国孝去围场批斗。我当时想，姚在围场县民愤大，揪到当地凶多吉少。我就客气地对他们说：'你们批斗坏人的革命热情值得我们学习；但我们县"革委会"也有规定，不允许有历史问题的人离开本地。他有什么罪行，你们可以将揭发材料转来，我们一定批判、处理他，然后向你们汇报。'来人争辩了好一会子，我就反复讲政策。末了，他们很不情愿地走了。事后，党支部依照围场县的揭发材料，认真地对姚国孝进行了大批判。既教育了他本人，也提高了群众的革命觉悟；当然，也给围场县半截塔公社写了汇报。

"这就是'文革'中的先批我'右'，后又说我'软'，末了说我'稳'，没留下一丁点儿后遗症。也许是因为这些，大小会都表扬我有水平、讲政策，选我当公社党委委员、全县的模范党支书。"杰弟说罢这些，不出声地微笑。

我俩闲聊中，杰弟还时不时说起，从长远计，他很注重对本村有文化青年的培养与重用。高中生胡万清思想进步，工作踏实，为锻炼他，吸收他入党，杰弟申请提拔他担任党支部副书记。没多久，胡被上级党委看中调任公社副社长，后又担任公社书记、县农机局长。文化青年李景良爱看书，学习写作，杰弟让他当大队文书，为他提供学习环境。李后被选拔到财贸部门，现在承德某银行工作。杰弟在任期间，通过招工选干送走的青年人有十几位……

那天，我们哥俩聊得正浓，我的大侄子、杰弟的长子张立军笑滋滋地走进屋来："爸，刚才您说的，我在外屋全听见了。你当模范了，可我们小哥几个呢？都得陪着你撸一辈子锄杠！"

"撸锄杠有啥不好？"杰弟似笑非笑地说，"你二大伯若不是被区干部'骗'走，不也得撸一辈子锄杠？"

"我不是说撸锄杠绝对不好，"张立军解释，"我是说您当支书这些年，送走了多少和我们同样条件的文化青年。后来，人家的老婆孩子多都随他们进了城，到退休时有养老金。我们陪您撸锄杠，到老有什么？您说说，撸锄杠的能跟干部、职工比吗？单说我，中心校长多次让我去做代课教师，党支委们都说我最合适，都同意我去，您说'我儿子不能去教书'，愣是调换给别人。现在人家早已转成正式教师了，退休有养老金，可我……"

杰弟嘿嘿一笑："我还是那句话，谁让我是党支书呢！"遂又神情庄重地转向我："当着亲哥我不说半句假话，我从当党支书那天起，就暗自发过誓：当干部先要立公心，为众人解困，最忌讳为自己、为家人谋私利！群众都瞪大眼睛盯着你，能耐大小尚可原谅，为己谋私最招人恨。总想着为个人捞好处，干脆就别当干部！"

九

杰弟连任二十多年党支书，至1983年，他真的不想当了，理由是人老了，常犯糊涂，腿脚慢，撵不上形势了，该让年轻干部接班了。这是他真心情愿。他推荐了比他小十几岁的民兵连长接班。不过，他心里还真有个小疙瘩。本来，他心高气盛，还打算借集体力量，搞坡地改造和建设大果园。用他的话，国家"变法"了，各家各户难组织了，大规模建设搞不成了。再是，集体没有一点"提留"款，一些税费、杂费，都需各家各户分摊，要靠队干部一家一户地去敛，难度太大了。当时有句流行语："农村工作两大难，计划生育加敛钱。"确实有一些户故意拖欠，村干部收不上钱来，不得不以抬家具、搬电视等手段威吓，太难了……

不过，杰弟的"交班"，主要还是为锻炼村里年轻干部的长远大计。乡党委再三挽留，他就再三恳求，最后他答应将新支书扶上马、送一程，才准许他离职。

那几天，乡党委和村委会都分别为他开了欢送会，大家掏心窝子摆了他许多业绩和赞语，他感慨万千。会毕，夜半星明，他出门仰望满天星斗，兴然长叹："值了！以往的村头下台，哪个不背一箩筐错误，挨批判；如今咱离岗，倒赚下一箩筐好话，几十年辛苦没白搭，值了！"

走在街上，村人依然笑称他三爷——他辈大，同时也说些留恋不舍的掏心话。

新支书上任后，遇有大事、难事，照样登门找他商量，他只出主意不做决断，有些必管的事，也责无旁贷。单提一事：解放前，东庙有位主持僧，法名觉乐。解放了，他也随潮流自我解放，还俗，结婚，生儿育女，还当了供销社的职工，至年老退休。可是，近年封建习俗抬头，村人遇有发葬、安魂、念经、画符、算卦等，都去请他，他推脱不过，就重操旧业。尤其是看风水（如迁坟、盖房、套大院、改门厅等），求吉祥，在村里引起诸多民事纠纷，甚至殴斗，弄得干部忙于劝架，愁苦不迭。杰弟听在耳里，看在眼里，心有所愁。一天，他传信让觉乐来家，"僧人"还以为老支书也要瞧风水，欣然而至。杰弟按乡俗笑称他大哥："大哥，您实说，您的风水经到底有没有准谱？"觉乐见老支书神色严峻，忙低眉垂目作答："书上倒有记载，谁知道准不准，我瞎揣摩着说呗！"杰弟说："那好，您既然是瞎揣摩，从今往后，有人再请您看风水，您就怎么没纠纷怎么说，尽量少给干部们找麻烦，行吗？"觉乐连连点头："行！行！就依兄弟您说的！"从此，村民因瞧风水引起的纠纷逐渐绝迹。

杰弟卸职后，靠自幼练得的好身板，仍然不失劳苦人的本色。他嫌分包的地不够他侍弄，又租了三亩河滩地种蔬菜。俗话说"一亩园十亩田"，是指一亩菜园繁杂细作的劳动量相当于十亩田。杰弟不惧苦累，起早贪黑地平整菜畦，育苗栽秧，各种菜蔬都侍弄得极佳，起早贪黑地担到集镇去卖，年收入甚丰。生活富裕，村人羡慕。好心人劝他："什么年岁啦，别再苦受了！"他说："我苦干，是让村人再看一个不当干部又能带头勤劳致富的张杰。"

十

2016 年盛夏，我兴然地回到家乡，到家第二天，就急于想去田野和山里看看。我时年八十三周岁，杰弟也年近八十。两个戴着草帽的老头，一前一后地穿过没人高的玉米地，钻进了儿时我们俩常去割柴的阿牛沟。一进沟口，两坡满眼翠绿。阴坡是黑松、落叶松，阳坡是枫、槐、杏等杂树。早年裸露的沙石全被葱绿的树棵覆盖；沟底的河滩上，盛长的蓬蒿高过头顶。"这可是难得的烧柴啊！"遥想当年，我兴奋地赞叹，同时联想到小哥俩一起割茅柴的艰难，忍不住问杰弟："这么好的烧柴，能随便割吗？"杰弟说："没人烧它了！各家都有烧不完的秸秆，还有烧煤的炉灶、煤气。"

我们俩在儿时背柴歇息的小獾子沟口坐下，开心地观赏山梁的绿帐：紫褐色的岫岩上翻飞着野鸽群，眼边时有山鸡"扑棱棱"地起落，耳旁总有音乐般的百虫争唱。那刻，不知怎的，我想起了风光秀美的著名旅游区，像九寨沟、张家界等，那儿山美水美不就是以往少人烟、封住了山嘛！只要山上有树，不愁山美民富。我这么想着，侧目瞧望杰弟，他正半仰着脸，眯缝着眼，瞭望着山微笑。我问："笑啥？"他说："忽然想起开我的欢送会时，大伙说了那么多'拜年'话。其实这多年我没干成啥，不就是满山树、一条河坝吗？还都是大伙干的！乡亲们太高抬我了……"

好一个对"上帝"虔诚的卸任干部——张杰！

日头偏午，我们俩才走出阿牛沟。杰弟问我累不累，我说不累，他就引领我穿过柏油路，沿西边小路而下，遂又步步登高，来到桥头上。这儿地势高，少遮挡，四处光景一览无余。

遥望西山峰峦，满目黑松绿槐，浓郁葱茏；桥下是悠长的、绿带子般的伊玛图河，时隐时现地川流于绿柳丛中，柳丛掩映着青蒿覆盖的石坝，活像一条巨蟒，昂首摇尾，朝北蜿蜒而去。杰弟欣喜地指着绿蟒般的柳丛和树下的石坝说："那就是1975年冬完工的防洪护村大坝，宽底圆顶，坚似铁铸。从这儿起一直修到白云山下，总长五华里，不光挡住西沟那股汹涌的洪水，保住了村落，还把六百多亩河滩地改种稻田。村西老河道的泉水低洼处，修成了三十多亩地的养鱼池，每年打捞鲤鱼上万斤，分给各家一部分，还能外卖两千余斤。加上河两岸望不尽的、成材的绿柳，棵棵价值数百元，真是一举多兴啊！"

荒野染绿，绿在人们心中！被绿树、蟒坝保住的村街，也随着山青水绿而变美，比解放前的破房旧街，不知要美丽多少倍！从20世纪60年代起，村人就一次次地改善人居环境，并习惯性地在房前屋后栽杨插柳或养果树。当我们返回村时，抬眼便是绿树掩映的红瓦白墙，秀美如画。近瞧，各家院内的新房前，多都建有一米高的花墙月台，台上摆着多盆鲜花，从春到秋，院内总有花香四溢。有的人家还建了两层楼房，房墙多用花瓷砖镶砌，光洁漂亮。铁大门多涂黑、红两色油漆，肃然夺目。村街、房院给人以整体自然的美感。街心建有比绿树更高的穿云铁塔，那是专为深山区转播通信信号的，能让各家电视清晰、手机声音洪亮。有生命的绿色，真的能让山美、村美、人心更美！

秋忆　张峻散文选

59

我兴奋中瞄一眼杰弟，他正眯着笑眼，像是瞧不够似的，瞅着他规划、建设的村落，一脸豪气。我暗笑：他还是解放前的饥饿荒年里，头朝下躺在亮子沟的山坡上倒控着身子扛饿，假以肚饱，连四脚蛇都想吞吃，与我共同扛饿的弟弟吗？

2017 年 4 月 27 日草于承德

载于《长城》2017 年第 6 期

追忆二姐

——我的亲情梦之三

一

二姐上轿那天，我懊糟得心都要碎了。

我不敢看二姐。刚梳好的发纂儿，被她挠得稀巴乱；脸颊泪水成串，抓破之处，血迹斑斑。老婶脸挨脸地劝说二姐："唤儿（二姐的乳名），认命吧！当年我进这个家，才九岁，当童养媳……"

"那……那是啥时候？这阵……阵……妇女都……都解放……"二姐抽噎着。

我也忍受不住，想哭，摔门跑出屋。

后来二姐怎么被强行抱出屋，又怎么上的花轿，我不想看，更不愿看。眼不见，心不寒！

真替二姐糟心啊！

二姐的长相，在街东头是数一数二的。高高的个头儿，细腰的身材，长方脸儿，鼻眼儿受端详，让人咋看咋顺眼。我印象最深的，是她和我大姐一起，各自端着满脸盆衣服，去南河沿搓洗。大姐比二姐稍稍矬一点儿、胖一点儿。俩人都梳着乌黑的长辫子，辫根扎着红头绳和红辫梢，姐俩穿着一样的白褂青裤，并排走在街上，过路人谁都要瞧一眼。二姐比大姐爱说话，又总是微微一笑再开口。

大姐是我亲大姐，一母所生；二姐是亲叔伯姐，我老婶生的。我们都在一起过日子，三间旧瓦屋，我们住东屋，叔婶们住西屋。做饭一把火，吃饭一张桌。我婶没生我四弟（老婶第一个儿子）之前，总想要我过继到她屋里，因为我们屋里已经亲哥三个，老婶屋里只有二姐。我不满十岁时一直住老婶屋，二姐也把我当作亲弟弟。二姐疼我，年节分糖果、月饼，她那份总有一多半留给我；我更把二姐当亲姐。

我替二姐悲伤。我知道她心里原本有人，就是北院的荣成。两人很般配，他比二姐大一岁。一解放，区工作队长李全喜就喜欢荣成，让他跟班工作。那时，老李也动员二姐当了妇女主任。她特尽心，组织妇女上识字班、做军鞋，上百双鞋，她赶着驴车往区里送。没当两个月，让我老爹给搅黄了。老李也器重我爹，得知我爹大半辈子劳而又苦，让他当农会主任。爹不真心干，应付一个月，就找借口撂挑子了。

爹在家里是说一不二，我叔婶全听他的。最要命的是二姐本人，她满心喜欢的人，一丝也没跟叔婶们透话；也怪荣成，按当时的乡俗，男方不先托媒人提亲，女方怎好先开口？恰在这个当儿，梁东二姐的亲大姨来家，不容商量，硬要二姐做她的儿媳妇。姨娘做婆，表姐弟成亲，那个年代也是常情。更何况，大姨家的日子尚好，有牛有羊有车，二十多亩坡地，打粮足够吃用，家境是没得挑的。就是那个表弟不成气候，他小二姐五岁不说，长个角瓜脸，大舌头，说话吐字不清，脖颈还套个红布缝成的大圈圈，还摸蹭得脏兮兮的。大姨说，圈圈里缝有道士画的符，道士说那道符能"消灾保命"，儿子好养活。因为是独子，娇惯得不成样子，七八岁时还吃大姨的奶，不管当场有没有外人，强扯开大姨的衣襟就吃。二姐总说他缺心眼儿，她从未瞧得起这个姨表弟。可我爹我叔只看重她家日子好过，满心愿意；我婶不合心思，但她说话不算数，何况是自己的亲大姐硬要硬娶，她吭也不敢吭一声。

最糟心的，当然是二姐了，得知要与那样的表弟一辈子过光景，几乎夜夜蒙着被子哭湿枕头，也不去找区干部抗婚。荣成也许装不知道？知道了他也没因由出面干涉。

过了彩礼不到一个月，春旱少雨，人们不敢插犁，梁东大姨家趁着亲友们有空闲，择个吉日赶着轿车来接亲。这就上演了开篇那一幕。

二

不如意的婚姻自然办不喜兴。接亲车到夫家门口，新媳妇硬是不下轿车，红盖头蒙脸却蒙不住抽嘘声，弄得接亲的人个个阴沉着脸。二姐被送亲的大哥强行抱进婚房，直至拜堂时她才给婆家稍稍留点儿脸面，红盖头下没了哭声。

真的应了那句民谚：姑姑做婆，赛如阎罗；姨娘做婆，心如活佛。大姨是真心对二姐好，从小就喜欢她，二姐的大名桂芝就是大姨给起的。大姨夸她就像小仙女下凡，貌美超群；给她做花衣裳，买小皮鞋，打扮她。大姨家境富足，但近年连遭不幸，姨父四年前去世，两个女儿出嫁后，也先后一死一瘫。大姨心灰意冷时，一想到这个长相出众、聪慧能干的外甥女，心就踏实一大半；若是把那缺心少肺的儿子托靠给桂芝，她闭眼时一百个放心。她有时想，自己那位还不算老的丈夫，过早地扔下她和孩子们，独自钻进土里图心静，把苦难全留给她，就更加心存怨气。她更清楚，自己也快黄土埋脖颈儿，肯定比儿子早走，不把儿子托靠给可靠又如意的人，实在于心不甘。因而她就抹下老脸儿，恳求四妹（我老婶）开恩，说："好四妹，你不看僧面看佛面，反正我把王勇交给你了，他好歹是你亲外甥，由唤儿管他我放心！"

大姨好说歹说总算把我老婶说转了。老姐俩深知我二姐心慈面软，任她哭闹几天，也就过去了。

果不其然，二姐过门三天后，不哭也不闹了。她也许觉得，生米已做成熟饭，哭号全没用，再多的苦水迟早得自己咽。那天，她清晨早起，黑发梳洗得亮光光的，自己也试着盘纂，衣服也换成家常穿的旧裤褂，主动去院里抱柴，烧火做饭。大姨拦也拦不住她，只顾心里笑。二姐本想改口叫妈，却又改不了，张口仍叫大姨；大姨真心地笑说："改不了也罢，叫姨一样亲。"小丈夫王勇对媳妇更是改不了口，张口还是叫二姐；这个二姐有时故意不应声，对低她五岁的小丈夫从来不客气，来了脾气抓起笤帚疙瘩就打，丝毫不留情面。据说，一直打到老，也记不清笤帚疙瘩打碎多少。小丈夫从不敢还手，只会连声求告："好二姐，您轻点儿！轻点儿！"大姨虽然心疼儿子，但也从没阻拦过。她心知二姐也疼表弟，笤帚疙瘩总比棍子软，打不疼的，全当挠痒痒。

三

二姐过门还不到半个月，村里就哄嚷着要土改了。又过半月，动真格的了。

他们的小山沟名叫坡营，是三个小自然村共存的村子。坡营本街不足六十户，也是出了名的穷庄。五十年前，大多人家都是皇庄的佃户。大姨家算是小山庄的较富裕户，其实也就二十五亩坡地、两间瓦房加羊圈屋、两头牛、一辆木轱辘车、二十多只羊。养羊全为积肥，坡地土层薄，没羊粪庄稼长不好。

大姨父在世时，他一个人就把庄稼侍弄了，当忙时叫几个短工，这是山里中等人家的常态。那些羊，由我大姨的亲弟弟、我的小老舅来家帮助放。大姨父去世后，小老舅十八大九了，就学着下地干农活儿，忙时叫短工。正巧，本家有个没爹少娘的十一岁的孩子没人管，大姨就接进家，管吃管穿管住，他到十五岁没有学上（小庄里没学校），开始给她家放羊。

土改开始，小庄只派一个姓胡的工作队员，每天晚上开会，学习土地法大纲。大姨家孤儿寡母，开会时去时不去；后来就不去不行了——那姓胡的工作队员，在群众大会上突然宣布：王黄氏家土改前三年，自家人不劳动，全靠剥削人吃饭，成分定为"小地主"！

他把我小老舅、小羊倌都算作被剥削者。

王黄氏是指大姨。她从没起过大名，旧社会山沟的农家妇女都这样，小时候只起个乳名，出嫁后，婆家与娘家的姓氏加在一起，就是她的名儿。

大姨一听，急得两眼冒金星，傻人一般，当晚就去当庄的副村长家问个究竟。

副村长是大姨的远房侄子，也是家住小坡营的最大干部。他告诉大姨，原来村干们怎么算也算不出个地主、富农成分，大姨家虽说地多几亩，当忙时雇几个零工，也只够上中农。可是胡工作员觉得全庄没"清算"出一户地主、富农，显得土改白干了，没成绩似的。他拍着脑门儿说："我就不信，小坡营找不出一户地主、富农！"

他掰着手指算来算去，一拍巴掌说："有——啦！她王黄氏家就是'小地主'！"

他把我小老舅算作长工，那个放羊娃算半个长工，说她家没一个人下地干活（其实王勇十二岁就跟随小老舅下地干活），全靠剥削人过日子，定个"小地主"算便宜她家。

大姨一听，像猛地吸下一口凉气，全身发冷，又一细想，那姓胡的说的也许贴点儿谱。她不懂土改政策，就乞求远房侄子，说："咱总算一个王字没掰开，你看还能给改改不？"

副村长摇摇头："我看不能改了，是上报县里批准才宣布的。"

大姨是哭着走回家的。进家门前，她擦干眼泪，语气低沉地对儿子、媳妇说："爱啥啥吧！近三年，咱家也是靠地吃饭来，孤儿寡母，没个顶事干活的，全靠你老舅撑着。"

小老舅激愤地说:"这是欺负您孤儿寡母!我跟姓胡的去说,为帮助我姐,我只是干活吃饭,没拿过一分工钱!"

二姐赶忙摆手:"老舅,您千万别去说!没拿工钱说明剥削量更大,咱家就更钻盆底下啦……"

大姨一拍大腿:"啥也别说啦!打掉牙咽在肚里,谁让咱赶上这世道,强忍吧!"

四

这天晚上,二姐跟大姨商量:"让我老舅走吧。这一闹土改,他还在咱家晃,怪扎眼的。"

大姨说:"你舅走了咱家咋办?"

二姐说:"车到山前必有路。您放心,有我呢!"

大姨连眨几下眼,心里说:你新来乍到的,又是女人家,口气倒不小!

老舅走后没两天,贫协队派一帮骨干分子来抄家,由本庄的副村长带队。副村长从衣兜里掏出一张毛头纸写的单子,疾言厉色地大声宣布:"经贫协研究,王黄氏定为地主成分。除了给王黄氏留下人均三亩半共十亩半坡地、两间房、一间羊圈屋,其余的坡地、牛羊、车辆、粮食等项,全部归贫协所有……"

犹如一声惊雷,将王家三个人全震蒙了。他们压根就没想到"清算"竟这么狠,就差没扫地出门了。大姨吓得傻人一样,她挓挲着手,耷拉着头,黑白相间的发纂儿微微颤抖,间杂不住声地哼哼。十五岁的王勇,两眼瞪得溜圆,怪怪地盯瞅挤满屋地、穿着破衣烂衫的穷汉们,有的他眼熟,有的好像外庄的,第一次见面,他们一个个都像仇人似的,拉长脸,瞪圆眼,盯瞅着妈和二姐。他似乎还没完全明白这帮人是来干啥的,瞟一眼二姐,见她好像不那么急——没事人似的半仰着头，一跷脚，身子随即一蹿，坐在外屋半人多高的大瓷缸上，缸口盖着圆圆的木盖。她坐稳后才不紧不慢地说："众位可知道，我是半个多月前嫁到王家的，这个家早些年吃什么穿什么，我可没沾一丁点儿光；我娘家种着地主家的租粮地，当忙时男女老少齐下地，到秋天与主家四六分粮，是正牌的受剥削的贫下中农。我要声明：我虽说嫁到这个家，我的成分永远是下中农！我娘家就在梁西八达营，离这儿没多远，不信你们去查问……"

她神情镇静、不紧不慢地说着，时而还轻撩一下胳膊，佯装轰赶苍蝇。

贫协队员们，有人不想听她的白话，开始动手翻箱倒柜，成包的衣服给拎出红油漆衣柜，柜上的立镜、梳头匣、日用杂物、大花瓷瓶等，都给抱到院里的车上，比拿自家的东西还仗义……大姨和王勇哪里见过这场面，吓得傻人一般。二姐虽然心急似火，但她外表装得不急不火，稳稳地坐在大缸盖上，腰身挺直，纹丝不动；有时也侧身朝窗外望，像是在看院子里的贫协队员们轰赶牛羊……

五

屋里，有的贫协队员手提口袋，翻箱倒柜找粮食，只在一个囤里找到玉米和瓦罐里的红小豆。也有人怪怪地盯瞅二姐坐着的大缸，可这时，二姐像什么也没瞧见似的，故意埋下头，显露着乌发上插戴的假花。副村长会意地说了声："她真是刚进门没几天的新媳妇，娘家确属贫下中农。"随即一挥手："差不多了吧？大伙撤吧！"贫协队员们这才不情愿地、肩扛手提地满载走出屋。

二姐见贫协队员全都走出院子，这才从大瓷缸上跳下来，安慰大姨说："这是天意！哭号、抹泪全没用；赶上这世道，您就咽下这口气，平和点儿吧！"

大姨一时回不过神儿，心说：就你心宽！

二姐不理睬大姨，轻身快步走出屋，到院门口左右张望。见贫协的人轰赶着牛车，满载衣物和粮食，后面有人赶着羊群，真的渐渐远去，这才疾步回屋，来到她刚才坐的大缸前，揭开木缸盖，让大姨、王勇过来瞧看。大姨手扶缸沿朝大缸里一望，心里就像暗夜中点亮一盏灯，禁不住"啊"了一声。她真不知道二姐什么时候将多半缸白高粱米和整口袋小米，还有她结婚时带来的新衣服、亲手绣的花枕头、花鞋等，都存放在了大瓷缸里，难怪她坐在缸盖上纹丝不动。这可是万金难买的活命粮和她的心爱物啊！

牛、羊、猪等活物被赶走了，衣柜、桌椅、大件家具等死物也被抬走，屋里没了衣柜、镜子等摆设，炕上没了被褥等，只剩下光光的旧炕席，显得异常空落。大姨不住声地叹息，二姐就劝说："愁啥？到哪河，脱哪鞋！好在两间旧瓦房、羊圈屋还在，人还有个窝，暂时也有吃的，日子该咋过就咋过。"

大姨听了，心里像闪出一道缝儿，清亮许多。她原本想：新媳妇刚进门，家里就挨"清算"，几乎是扫地出门，真怕她心里难以承受；当下看，她比谁都想得开，遇事沉着冷静，有胆有识，办事周全。她或许是我遭难时，上天给派下来的消灾解难的女菩萨？有她扶帮我，心踏实多了，往后家里的大事小情，都该听她的。一这么想，她心里舒展了一大半。

六

别人家已经开犁，农时不能错过。那天夜里下了一场细雨，在催人莫误春播。

小老舅走了，大姨就犯愁，今年的地该咋种？可她怎么也没想到，新媳妇丝毫没有发愁的样子。没有牛，她和王勇扛耠子播种。这是一种古旧的人拉犁。王勇拉紧拴在犁杠上的绳子，她在后面一边扶稳犁把一边用膀子扛。种坡地翻土不必太深，两个人没费多大力气，就犁出不深不浅的垄沟。犁出十几垄后，两个人就停住犁，一人撒种一人拉箔梭盖土。这种活计，她虽然在娘家没亲身干过，却见过老辈们在亮子沟用人扛犁播种坡地。就这么连续种了五天，十亩半地全种完了。六亩地种上谷子，余下的四亩半地一半种上玉米，一半种上白高粱代芸豆。院子里扎出一片篱笆小园，栽种南瓜秧和茄子、生菜、黄瓜等。二姐说，万一碰上夏荒，地里的芸豆角和园子里的瓜菜就能抵挡一阵子。

大姨乐得心里说：好媳妇真是家中宝，七灾八难都能挺过。

话是这么说，村上有些事，还是让大姨难以应付。譬如，村上开会，有些会不让去，去了也给撵回来；有的会必须去，去了就挨训斥：要老老实实服从管制，不许乱说乱动！当然，这样的会，二姐不去，她声言自己是贫下中农；王勇不让去，说他还是个孩子，屁嘛不懂；只能大姨去。快六十岁的老太太，坐下就犯困；喊醒了，一问三不知，拿她没办法。

二姐几乎每天都下地。大姨老了，又从没干过农活儿，二姐就带上小丈夫去薅苗、耪地。看家、做饭、伺候小活物等零碎活，全靠给大姨。没了大牲畜，还有猪、狗、鸡。日常的零花钱，全靠鸡屁股；一年喂一头肥猪，卖了不愁穿衣服。就是出门不敢随便跟人说话，觉得矮人一头，二姐实在憋屈得慌。

长久憋闷，二姐就想家，农活儿不忙时，她就回娘家住几日。出村离开坡营，心就像开了花，两腿轻盈得似鸟飞，登梁趄坡一点儿不觉累。一进娘家门儿，心就像打开两扇窗户，豁亮、欢喜。

住娘家的日子总觉得比在婆家日短，还没住够就得走，每每泪别我老婶，她都不敢回头。老婶心疼闺女却也不悔恨当初。她迷信，说啥人啥命，

秋忆 张峻散文选

人的命，由天定。老婶也想二姐，酷夏伏天时去了坡营。她扇着蒲扇，不想听大姨忏悔道歉，只可叹小两口挤在羊圈屋的一铺小土炕上，盖的是一床破被，连褥子也没有，禁不住泪如泉涌。大姨慌惶地连声劝慰："唉！全怪她大姨父去世早，若不然，即便当忙时雇点儿短工，顶多给划个上中农，不会被'清算'得这么惨！"

我老婶就附和着说："谁想得到啊！她小舅本来白帮忙，硬给定个受剥削的长工！"

老婶住了些天才体察到，她的亲大姐过日子比先前节俭、刻薄多了，近乎抠门儿。我老婶怕她家缺吃的，特意从家里背来五升小米。大姨舍不得吃，每天只给干活人做点儿干的，她们老姐俩天天喝菜粥，十几天后，老婶总觉得脸儿皱巴巴的，一照镜子，明显瘦了。她想走，大姨又强留她几天。走的那天，刚上张曼沟梁，两腿就软得发颤。在梁头歇息时，她遥望小坡营，忽然想起二姐跟她说的一件事，眼窝一热，泪水禁不住含满眼圈。

二姐才十一二岁时就学着绣花，她手巧，学得也快。当学得绣工让自己满意时，有空闲就刺绣她如意的嫁妆。到她出嫁前，已经绣好了一对鸳鸯枕、两件绣花衫、一件花旗袍，还有不同颜色、花样的两双绣花鞋。这些心爱绣品，全用粉布包裹好，作为出嫁时的嫁妆。尽管她上轿前哭闹得很凶，老婶还是给她包好，带到了婆家。

这次在坡营，老婶问起这些绣品，二姐哭着跟她学说："土改抄家那天，我还是偷偷地藏在大缸里了，怕是再有闪失，又东藏西掖的。后来一深想：今生窝在地主家，就得破破烂烂一辈子，啥样的好衣服、好鞋都不能穿，还整天藏藏掖掖的，这算什么呀？一赌气，狠心填在灶膛里，全都烧成灰了……"

这可是姑娘一生的念想啊！咋就一股烟追着云彩飘走了？！

她竟坐在山梁上忍不住啼哭。

七

二姐虽然身处逆境，过日子的心气依然很高。尽管地主成分压得她和家人抬不起头，但她仍以外来新媳妇的身份，见到左邻右舍或长辈们就赔着笑脸主动搭讪。她这才发现，只要四周没别人，私下里邻里们见面，还都有来回话。

一次，她的姨外甥女来家看望她，正赶上家里缺粮又没菜，实在没什么待客，她就用衣服裹盖着木升，去一邻舍家求借半升小米俩鸡蛋，邻居大婶二话不说就笑脸答应。之后，遇有为难着窄、亲来戚往，她就出去求借，多都有求必应。这位外甥女还说："我多次夏秋学校放假时去瞧看二姨，总见她穿那件带大襟的破蓝褂子，心就特难受；不过，见她跟邻里们相处挺好，心就宽敞些。"这也让对村人怀有戒备的大姨心胸豁亮了许多。当然，在村干部面前或在训斥"地富反坏"的会上，大姨和缺心眼儿的王勇，还都装得服服帖帖。

不过，让二姐憋屈的事还是时常出现，多因她那不争气的小丈夫"作祟"。比方，她派给他能干的活儿，他常是懒洋洋地推托；可村上强迫性的、无报酬的派工，他去了就欢蹦乱跳地玩命干。她背地劝说，他听不出好赖话，还梗着脖子发横。

酷夏，山坡地的玉米棒刚刚蔫缨儿，籽粒还没灌满浆，他就要掰回家烧烤着吃。二姐说，棒粒还没长好，一咬一泡汤，全是瞎糟蹋，不能掰。二姐刚转身，他就偷着掰下一个。二姐扭头发现，气得她拔下那颗空秧玉米棵，猛劲擂他的后腰。他疼得连声求告："好二姐，好二姐啦！您轻点儿，轻点儿！我再也不嘴馋了……"二姐又气又想笑地停住手。

没几天，这事传到大姨耳里，她低声下气地说二姐："唤儿啊，你在家多少次打他，我虽说心疼，从没吭过一声；你在荒山野外的坡地里打丈夫，全庄都传遍了！你让大姨的老脸儿往哪儿搁？"二姐不得不笑脸安抚老太太："下回不啦！"遂又轻声补了一句："不是我性子急手贱，是他真的气死人不偿命！"

八

人心知冷暖，天也有阴晴，日子磕磕绊绊、叽叽歪歪，总得往下过。

说话间村里兴起了互助合作。她家缺牲畜、劳力弱，满心想加入，可是，村干部有话，哪个组也不能收地主。又过了两年多，全庄各家都加入高级农业社了，才准许她家入社，并声言：是在社里监督劳动，绝对听从队长的指令。不管咋说，给记工分、能分口粮就行。

就在这年初春，二姐怀上了第一个孩子，但她一直到挺着大肚子，坚持下地挣工分。生孩子更得有吃的呀！到老秋，头生是个儿子，她心里好乐——等他长大了，家里有干活的人就有了希望。可没过多久，又让她失望了：孩子聋哑又傻。当他长大后，为能传宗接代，还是给他找了个瘫痪女孩，也算老天有眼，瘫女人许多年后生了个身心正常小孙儿。这是后话。

头生孩子没满月，二姐就下地劳动，得挣口粮啊！苦巴苦掖地熬过一年多，孩子刚能离手，她又怀上了二儿子。

生下老二时，正巧1958年春天，"大跃进"，除"四害"，打麻雀，村里老少齐出动。她更不能例外，也和大男人一样，举着扫把满山跑。接着，就是春耕抢种还要修水库，男女壮劳力都被抽调去外地修水库或去大炼钢铁，留村的老弱残兵务农活。"地富反坏"们组成了"改造队"，由民兵队长督着，专干脏活累活，二姐也不例外。她当然要抗争，一赌气，和王勇办了假离婚，带着俩儿子回八达营娘家了。

初回娘家时运还算不错，不被强迫下地，还赶上了"大办食堂"，从秋到冬吃饭不要钱。可是，不到年底，粮囤吃空，改成了一天两顿大碗稀菜汤，汤里的米粒都盖不住碗底。娘家也没粮可做，锅都给拔了，收去炼钢。二姐也饿得没了奶水，小儿子饿得长夜哭号。弟媳心烦，就指桑骂槐甩脸子，说她夜里做了个梦，东边天上下来个"扫帚星"，拎着一把竹扫帚，扫到哪儿哪儿穷。二姐想：自己恰好是从梁东来，她分明是在讥讽我，想赶我走；可我偏不走，我是住妈家！我老叔看在眼里，心疼闺女，也发了脾气。弟媳嘴服心不服，借口去采代食品，去了西沟姨姐家，扔下公婆，久住不归。二姐怕因为自己弄得爹妈与儿媳不和，将来受屈的还是自己的父母，惹不起可躲得起，另借陈家的空闲房居住。每天拉扯着孩子，又得出去采代食，虽说苦累，倒也心静。

熬到第二年春暖花开，大食堂散伙，地里长什么能吃的野菜，二姐就带着孩子去采、去挖。后来挖菜的人多了，她就上山捋树叶吃。一次，她不知怎么看走了眼，捋了有毒的叶子，三口人都吃得身子肿胀，险些丢了性命。她怕了，其实她早就想家了，想那可怜的姨婆、憨丈夫，真不知这一冬一春他两咋熬的。

她"复婚"回婆家了，又过起了苦中求乐的日子。住羊圈屋，睡土炕，山上割不来茅柴，就拾人家扔的煤矸石，憨丈夫"呼哒哒"地拉风匣，也做不熟饭。一到秋，她除了上山割蒿草，就担筐去地里刨榨子（高粱或玉米秸秆），把小院堆得满满的。

她才三十岁出头，腰都压弯了。外出见到别人扔的东西，凡是能吃、能用的，她就捡回来吃、用。在最艰难的时候，亏得当时在外村代课教小学的胞妹时不时寄给她十元钱，苦日子就这么熬着。

九

改革开放，错划改正，土地按人口承包，和别人家一样。二姐心情舒畅，满腔火热奔光景，拼命也要把日子过好些，为能拉犁、拉磨，还买了一头小黑驴。可是不行，用二姐的话，还是"一步挨一巴棍，想站也站不起来"。先是大姨生病，借许多亲友家的钱，病也没治好，大姨走时欠了一屁股债；二姐头些年又生个傻丫头，贪玩，到处寻吃的，掉进井里淹死了，第二天人们担水才发现。

种种灾难，似乎不请自来。二姐哭干眼泪："这些都是命中注定吗？"她这才误信弟媳说的，是"扫帚星"临身附体，难怪自家灾祸连连！为了挣脱灾星，她开始真心信佛了。听说哪儿庙堂的佛爷灵验，她就买上木香和黄纸，真心去祭拜。

八达营村朝北五华里处有座巍峨的白云山，双峰凸起，山半腰有座天然形成的大平台。还在清朝雍正年间，平台上修起一座多间殿堂的庙宇。除了多间庙堂外，还搭盖了两间民居，供看庙僧人、道士居住。每年农历二月二十九为庙堂祭日，久而久之，就形成了连续祭祀三天的庙会。届时来烧香许愿的，逛庙、赶会、做买卖的，说书、卖唱、扭秧歌的，人山人海，热闹非凡。解放战争初期，这里也曾是地主武装匪徒的集聚地，土匪们不时下山，抢掠乡民牲畜、财物，杀害地方干部。为彻底消灭匪患，我解放军上山剿匪。剿匪时，庙堂曾被烧毁。20世纪80年代，怀旧的村民们又集资重修庙宇，这里又成了人们烧香拜佛、祈求平安之地。

2001年4月12日这天，七十三岁的二姐回到八达营，约上四位要好的老姐妹，同去白云山观庙拜佛。

说来也巧，当她们下山时，忽然刮起一阵大风，竟将二姐头戴的麦秸遮阳帽刮跑，她心疼得不顾坡陡路险，东抓西扑地追逐。帽子虽然没丢，可她累得通身汗水淋漓，呼哧带喘地下了山。一落汗，她就觉得身子发冷，到了村子河西她亲兄弟张瑞家，饭也吃不下，就想躺着。小妹要领她去乡医院看医生，她死活不去，就想快些回坡营家。小妹给她十元钱，让她路过药店买点儿感冒药；可她根本没买，以为到家出点儿汗，睡上一大觉就好了。谁想到，她这一睡竟然睡到永远……

家里给她买了一口薄棺材。当抬她入殓时，发现她衣兜里还装着那十元钱。唯一的小孙子，仍在一旁喊叫："奶奶，搂着我！我要和你一块儿……"

听说二姐埋葬后，她的那位憨丈夫，天天哭泣、呐喊："好二姐，你别扔下我！你打我吧，我不哭……"

2019 年 9 月 26 日初草

2019 年 10 月 4 日改定

载于《长城》2020 年第 2 期

秋 忆

我时常陶醉于幸福与温馨之中，也愿在这样愉悦的心境下，做一点力所能及之事，尽管我已步入耄耋之年；但有时也忧患生命的浮荡和脆弱，不知什么时候会因一个突发事件——自然或人为的，消失或碎伤。所以，我常和亲朋们笑言："我是时刻准备着！"

我是幸运的过来人，平生已经历了数次突发事件的惊骇。每当忆起都是揪心的后怕和遇难成祥的狂喜；同时也深知这白捡回的脆弱生命尤为可贵，应当倍加珍惜！

没有谁喜欢战乱。那样的年代里，人的生命是脆弱的，只能任人杀戮或践踏。我十三四岁时，就遭遇和目睹了那个战乱惨象。

我的一位远房表叔，脚下穿双半新的鞋去梁东串亲，半路遇到一伙地主武装的土匪。其中一个土匪看中了表叔脚上的新鞋，硬要与他换穿。可表叔心疼那鞋，迟疑着不想脱。残暴的土匪抬手一枪，表叔便应声倒下。鞋也自然被扒下，穿到那土匪脚上。一个壮汉鲜活的生命，只为一双新鞋，就这么瞬间消失了。东沟村一个林姓家庭主妇，为护一锅蒸糕，被土匪的枪刺挑死。我的堂婶王氏，回五里远的洞子沟娘家，路见土匪们将一男人绑在树桩上，挥刀破胸，血淋淋地掏活人心吃（后得知被掏心的是村干部），吓得她两腿酥软，瘫倒在地。我也曾亲眼见过土匪们在我村南河套枪杀我区主任李某后，一土匪竟将被杀者的生殖器割下，用刺刀尖挑着游走、取笑。我四区的区委书记杨学英，在庙子沟遭王富匪队袭击身亡，杨烈士的人头，竟在我们村街中心的一木桩上"示众"多天，由殷红晒成紫黑色……血腥的杀戮，惨不忍睹。那时，人们常常哀叹："晚间闭上眼睛，不知明早还能不能睁开眼，活着。"

我的家乡地处热河西部隆化县，曾被日伪统治近十三年。1945年日本投降，我八路军接收热河全境。1946年夏，国民党十三军进攻热河，由于当时敌强我弱，八路军暂时西撤，家乡被十三军占领。十三军只在县城驻扎一个团，但不时派出谍报队，到乡间搜捕抓人，抢掠粮草；区乡暂被地主武装还乡团盘踞。他们扑杀区村干部和贫苦农民，奸污民女，掠夺财粮、牲畜等，无恶不作。1947年秋，邻近的围场县第二次解放后，大批未被歼灭的地主武装团队涌入隆化，匪队多如牛毛，更加剧了家乡百姓的灾难。我热西分区独立团不时来围剿土匪，家乡便成了敌我拉锯地带。枪炮一响，子弹不长眼睛，战斗双方互有伤亡。

1947年新春正月的一天，早饭后，我正清理牛圈，突然响起震撼大地的"吭吭"声，我还以为谁家在刨冻粪，用这大力气。父亲惊慌地跑来喊我："快躲躲吧！东山上的'国军'朝西河套打炮哩！八路军已经涌出西沟门向东山冲锋啦！"

父亲的话音未落，东山方向，枪炮声已似爆竹般地响成一片。父亲拉起我就朝屋里跑。我爬上炕就捅破窗户纸，急于隔窗向东山方向瞭望。东山离我家很近，我清晰地看到穿灰棉衣的八路军像散开的羊群似的，迎着山顶爆豆般的枪炮声，勇猛、飞快地向山上冲锋。我边看边叫好，父亲一把扯住我的一条腿，把我拖至炕墙角，他厉声呼喊："小心飞子（弹）！"就在这时，一颗子弹穿窗而入，"哗"地凿破一片墙皮。好险啊！假如我晚离窗半分钟……也就在这时，同样欢欣地扒窗瞭望我军冲锋的街南老尹大爷惨遭飞弹。子弹从他的左脸颊打进，半张脸被炸裂。

更难忘那暑热荒天之夜，我又一次遭遇夺命之险。

就在隔天的傍晚，县支队的一个班正在我家吃晚饭。这时候，一个满脸污垢、破衣烂衫的要饭的推门进院了。他"大爷""大奶"地连声讨告："行行好，给一口吃的吧！"我给他端出一碗小米饭，他蹲在门房墙角，

秋忆 张峻散文选

边吃边扒头斜眼地朝屋里看。我父亲瞥他一眼说："凭你这身板，该去找点儿活儿干！"他很难为情的样子，拍着一条腿说："大爷，我这儿残啦，干不动活儿！"他吃完饭，递过碗，还真的拖着一条残腿出了门。可是，有人看见他进门前两条腿走得很好。还有人说，这个要饭的很像刘七（土匪）队的一个人。这事很快传到八路军的班长耳里，他猜想那人或许是刘七匪队的暗探，忙派一战士追寻他，那人已没了踪影。

是夜，我嫌屋里热，与弟弟张杰一起去房西的敞棚屋睡觉。屋前只垒起两尺高的石墙，墙上尚没安装窗户，透风又敞亮。我们俩在矬墙内就地铺了两块木板，抱来枕头，和衣睡下。睡至后半夜，天快放亮，我家的院墙外突然响起枪声和投进院里的手榴弹的爆炸声，地动房摇。我被震醒后，吓得一动不动。一阵枪弹声过后，我又听到院外有叫骂声："妈的！咋搞的？扑空了！"伴随着叫骂与附近的枪响渐远，墙外暂时没了动静。

原来，昨晚因疑心有土匪暗探，住我家的一个班战士睡前全部转移到了后街老杨家。土匪们打一阵枪后，见我家没有一丝军情，就尽速转移他处了。

全村的前街和后街，多有暴烈的枪声，从拂晓一直响到天亮。枪声一停，父母姐弟们赶忙来敞棚看我们。这时，父亲惊恐地发现，在我俩睡觉的头顶处，竟有一颗未爆炸的木柄手榴弹。爹的喊叫吓得大家赶忙后退。我老婶立马跪地，连连磕头，感谢上苍。全家人好一阵惊骇，真的后怕呀！如果它不是臭弹，当即爆炸，我们兄弟俩的小性命，眨眼间就……我大姐听得浑身哆嗦，吓得额头冒冷汗。

少年不知愁的我，那早啃了几口菜窝头，就伙同小哥们儿，迎着刚出东山的朝阳，跑到后街去瞧看战后的景象。那时，枪战早已停息，后街静悄悄的，不远的东山梁顶上还有穿灰军装的县支队士兵。我能清晰地瞧见兵们列队行走的身影，还有两副抬伤员的担架插在队伍的中间。老杨家的后墙外倒着一位受重伤、未来得及抬走的小战士，他像是被刺刀捅伤的，肚里带血的肠子都流了出来，但他还能说话。有人问他是哪里人，他答是黑河川小湾的……这时，一个穿便衣、持枪的凶汉子不知是从哪儿冒了出来，厉声吼叫："闪开！闪开！你们找死呀？就不怕挨枪子儿！"他带来一个扛门板的人，将那受伤小战士抬走了。我们一直揪心小战士的下落。

战乱中的小百姓，如同山火之中的蝼蚁，随时都会有燃身灭顶之灾。也是那年春夏之交，学校老师们怕匪徒抓兵、抓夫，躲藏起来，孩子们没学上了。父亲听说离我家三里远的西沟北台有一位姓白的先生在教私塾，让我和发小陈广明搭伴去北台读书。一天傍晌，白先生忽然听到信息：一伙土匪从庄台的北山扑了过来。白先生怕土匪绑票学生，要挟家长赎票，就领上我们十几个半桩小子，急出学房，往庄落对面的小南沟奔跑。刚刚跑至开阔的大河滩，巧遇骑两匹枣红马的潘家两兄弟。他们跑在学生前头，远看，还真像一支官兵相随、不小的队伍。这时，匪队已从山后爬上北山头，正好望见河滩上人马齐奔的逃跑景象。匪兵们误以为是八路军或区小队，就居高临下地瞄准河滩上跑动的人马。一阵乱枪，一匹马被打倒了，师生们有的狂乱奔跑，有的抱着头趴下。子弹在我脚边、左右，不时地掀起沙尘；耳边响着"撒啦——撒啦——"的飞弹声。后来听当兵打过仗的人说，这样的响声说明子弹离你特近。我又一次历险并侥幸地保住了性命。

从1946年仲夏我军北退，至1948年5月隆化县二次解放，兵匪乱战中，全县究竟死伤了多少条无辜生命，不知县志上有无记载。英雄董存瑞就是在二次解放隆化的战斗中壮烈牺牲的。十九岁的他，为隆化人民脱离苦难、为和平而献身，我将永远铭记。从此，三十多万隆化人，同全东北人一样安享太平，投身于国家建设。

在和平建设的日子里，人的生命能够安然而强劲地发挥效能，可能对绝大多数人是这样；但在浩瀚的大千世界里，大自然、人与社会的生活环境万千多变，时有天灾与人祸。在这漫长的人生历史空间，谁也不能完全排除意外事件或灾祸临身。

我这个三次逃脱枪弹灾祸的幸运儿，特别看重成长后的时光。我的内心灿烂，也想让时光更灿烂。我有幸在新中国成立前被"骗"到区委参加工作，后又从区调到县委、热河省委组织部、承德群众报社、河北省文联……无论调到哪儿，干什么，我都珍惜生命与时光，竭力慎行。往往是我在某一岗位上干得正起劲儿，忽然又让我干别的工作，我再从头学起，并尽力做好。记得1957年在承德群众报社当编辑时，我二十四岁，已经结婚成家，且有一双儿女。事业、家庭，都让同辈人热目。

转年，承德人付出了空前的艰苦辛劳，农林果业获得了全面丰收。十月金秋，我去兴隆县茅山区采访，几天来的耳闻目睹，令我心中有喜悦也有忧患，强壮劳力都被抽调去大炼钢铁，丰收的粮果靠给留村的老弱残兵，收获不及时，糟烂严重。如何报道？我有诸多思考。

离开茅山那天，午间下了一场秋季少有的大暴雨。雨后的下午3时许，云开日露，很快晴空朗朗，但已没有了过路的班车。时在茅山区下乡的县委张福庭副书记见我一定要走，就帮我拦了一辆运梨果的加拿大生产的宽厢大货车，让我坐在驾驶室右侧，他又向司机小裴师傅嘱托几句，才放心地与我握手告别。

装满梨果的大货车，在多弯的长沟里，摇摇晃晃地爬行近一个小时后，开始爬青灰岭（后因在这里拍电影《青松岭》，今已改名青松岭）。这是一座高而陡峭的山梁，从沟底到梁顶，要爬行十几层弯道，才能登顶过岭。加之雨后地湿路滑，车爬得极慢，车轮还时不时地打滑，每当宽厢大货车过窄路或转急弯时，我都头皮发炸地揪着心。当货车快要爬上三百多米高的梁顶时，已是夕阳西下。在一个独弯处，我坐在驾驶室右侧，从车窗垂目下望，清楚地瞧见前车轮已从独弯处碾轧过去，当后边持重的车轮刚接近独弯，已被水掏空的路面表层即刻塌陷，随即，重车厢陡然向右侧倾斜，耳里听得"轰隆隆"巨响（后来我才知道是车翻时大部分梨筐被甩下崖的声音），就在刹那间，我脑里立即闪出凶险的两个字：完了！接着，我尚清醒的意识里闪现的是：我这辈子就在这儿结束了！就这么简单。其余的，一生事业呀，老婆、孩子什么的，都没顾得想；更没有豪言壮语。我就知道梨车即将翻过去，下面就是毫无阻挡的百丈深崖，货车与人都会摔得粉碎。可是，就在货车缓缓地翻将过去，车上的梨筐大多已经滚下坡时，货车却六轮朝上地戛然停了下来。在这命悬一线的瞬间，头朝下的司机小裴师傅和我全惊呆了。沉静片刻，裴师傅嘴唇颤抖地说："咱……咱都别……别动，等……等我……"他嘴唇颤抖，边说边小心、吃力地调转身，从驾驶室已破碎的玻璃窗口探出头，左右观测一刻，才说："车……车像是挡在哪儿了，咱……咱俩都别……别大……大动……我先慢慢地往出爬，你再慢慢地靠近我，随我爬……"就这样，我俩加倍小心地先后探出身，拽着岩缝生长的榆丛枝条。我也不知道哪儿来的一股邪劲儿，跟紧小裴师傅，吃力而神速地爬上路面。惊魂未定地再回首，瞧见那坡下六轮朝天的大货车，真的是倒悬在两棵粗壮的山榆树桩上。那树桩好像专为阻挡翻下来的货车而留存的，树桩上的榆丛枝，似乎不堪重负般摇晃……当时，我真不敢再探身朝山崖下瞧，下面那望不见底的陡峭巉崖，险些是小裴师傅我俩的葬身之地……

真是逃过了粉身碎骨的一劫啊！

我和小裴师傅瘫坐在路旁喘息着，两张白脸相望。我问他咋办，他答："不管它（指车）了，报给县公安局，他们会来救车、验车的。咱俩先拦辆车回兴隆县。"

不一会儿，山下传来"呜呜"的汽车响动。徐徐爬上梁的是一辆中巴车。也许该车年长的胖师傅已经望见弯道栽崖出事的货车，没等我们拦，车拐过急弯就停了下来。年长师傅急切地跳下车，主动问我们："伤着人没？要不要帮忙？"小裴师傅说明了他的想法，我们俩就上了年长师傅的中巴车。

暮色中，车徐徐地下了岭，上了平缓的公路。许是那会儿我的心神放松些了，感到腰部隐隐疼痛。当汽车经过县招待所时，我欲下车，稍一动，腰痛得起不了身，司机师傅就直接把我拉到了县医院。

我的好友、时任县委办秘书的朱呈云兄，闻讯赶到医院，问我："要不要告诉报社和家里？"我说："不必，猛一听车祸怪吓人的，腰治好了再说。"

医检、照相、按摩，原来是翻车时脊骨扭伤。一周后我就被调治得能慢步走路了……

这场突如其来的夺命车祸，我又一次惊人地侥幸逃脱。

生命渺小、脆弱吗？它的消失、泯灭是眨眼之间；可它还有顽强、坚韧与抗祸的一面。躲过短暂的凶险，生命又重获时光，我更觉得它弥足珍贵。尽管在浩瀚的大宇宙里，它渺小得似肉眼看不见的微尘，但我想，它再渺小也要活得有质量，有声色，让它尽力发出自己的光彩。无论做什么，一定要做好，常怀感戴生活的知足、报恩感。在名与利的面前，心神躁动时，我就在"如果那次"和"幸有今天"两个词组上徘徊，一切就会释然贯通，不再计较什么。金钱千万和够吃窝头的钱，在我心中一样灿烂。同志间相处，我常提醒自己和同事，大家山南海北地到一起共事，都是缘分，要彼此和善、厚道相待；分别后，无论走到哪里，都会相互深情怀念……

这些，都是我默默地深藏心里的"活人目标"，我不时提醒自己，要努力完全做到。因为我总想，我二十五岁以后的人生都是白赚的，不如此珍惜，真是对不住施恩于我的上苍。

想不到的是，伴随而来的是"反右倾"斗争和不请自来的三年困难时期。但，无论当时的工作、生活境况怎样艰难，我因心里深埋着一个活人的目标，都能乐观、强势地面对：拖着两条浮肿的腿，照常坚持上班，或下乡劳动，或外出采访。为度荒，能让一家人填饱肚子，我挥镐刨荒，下湖担水。当劳动有所得时，也不忘帮助别人。那时候虽然生活艰难，但也是我乐观向上、心神最舒畅、工作最得意快乐的时期。当时，作为报社领导成员之一，我尽全力去完成自己所分担的工作。当时，在物质上较匮乏的境况下，我在负责编辑的版面里，尽我所能去花样翻新，增强可读性，让读者获得更多、更好的精神食粮。我还拾起了停笔多年的业余文学创作，不断在《人民文学》《河北文学》《新港》等刊物上发表新作品。自感在三年困难时期，活生生的历史教训与现实体验，让我痛定思痛，思想、创作都有不小的飞跃。1964 年我出版了第二本短篇小说集《搭桥集》；1965 年 11 月我出席了全国青年文学创作积极分子大会（后称全国第二次"青创会"；1956 年 3 月全国首次"青创会"，我亦应邀参加），会后即调我去河北省文联从事专业创作。那年我三十二岁，正值年富力强，本该有所作为，却迎来了"文革"的当头一棒：被批判为"修正主义的黑苗子""周扬的孝子贤孙"……经过批判和去"五七干校"劳动改造，后又去海河工地劳动和生活，我写了"根治海河"的长篇小说《擒龙图》，发行百万多册。1979 年，在无编制、无经费的情况下，文联领导要我筹办大型文学丛刊《长城》。我找关系、"借调"文友们帮忙组稿、编稿，刊物办得上佳，发行十多万册，经费开支有节余。三年后，省委决定三刊（《长城》《河北文学》《幽燕》）合并为一刊，因《长城》发行份数多，刊名仍叫《长城》；同时却让我离开刊物。在"征求"我的意见时，我说："一块石头在怀里捂三年还舍不得扔呢，何况一个从无到有的大刊物？我对《长城》是怀有感情的，但我服从组织安排。"最终让我去做创作室并任主任，服务于专业作家创作。我就依自己活人的标准，尽力去做好，让作家们心情舒畅地投入生活和创作；先后为二十多位业余作家请创作假，并在全国最先试行"合同制"签约作家。为此，我跑上跑下，做了许多协调工作。每当看到河北作家群不断成长，写出好作品，我从心眼儿里高兴，比自己写出作品还高兴。我连续两届任省作协副主席；1996 年省作协与省文联分设，我仍被选为省作协副主席。甚至离休后，我心里埋藏的活人目标也没敢忘记。同时也从未放下笔，出版了长篇小说《历史在说》、两卷集《张峻近作选》和散文集《文缘春秋》等近二百万字的作品。

去年年初，我写了篇长文《湖色桨声——栖身承德离宫十八载暨报社往事》（发表于《长城》2013 年第三期），作为八十岁验笔，追述了我那一段的人生记忆；今年初秋，在全国热望丰年之时，写了这篇钟爱脆弱生命之忆文，权作八十一岁留念畅谈罢！

2014 年 7 月末草于石家庄

载于《美文》2014 年第 8 期

伊河的诉说

家乡的那条河，名字很绕嘴，叫伊玛图河。

我们周围有不少村名、地名都很绕嘴，像乌梁素、哈巴契、台吉营、上下牛录、克勒沟、阿牛沟等等；不像关内，叫什么张庄、李庄。有人说，许是清朝的满人或者更早的元朝蒙古人起的名字？也许吧！我们村还真有蒙古族和满族人，乡政府也称"满蒙自治乡"。不乱猜了，反正我们村叫八达营，河名是伊玛图河，村人简称她伊河。

说实话，伊河很温顺，很美。她发源于塞罕坝西南边缘，流经围场县和隆化西部全境，汇入滦河。春秋两季，没有山洪搅扰时，河水浅而清澈，面如明镜。当我蹚在没膝的水中，低头能瞧清楚河底的五彩薄石片、没脚面的细沙，甚至擦脚腕而过的川丁鱼。那深蓝脊背下的金鳞一闪，让你心尖一痒，却又抓不着它，顿感惋惜。

我喜欢家乡的伊河。我曾设想，一个近两千人的大村落，邻近没一条大河，人们活在干巴巴的草舍、瓦屋中，牛马鸭鹅全靠井水养活；同时又缺少诸多水灵灵的鲜活生物，像水生的鱼虾鳖蟹、游嬉河中的多种水鸟……那样，村人的生活情趣、心灵的慰藉，也太单调了吧？

伊河水清净时，逮鱼摸虾是我们家族的最爱，祖传的。祖太爷张勇是从山东蓬莱的苦海沿边逃荒来关外的，他在农忙里偷闲，总不忘捕鱼。石窟里掏鱼、撒网、抬网、垒鱼亮子、冰洞里网鱼，样样全能。据传，他曾经潜入大庙湾丈余深的石磋下的河水里，掏出过四十余斤重的大鲇鱼。当他背着这条几乎与他等身的大鲇鱼进村时，村街两旁站满了瞧稀罕的人，又是拍掌又是笑，就像欢迎沙场归来的大将军。

贫寒人家结婚、生娃都晚，我小时候没见过爷辈以上的亲人们逮鱼，却时常跟随我爹和叔伯们去抓鱼、网鱼。记得我七岁那年农历五月，天旱水浅，我挎个大柳条筐，跟随我爹去离村五里远的大庙湾逮鱼。那儿石碴下的河坑，水深齐胸。爹脱光衣服，憋足气，潜入半间房大的黑石下逮鱼。他事先将我抱到大黑石上，让我扶好筐，只见他潜水后，每抬起一次头换气，就抓出一大把川丁鱼，放进筐中，有时还抓出七八寸长的华子鱼。爹嘱咐我盖好筐，小心华子鱼蹦出来。不多一会儿，筐就见满。爹钻出水面，说声累了，鱼窝也空了，带我回家。爹特高兴，时不时地哼唱小曲。他没想到，在一块大黑石下就逮了二十多斤鱼。我问爹："您咋知道黑石下有鱼？"爹说："水浅了，鱼儿会聚到深水坑里，钻进石窝。过两天咱还去，准又是一窝鱼。"接着，他讲了逮鱼的方法。他说："川丁鱼傻呆呆的，喜欢在不透水流的石窝里扎堆，当你的手刚刚伸进石窝，不要过猛。只要有鱼群，手指就会有一种麻酥酥的感觉，那是有鳞鱼的脊背。这时候，你虽然心里乐，也不能急着去抓，那样会使鱼们惊逃四散；你要把手轻轻缩回，然后再从边缘处，稳稳抓住靠外边的两三条，轻轻地撤出手，将鱼放进筐里。当你再次轻手摸进鱼窝时，你会感觉到，趴在边缘的鱼们在往鱼群里靠。这时，你还是要耐心地捉紧靠外边的一两条……就这样耐心地去抓，直到你把全窝的鱼儿抓完，它们一条也不会偷逃掉。"

　　爹的抓鱼妙法果然灵验。又一个天旱河清的夏日，继承父辈抓鱼瘾的我，中午放学时，不走正街，从学校操场南边的戏楼后直接去了紧挨村舍的伊河。我挽裤蹚着膝盖深的水，逐个去摸石头下找鱼窝，还真的在一块不起眼的紫石下摸到个不算大的鱼窝。我学着爹的捉鱼法儿，小心地从鱼窝边缘捉到一两条，随手扔到河边的草滩上，再去抓下一两条。等把这一窝川丁鱼掏光了，上岸从草滩上拾起鱼，用草莛穿起提回家，拿秤一称，二斤还多。时值我妈患严重的肺病，急需增加营养，我就将鱼儿掏膛洗净，撒一点儿盐，用圪针穿起晾干，油锅煎炸，酥脆可口，妈好喜欢。相隔一夜半天，我再去那石下摸，又抓出二斤多鱼。没料及我第三次喜滋滋地去摸鱼时，那块石头竟被人掀翻，一条鱼影儿也没有了。我气愤地叫骂了一阵，又照原样将石头摆好，石下又形成个小鱼窝。第二天中午再去摸鱼，一条小鱼仔都没有。我丧气地闷想好一时，才意识到许是我摆放的石窝四下透水，便捧些沙子将石头的四周埋了埋。次日再去看，石窝里依然空空。我这才想到：人工埋的沙子终归不是自然积成的，照样透水，伪造终归不是天然，连傻呆呆的川丁鱼都骗不过……

我们不只是浅河捉鱼，也常在浑水里撒网，长竿垂钓。我永不忘秋凉时节，河水浑浆流淌，尽管我们看不到鱼影儿，却将"无形"的鱼钩沉入河中。那有倒须的鱼钩，深藏在活鲜鲜的大肚蝈蝈或黑蛐蛐的身子里，不信那贪食的华子、鲤子、黑鱼、鲇鱼不咬钩。只待那鱼漂一沉，挣扎中的咬钩大鱼让你乐得心儿怦怦跳。这时你才知道啥叫心里美。

伊河的乐景不独在逮鱼，还有一道风景同样撩人眼目。天晴水清时节，三五成群的大姑娘小媳妇们端着用灰水泡过的脏衣服盆，来到清凌凌的伊河沿，一排排坐在早已摆放好的洗衣石旁，转而就是"砰砰"的挥棒砸衣声，"唰唰"的搓衣声，间杂着不绝于耳的说笑声，此起彼落。过不多时，伊河岸边的草滩上晾晒的各色衣衫，犹如五彩斑斓的万国旗。

无须避讳，大自然总有它的多面性。贯穿几百里的伊河，给予两岸人民的不都是获益与欢笑，当然也伴随着危险与泪水。

在我们八达营，自古就流传着酸苦的民谣：不怕神，不怕鬼，就怕西沟发洪水！西沟，是伊河西边的一条深沟，长约十五华里，且沟岔、裸崖颇多，每有暴雨，七沟八岭的山洪汇入主沟，聚成黑浪翻腾的洪流，牛吼般地冲出西沟，扑向伊河。河水似毫无反抗地随洪浪东退，致使汇流后猛涨的伊河直扑向营子，冲得临河的村街房倒屋塌，鸡飞猪叫，吓得临河人家不敢困觉，生怕睡梦中随龙王而去。

儿时，每当伊河发洪水季节，我就去南河沿姥姥家观看水情。瞅那恶浪汹涌的河水，漂荡着死猪死羊、房木衣柜等物，煞是揪心。有一回，在梁西打工的我四舅，思亲心切，不顾伊河水深浪大，冒险过河。当他被猛浪击倒，随浪漂流而下，冲至与姥姥家相对的河中心时，身子猛地一蹿，扬起头，绝望地大喊："妈呭！"我姥爷素有爱接别人话茬的习惯，随即冒出一声："你喊爹也不行呀！"当我四舅被冲到河下游，被会泳"狗刨"的我老叔救上岸，找人抬回村。我姥爷面对儿子的惨样儿，想到自己接话茬说的那句噱头话，羞愧得面红耳赤。此事也在村中成为笑柄，流传许久。惨乎？愧乎！

伊河发洪水吞噬人命，我记忆中曾有多次。这里不一一列举，单说小学校长徐化民惨死河中，令村人悲愤，怀念至今。

徐校长是隆化镇下旬子人。从我记事，他就在我们村教书。日伪统治时期，他还身兼校长。平素只穿灰长衫，戴礼帽，从不穿鬼子发给他的"协和服"。在日伪强推"奴化教育"之下，他冒险在晚间偷教四书五经，以及《三字经》，教导学生勿忘中华民族的悠久历史、要爱国爱乡，深受学生的敬仰。他单身在校起火，学生家里有什么好吃食，常送给他。就在日本人宣布投降时，为保护学校，他独自住校守卫。那天，村街上淅沥沥地下着小雨，也稀稀拉拉地过着援华的蒙古军。偏有一个骑马的蒙古兵去敲学校的门，徐校长开门应对。因他不懂蒙古语，蒙古兵持枪对准他，他被吓蒙了，撒腿就跑。他本想过河逃遁，没想到水深浪急，他被冲倒，随浪而下。那蒙古兵骑马沿河边穷追不舍，他在河中一露头，蒙古兵就是一枪，直至他淹死河中。蒙古兵一走，村人即刻打捞他上岸，面对徐校长的尸体，一片哭声。战乱中的血案，终成永久的冤魂。村人给以厚葬，并在河边送他远行。

每年的农历七月十五放河灯，是村人对逝者另一象征性的怀念。每当多雨泛洪、恶浪作孽时，总有过河遇险或含冤溺水的不归者。相传，死者的阴魂郁郁不散，找到替死鬼，他们才能得以投生。迷信神鬼者们就臆想出让河鬼们抱河灯投生之路，免得有人再成为替死鬼，溺死河中。为此，人们将每年的七月十五定为"鬼节"，各家各户都事先捏几个薄薄的面皮小碗，碗里放一点儿用油掺和好的锯末，当作"河灯"。夜深人静时，各家持灯来到河边，燃着灯里的锯末，放入河中，灯光三五成行，飘飘闪闪，顺流而下，俨然夏夜的一景。直至那灯里油干光灭，就假说那河灯已被水鬼们抱走，去阳间投生。这样，村上就不会再有替死的溺水者，伊河两岸人家也就安享太平。

浪涌涛去，时清时浊，祸福流淌不息。总有伊河被治理、苦去甜来时。20世纪70年代初，家乡人学愚公，沟沟坡坡植树，抑制洪水下山，劈山凿石，垒起五华里长的拦洪改河大坝，既阻挡西沟里涌出的山洪，又让伊河远离村庄，服帖地顺着西山脚下流去。大堤外开垦出六百余亩河滩地，种植水稻，家家户户吃上大米；修出三十亩鱼塘，年产万尾。如今，穷困出名的八达营，已变成鱼米之乡。

凄乎，美乎！诉说不尽的伊玛图河……

写于2017年8月30日

载于《美文》2017年第12期

秋忆 张峻散文选

紫塞故里几沧桑

榴红五月，回故里承德，参加老友的一次贺会。友人闻我会后将回老家探亲望友，好心劝慰：你少小离家，此行高年归故里，感怀定然多多，当略记之。我欣然从命。

离宫西山 26 号

住进离宫西山绮望楼，忽生一念：这儿像是我四十多年前的栖身之地。

疑惑间，出得楼庭后门，四下眺望，南面宫墙，北望桑坡，东临"承德市文物局"的一座古式建筑，脚下这片新复建的楼阁之地，不正是当年热河省委的西山家属院吗！我确确实实在这儿住了十八年。

那是依缓坡建起的三排简易平房，计四十余间。我住其中一间，不足十五平方米，门楣牌号是"离宫西山 26 号"。房后是一座花窖和成堆的瓦砾。昔日作为乾隆三十六景之一、供皇帝读书赏月的绮望楼，早在清朝末年彻底损毁。解放初热河省委在此搞临建，也算废地暂用吧。当时，国家确无财力办公益事务，连省委机关也暂驻丽正门内的古建筑宫殿区。

那时的避暑山庄，同刚解放的承德市一样，到处破破烂烂。古建筑残破失修，宫墙多处坍塌，已与宫外山野相连；狮子沟以北进市卖柴的山民皆从宫墙豁口处担柴入市；野狼夜间也自由自在地来宫内寻食。直至 1954 年夏，我清早起来，常见房前有狼粪。由此还引发一次"家庭风波"——

是夜，我睡意蒙眬，忽被周岁小儿号叫声惊醒，我意识到是野狼进屋叼走小儿，即刻厉声"嗷嗷"喊叫。因为在我家乡，野狼进院叼猪时，父亲听得猪叫就这么凶喊，狼被吓得一松口，会将猪丢下。此刻，我下意识地效父而行之。"你叫喊啥？"妻子拉开灯说，"孩子掉地下了！"她下地抱起小儿。我无言以对，还给她留下话柄，她人前人后常以此奚落我。岂非笑谈！错觉、心境都是真实的，当时忧心狼进屋的不止我一家。

不过，十八年来，这间小屋留给我更多的还是美好记忆。那是国家初建、人们生活在清晨明媚阳光中的时代，有志青年求上进、求知识，物欲极易满足。我有这间锅台连着炕的十五平方米的简易房，很不错了，孩子送托儿所，食堂打饭，工余时间能读书学习。山庄里的环境幽雅，清早，我总是伴着晨光去湖边苦读，攻业务所需，也攻文化课，尤其爱看小说。离宫的夜特静，妻儿们都睡了，我伏在不足一米宽的小探头桌上（这小桌至今还跟随着我，浩然来我家也喜欢它小巧），读啊，写啊……谁会想到一个在省委组织部干部处工作的人，竟出版了一本短篇小说集，并于1956年3月参加了全国首届"青年创作者会议"。

这间小屋，留下了多少文朋好友心碰心的欢聚、笑谈啊！本地的作家郭秋良、白鹤龄、刘章、陈映实，北京和外埠的浩然、侯敏泽、杨啸、刘怀章、苑纪久、刘振声、邸惠连等，还来过多名约稿的资深编辑。

《人民文学》编辑王朝垠来我家，进门就惊叫："我以为'离宫西山26号'是个大院落，原来就这么一小间啊！"

我的小说《大山歌》在《人民文学》上发表后，中国青年出版社的编辑室主任阙道隆、编辑王维龄登门造访，他们认为《大山歌》有潜力可挖，要我充实生活写一部反映山区建设的长篇，为此还带来多篇剪报素材供我开拓思路。时值我妻出差在外，孩子住幼儿园。为商谈方便，就屈尊二位住在小屋，和我同睡火炕，一起就餐。一连几天，二位听我谈生活，谈人物、细节，逐章帮我结构故事；晚间躺在炕上也谈。我尽享老编辑的殷切厚爱。有时白天谈累了，我就建议上山、下湖游离宫，金山亭、梨花伴月、四面云山，都留下了我们的足迹。每晚都去如意洲湖边闲坐，背后飘散着丝丝秋凉和委婉的笛声。尽管那部长篇被"文革"夭折了，我们之间却留下永存的师友情。

离宫西山 26 号，今日复建的绮望楼，埋藏着我青春年华的诸多记忆。

那年月，我的桑树坡

那天半日无事，从丽正门进山庄，故地重游。

出了宫殿区后门，漫步鱼鳞坡，我身不由己地驻足，久望西山那面坡。那片多年生的桑树林，嫩叶初绽，半坡鹅黄。

恍惚间，桑树行里晃动着我二十七岁时的身影，面黄肌瘦，小腿浮肿，穿一身旧劳动服，居然还担上去两大桶水，在空闲地种玉米、栽红薯秧。那水是我从五百米远的宫湖里担上来的，而且要步步攀高，气喘吁吁地不知要歇多少歇。后来，随着秧苗成长，我几乎每天清早要挑几担水浇它们，真不知那会儿是哪里来的力气。

那是怎样的年月啊！我当时在承德报社工作，和一位老同志下乡采访，路过我们老家时，父亲只用巴掌大的一块豆饼（平常年月只能做牲畜饲料用）招待客人。尽管上面沾满草屑，我们掰着一点点地吃，慢慢地嚼，舍不得匆忙吞咽，那叫香啊！那位老同志舍不得吃光，还省下些留在路上挡饿——下乡在大队食堂就餐，一顿只喝一两粮的大锅稀汤，饿得小腿浮肿、走路打晃……

党让我们度荒自救，号召机关单位四处搞代食。报社是生产精神食粮的，天天出报，不能停摆。编辑只能业余自救，离宫管理处也大开方便之门，默许住户见缝插针种点儿什么。我一眼就盯上桑树坡里的空闲地，一早一晚，掘地埋种，不惜力气。

我像待儿女一样善待秧苗，天天来看它们。苗下施了足够的底肥，稍旱了就担水浇。五黄六月，盼得玉米秧长高、窜穗、结棒，红薯秧下也见鼓包、裂痕，似结出薯块。我喜得每天中午下班都先奔桑树坡，扒开玉米棒瞧看，一掐一包汤，太嫩了，实在舍不得掰，等晚间下班我再去看，棒棒没了！也许掰棒人比我还饿，每天总是先我一步。红薯也有人偷挖了，那年月啊……末了，我只摘些红薯叶，做"苦力"吃，也算没完全当杨白劳。

不过，离宫的优越环境，还是让我捞到了出人意料的实惠。

次年初春，妻子花高价从农村买回个小猪娃，靠着山庄里蒿草茂盛，采猪草方便，我养起了猪。

平时采的猪草煮熟泡在缸里，我每天早午晚喂它三顿。一来二去猪和我有了很深的感情。每到我快下班时，那猪总是跑到很远的坡下接我，孩子般地跟在身后，催我快喂它。吃饱了，它就将常铺的破麻袋叼到窗下，铺好，安然睡去；平时我给它挠痒，它就很听话似的乖乖倒地。秋来为给它加膘，我走后门买些秕糠，至年底，它居然也长到百来斤。杀它时，我实在下不得手，找来一亲友，我给它挠痒，它兴然倒地，一声不叫地被捆绑起，被推车推向屠宰场，走时我都不敢看它一眼。

白条肉推回来了，那年月的猪肉有多金贵，老亲近邻都送一些，又多次请同事、好友们来家聚餐，粉条子炖肉足造。大家欣喜之余，都羡慕我住山庄的优越。猪肉吃光分净，转年来了个什么"运动"，让编辑们检查"多吃多占"。人们没的可讲，有人就检查说"到张峻家多吃了猪肉"；我呢，自然要检查"自己不该养猪……"

往事难说清。久违了，我的桑树坡！

古戏楼，家乡的历史老人

到家了，生我养我的紫塞一村镇。

说是家，实为弟弟的家。父母早已仙逝，本族除了一位远房堂婶，我已是最年长者。我出生的老房子早没了，那里成了堂弟家的菜园。多年没回来，少年伙伴又走了好几位，去了永远也回不来的地方。

午后，弟媳要陪我和老伴去看古戏楼，说已经重修好，正在彩绘。我欣然前往。

古戏楼和神棚，是我们村仅有的两座古建筑，始建于清乾隆十七年（1752），我的作品里多次提及过。

古戏楼的构造，在百里山乡算得上辉煌无比。虎皮石垒砌的七尺高的大戏台，紫红台柱，四梁八檩，灰垄瓦罩顶，饰纹瓦当，飞檐吊角，每角吊有风铃，风来叮当作响；内顶和四周彩绘艳美，飞天、勾云、戏出临摹，栩栩如生；后台宽大，除放戏箱、道具，几十人的戏班能搭铺居住。艺人们无不夸赞：这戏楼百里难寻。

神棚与戏楼相对应，就建在楼前广场北面。同庙宇相像，一座正殿，两厢禅房。但此庙并无神像，只是唱大戏时才将南庙的泥塑神像抬至正殿，敞开门窗，意在"请神"看戏。七天戏散，"神"即回驾南庙，此谓神棚。平时神棚基本闲着。从我记事至我十五岁离村，只请过两回正经戏班。日本鬼子来了，神棚就成了伪满小学校。

"文革"期间神棚被拆毁；戏楼因年久破损，几乎要倒塌。少年伙伴、退休干部冷光耀、李占铭等倡议，募捐集资修缮戏楼，重建神棚，我特别地支持。现在古戏楼已基本修缮好。

戏楼在村街中段，西临河滩。当我瞧见焕然一新的它，就像看到一位身披艳装的历史老人。是啊，二百多年来，它靠倒了全村最古老的民居，给予了村民无尽的忧伤。因为我知道，戏台很少演戏，多为开村民大会之场所。乡、村政权更迭，乡绅要在这儿宣布；村事民约、缴粮催款，要在这儿公示；日本鬼子、反动势力、敌伪分子无数次在这儿镇压、迫害村民。我曾亲眼见过日本鬼子将四乡交不出鸦片烟的村民抓来，在楼前广场跪了黑压压一片，毒打和酷刑体罚，多次草菅人命。自从伪满小学占据了神棚，戏楼前广场也是打骂、体罚学生的操场。早晨，学生在这儿上"朝会"，背"诏书"，背不过就遭打骂……古戏楼见证了多少民族屈辱和战乱，也见证了徐校长殉难的全过程……

冷、李二位少年伙伴听说我来看戏楼，急急赶来，紧握我的手，客气地说着感谢话，谢我修戏楼、捐钱，反而弄得我不好意思。我们登上戏台，一边瞧望美术师们登高彩绘，一边笑谈往事。光耀兄说："这戏台你最熟了，乡亲们一说起你，就想起你在戏台上逗人的表演。"

这话不假。刚解放时，村上组织起业余剧团，遇有节日就演戏。我演过《捉蒋》的活报剧，头上蒙毛巾演《兄妹开荒》的妹妹，说唱过《英雄董存瑞》的大鼓书，也充当过"小二黑"……多了，都是较重要的角色。

父亲嫌我排戏、演戏耽误活计，骂我，限制我，我就想法"制裁"他。一次区委宣传委员老湛来村开大会，说好白天要演戏。可我有意不告诉父亲，清早就去大西沟砍柴。早饭后，剧团做演出准备时才知道我上山了。区干部老湛着急，同伴们就如实诉说父亲如何限制我参加文艺宣传活动。老湛怒气冲冲地叫来父亲，训斥："不让张峻演戏就是反对宣传革命！今天若是耽误演出，你要负全责！"吓得父亲一路小跑去大西沟找我。那天，我刚把砍下的柴捆好，就见父亲跑得上气不接下气地直冲向我，我清楚他因何而来，预感到他会骂我，甚至打我；可他一反常态，小声说："柴火我背，你快跑回去演出！"我转身时他又说了句："往后有演出你千万言声，我不会派给你活的。"还好，那天只是把我的节目调整得靠后些，没误了演出。此后，他真的不再限制我了；甚至我一连几天到各村巡回演出，他也不阻拦。这使我更加热心、踏实地参加剧团演出。后来，我能十六岁被

"骗"到区里正式参加革命，和我长时间积极参与剧团活动很有关系呢！

"逗引"——动员

就在这年暑热的一个中午，我扛着锄头刚进村，邻村一个熟人递给我一张小纸条，上面只写了十个钢笔字：张峻，速来区，有要事相商。落款是杨殿臣。

杨是同村人，当过我的老师，尤其爱好戏剧，村里的业余剧团最初就是他操办的，他特别喜欢我，常夸我心实、厚道。他当时任区政府秘书，我不知他有啥要事，随手把锄交给一邻居，也没和家人打声招呼，就去了离村八华里的区政府。

进院，杨就热情地领我去伙房吃饭，饭后他和区委副书记王华同我谈话，要我当区委文书。我如实说，我愿意离开那倔脾气老父亲，可老人家不会同意的。一是我大哥早亡，弟弟还小，我一走，没人帮他干活；二是他怕共产党"占不长"，有风险。

1946年春，我村有十七八个青年参军、参干的，8月我军北撤，国民党"中央军"一来，家属都遭难了……杨说："你放心，二爷（杨对我父亲的尊称）那儿由我去动员，反正他不同意区里不放你回村！"从此，杨殿臣真的每晚都回村跟我父亲磨嘴皮。后来听说，开始父亲大骂，骂我也骂他。骂我没良心，缺心眼儿；骂杨少德行，不该哄骗当庄孩子，"张峻走了，家里谁干活？"他逼杨还他儿子。任父亲怎么吵嚷，杨也不恼，笑嘻嘻地和父亲巧对付。最后，杨答应我家部分土地由村里代耕，父亲才勉强点了头。不过，他对我参干仍是心存后怕。直至五年后，我调到热河省委，他去承德看我，我陪他游离宫，他见附近无人，才小声地问我："你看共产党能长远不？要是占不长，就早点儿回家，家里饿不着你！"

这就是我的淳厚的农民父亲。可在当时，我的老父亲实在应对不了杨的铁心软磨，弄得我继母也唉声叹气："我家张峻终归让杨殿臣给'逗引'走了！"

继母说的"逗引"，是指当时区干部说的新词汇"动员"。继母没一点儿文化，可她对不完全懂的名词却有她自己的化解力。譬如"坦白"，她都理解成"惭白"，她的意思是：人诉说自己的错事能不惭愧吗？再譬如，她把"动员"说成"逗引"，也有她的理解，即你不愿意的事，工作人员三逗引两逗引你就答应了。说心里话，这多年，我是很感激杨殿臣老师的。他先是"骗"我到区里，后又软硬兼施地说服了我父亲，使我成了一名年龄较小的干部。我有时也想，假如那时他不"骗"我出来，一直在村里修地球，我也许成不了作家。

其实，战争年代的参军、参干，并不都像电影里那样热烈，实情十分复杂。我们村前后两批计三十余人参军、参干，真心自愿报名的很少，除非家里特穷，生活无着落的。也有个别富裕人家，怕挨斗争，才送一个儿子参干做靠山；绝大多数是区村干部按上级派给的数额，在村上选准目标，再去逐个反复动员，直至家庭与个人同意为止；个别的也不避强迫之嫌。

我的一位老乡叫孔昭库，家住蓝旗村，离区政府二十华里，伪满"国高"毕业，文化高，头脑也好使，算盘打得好，在村当财粮委员，区委研究需要他来区里工作。说实话，他脱产离家确有困难。他早婚，已有两个小孩，十几亩地没人耕作，当时又不挣工资。区领导反复动员，他坚决不同意出来，区委书记气得没办法，一怒之下，把他关进押犯人的小黑屋。关了三天，他依然不点头。区委书记再生绝招：伙房不给他饭吃，让他妻子送饭。每天往返四十华里，两个小孩扔在家里，妻子送了四天，草急了，反而劝他："你就先应下吧，我实在受不了啦！等有机会咱再不干。"五年后，孔老兄升任县委财贸部副部长，挣了不低的工资，家眷也搬进县城，我就和他开玩笑："当初若不把你关起来，今天能够全家进县城吗？"

写到这儿，联想起"文革"时"革命小将"批判我们的一句话："投机革命，早早钻进革命队伍！"真是冤屈了我们。当时还真没主动钻，战争年代革命是要冒点风险的。我参加工作时，四乡还有反动土匪，有的区公所被砸，我们夜里常抱着枪到房上睡觉。五区的高席珍区长，晚间他正在屋内办公，一土匪突然闯入，打了他一枪，并抢走他挂在墙上的手枪。为此事，他受到严重警告处分。

我有时想，诸多往事，多多少少被当时的某种主导观念所掩盖，所模糊，现在都该务实地还原其历史的真面貌。

南河套，我的神秘鱼窝

离开新修缮的戏楼，我不想从原道回街里，便从戏楼后走南河套。

南河套变了，儿时我最熟悉的地方却感到很陌生。那条贴近庄落长流不息的伊玛图河已经远去西山根，眼前是一望无际的稻田地，片片成方的稻畦已栽上青青的稻苗。这是弟弟张杰当村党支部书记时的一大杰作。他带领村民修筑起五华里长的大坝，将多年为害村落的大河改道走西山根，既保护了庄落又开拓出六百多亩稻田，家家都能收获大米，弟弟也因此享有很好的口碑；可脚下，却没了我熟悉的那条河。

记忆中，那条河既凶残又温顺。雨季，山洪暴发，河水凶猛，冲得临河人家房屋倒坍，夜间都不敢睡觉。夏季汛期前和入秋河水较少时，涓涓缓流，清澈见底，能清晰看见河底的游鱼与五颜六色的河卵石。

我十岁那年，晚春某日，我从河西亮子沟回来，脱鞋欲过河，忽见河水中亮光闪闪，定睛细瞄，是两条川丁鱼追逐上行。我沿河边追踪，一眨眼，鱼儿都不见了。我下意识地盯上不远处漫过水面的一块青石头，疑惑间挽起裤腿，悄声下河，两手沿青石的周边摸去。果然，青石临深水的一边有缝隙，正好能伸进我的一只小手，稍往里一摸，感觉手下有涩涩的鱼脊状，知道里边不止一条鱼。我欣喜若狂，忽想起父亲告诉我的摸鱼经验。他说，川丁鱼很傻，假若石窟窿里有很多条鱼，千万别下手过猛惊扰它们；你要悄悄地抠住靠外边的一两条，然后再悄悄地撤出手，把鱼扔向岸边，再如法去抓石洞里其他的鱼，只要不猛下手搅扰它们，绝不会逃跑的。我谨慎地按照父亲捉川丁鱼之法，一次一两条地往外抓，一连向外扔了十几次，直至里边仅剩下滑唧唧的小泥鳅，我才罢手。

上岸拾鱼，竟有三十多条，个个圆滚滚的，比大拇指还粗，脱下褂子裹好，回家洗净一称，一斤八两还多。我万没想到，青石下竟有个不小的鱼窝。更想不到的是，隔天晌午我再去摸，又是满满的一窝川丁鱼。我惊喜地保守着秘密，连着收获了五个晌午。第六天我再去，青石被人掀翻、移位，石下一条鱼也没有了。后来得知，是一伙用抬网打鱼的人给掀翻的，我恨死了用抬网的人。令我生恨的是，我无论怎样将青石按原样摆好，四下用泥沙埋严，一侧留个小孔，川丁鱼就是不钻。

此事折磨我很久，长大些了，才懂得鱼儿也是有脑子的小生灵，也许它能识别天然与伪造。对此，父亲也谈了同样的看法："那块下凹的青石板被泥沙淤埋得没有透水的缝隙，只从下方水深处一个小孔进水，很适合鱼们安然聚居；你临时伪造的石窝肯定四下透水，就如同人都不愿住的八面透风的草窝棚，岂能留存住鱼儿？"父亲的见解不一定十分准确，但天然与伪造总是永恒的区分，伪造也许能蒙混一时，绝不会永久被认同。

水坑里的炸弹硝烟

我们沿着稻田边的土路向东慢行，右前方耸立一座圆亭，亭下是大片亮晶晶的水域，那是本村苗姓青年承包的鱼塘。五年前那次回村，我曾在塘里钓过鱼。承包人讲乡情，说什么也不收我的费用，无奈，我送一条他爱吸的山海关牌香烟。此时，亭台上有几个年轻人在钓鱼。其中的承包人辨认出我，老远就喊叫："大伯，也来玩会儿吧？我这儿有鱼竿！"我笑着客气地婉谢。遂问他道："怎么样？还不错吧？"他知道是指经营："嘿嘿，凑合事吧！"人们就讥笑他"装孙子"。

笑闹声飘过鱼塘，我的思絮回荡起这片低洼地的往昔。从打我记事，这儿就有个大水坑，终年不干，都说下边有泉眼。可那时，没人想到养鱼。每年秋来，不少人家在坑里沤麻杆；盛夏，小孩子跳进坑里洗澡、摸泥鳅，也算是乡间的儿童乐园。忘情与欢悦，最怕战乱与无知。谁也没想到，1946年农历七月间，大水坑一时间成了伤害青少年的祸坑。

那时国民党十三军进攻热河，我军紧急北撤。十多辆拉弹药箱的牛车停在南胡同口的河套边，几个大兵叫来一伙乡亲帮忙，将弹药箱全都抬到大水坑里，没顾得掩埋，就追赶大部队去了。因为国民党飞机追着轰炸，在村北路边扔了两颗炸弹。区、村干部也一时没了踪影。

弹药箱没人管，可乐坏了小孩子。有胆大者把箱子搬出水坑，逐个撬开箱盖，木柄手榴弹箱子居多，地雷次之，还有几大箱迫击炮弹。不知谁先引头向大河里抛开了手榴弹，爆炸时蹿起一股高高的水柱，招引得围观的人们哄笑。这种带有冒险性的行为，对不太懂事的孩子最有吸引力。他们都仿照别人的扔弹法试投，从十多岁的到七八岁的，都敢往河里扔手榴弹。一连四五天，爆炸声不断。我的一个本族堂弟，不满七岁，也抠开一个手榴弹盖，将引信线圈套在小手指上，朝前奔跑两步，猛一甩手，手榴弹只抛到十来步远的河边。还好，他掉头朝后紧跑几步就趴下了，爆炸掀起浓浓的沙尘。小堂弟爬起来，抖掉脊背上的落沙，还傻笑。远远立在胡同口看热闹的堂叔，还笑夸他的小儿子"人小胆不小"。我父亲得知此事，骂了我的堂叔，还训斥我和弟弟："你俩若去扔手榴弹，我砸碎你们的骨头！"

我和弟弟真的没敢去扔。因为第二天，我们南街孩子心目中的"大英雄"赵广良被地雷炸死了。

赵广良是我家斜对门赵余叔叔的大儿子，长我五岁，上小学时成绩一般，却是同伴们敬仰的孩子头。谁若受了委屈，找他告状，他绝对主持正义。我村南河套，每年都有几场"南北大战"，即街南与街北的孩子各凑成一支队伍，晚间去南河套打群架。赵从来都是街南大队的队长，冲打在前，每战必胜。每当他带着队伍返回时，小孩子们齐声高喊："赵广良带大队得胜还朝……"赵后来考上县城伪满"国民优级学校"，听他的同学说，班里每有集会活动，他总是在最前面举大旗。

这回我们的"大英雄"又逞能了，别的孩子玩手榴弹，他独自去玩地雷。听说他从坑里捧出一颗西瓜般的铁雷，又开腿坐在河滩，拆卸腿裆前的地雷时碰着了引信，"轰"地一响，腹腔被炸烂，两条腿飞出好远。

"大英雄"盲动伤身，才震醒了众多无知的村汉，大家动镐挥锹，将余下的炸弹掩埋掉。不过，埋前还是走失了许多颗手榴弹。因为没多久，有人用手榴弹炸鱼和个别歹人持手榴弹抢劫就是例证。合作化后，生产大队挖鱼塘，久埋的炸弹怎么处理的我就不得而知了。

眷念的亮子沟

我每次回家都想去亮子沟，终没去成；这回再不能错失机会。

五月，绿野葱茏。弟弟很乐意陪我去亮子沟。出村途经大片的稻田地，稻畦里的秧苗大都披着晶莹的露珠。我们蹚着露水挽裤腿过河，两个年逾七旬的老人乐呵呵的，像儿时去赶集，说笑着直奔西山主峰下那条多弯的长沟。进沟放眼所及，容颜大变，寻不见当年的荒坡秃岭。当年我们哥俩遭敌机扫射的西山大洼，黑松覆盖，一洼墨绿；陡岭缓坡，绿浪般的山榆刺槐，茂密得进不得人。弟弟说，这条沟二十多年前就退耕还林了，每年间伐的小木材、编筐条子是村民的大宗收入来源。我们沿坡脚转完主沟，坐在石碣上歇息，我不由得暗发感慨：时常眷念的亮子沟，已经是童年的记忆了。

亮子沟的一面北坡，原属于我家的祖业，可刨荒种地，也可栽种果树。坡面还有年久冲刷的两条几丈深的大沟，沟底土肥且有泉水，能种瓜果、葫芦、望日莲，有伞状的歇凉的翠柳；夏秋常有双双对对的宽尾松鼠在崖坎上戏耍，惊起成帮的小山鸡和蹦跳的小野兔。总之，到得大沟底，就像到了快乐的园地，久待不厌。

记得伪满小学四年毕业那年，我虚十岁，家里无钱供我去县城念"优级"（相当于高小），下地干活跟不上垄，就让我独自去亮子沟刨荒或随便干点儿什么。父亲还特意为我安了一把小镐，我约了一位也是在家无事干、很要好的同学，一起在阳坡开荒。十几天才刨出半亩多地，种了萝卜和荞麦，从出苗到薅榜直至收获，红萝卜长得拳头大，吃自己种的果实别有一番滋味。我们还经叔父的指点，在荒坡上挖树埯种桃、杏树，幻想着等果树成林，我们就在坡上搭窝铺，看林子，卖水果，久住山沟。没料到果苗刚露出尖尖就都被野兔子啃成栅栅，气得我俩见到野兔就穷追不舍……

亮子沟的南坡属于王姓，王家和我家是庄亲，他们还在沟弯的隐蔽处盖了两间草屋，在兵荒马乱的日子，这儿便成了姑姐嫂子们的躲灾之所。过蒙古兵那年，不但亲邻的姑嫂们来这儿躲灾，两家的大牲口也都吃住在这条深沟。

我军北撤那年夏天，父亲让我和弟弟赶着一黑一黄两头牛，天天去亮子沟躲藏，深怕牛被抓走拉给养，还得跟去一个人，不然，怕是那牛有去无回。父命难违，赶牛进沟后，我和弟弟各牵着一头牛，找草好的地境，让牛先吃饱，到泉边喝足水，再把它们拴到较隐蔽的窄沟里歇凉。我们俩就去好玩的地方，或是登高远望敌情。

一天傍晌，我俩刚爬上主峰下的西山大洼，就看到两架国民党的飞机沿村北的大道上低飞，追击扫射我军向北撤的县大队。当这两架敌机飞回时，紧贴西山大洼，几乎快和我俩的位置平行了，我们清楚地看见驾驶员的面容。弟弟就扬着手喊叫："看啊，他嘴里还嚼东西……"弟弟喊声未落，随着"哒哒哒"的机枪脆响，我们头顶处的草坡掀起一股股沙尘。我俩惊恐得一时像没了魂。不知机手是有意恐吓手无寸铁的小孩还是枪法失准，反正没伤我们一根毫毛。飞机远去后，我们惊恐之余却在身边草坡上捡到七个大子弹壳。这是惊吓后的一大获得，因为我们从未见过这么粗大的铜弹壳。拿回家后，小伙伴们不胜欢喜地将弹壳屁股的引火帽顶出，做成七支水枪，大家打水仗玩。这是后话。

转天下晌，天阴云低，山色暗淡，后又细雨纷飞。我们先是听得远处传来"叭勾——叭勾——"带着山音的枪声。我赶忙爬上山梁高地循声瞭望，只见河川对面的嘎岔沟土梁上，有一伙穿灰军装的骑兵在飞奔。后来得知，那是阻击"中央军"进攻的我骑兵排，阻击了一阵又撤退了。不一会儿，黑压压的国民党兵从亮子沟的南梁直扑西山主峰。我赶忙钻进沟膛，和弟弟一起将两头牛赶进最深的窄沟，即便国民党兵在主峰的制高点也看不到我们。但因窄沟无草无水，牛们不甘于直挺挺地闲站着，总想往沟外挣扎，不时地弄出响动，招惹得山顶上的兵们频频朝窄沟开枪，几回打在沟帮上，我们眼前的沙石哗哗地流淌，牛也老实了。

好不容易静下来，沟口突然响起一个女人的喊声："乡亲们，都出来吧！'中央军'来啦！可好啦……"此刻，不知为什么，"中央军"却朝喊嚷处连开数枪，女人哑了。谁都听得出，叫喊的人是我村被"清算复仇"对象的亲家婆。

天色渐暗，西山上的国民党兵全撤走了。我们将牛拴在沟底的小树下，出沟回村了。街中心，一伙国民党大兵围着一个军官模样的人，他在摇电话机报告着什么。我只听见"我们已经占领八达营……"不一会儿，他们就吹哨集合开拔了。

目送兵们出村，我俩回到家，父母叔婶们低头闷闷地围桌吃饭。我闻着挺香，一看是我们从没吃过的大米红芸豆干饭、炖猪肉粉条，我猛吃了两碗。吃罢才知道，米饭是兵们吃剩的，猪是我家喂养的、预备过年时杀的猪，还不足五十斤，兵们就给杀了……

载于《美文》2006 年第 10 期

山魂探秘

　　兴隆大山多奇秀，物产丰盛，经济腾飞；不屈儿女多奇志，蕴藏着丰厚的文学富矿。解放前后，曾有多名作家、记者来这里淘金，本地也先后成长起一批诗人、作家。老一辈的刘章、何理、刘芳、杨鸿恩等，年轻一代的刘向东、刘向海、王久侠、刘福君等。我个人的写作与成长，老实说，也与兴隆这片文学沃土根系相连。

　　初来兴隆，是 1956 年冬，随同地委工作组在黄酒馆乡"蹲点"。一住下来，很快就喜欢起这里。是秀美山川，是坡脚那层层朵状的果丛，是淳朴的民风，还是那风趣幽默的土语？我真的一时说不清。后来到报社工作，一有采访任务，抬脚就奔兴隆。跑久了，每当独行于大山中，眼里常是一幅幅山水画，脑里闪现的是古今山民苦斗的、民俗的图景，创作灵感、想象与联想，也就由此升腾，直至人物、故事跳跃于心中。《山庄一农家》《尾台戏》等诸多小说就此问世。有的还不经意地带出兴隆地名：八仙沟、茅山、快活林、大山……

　　省文联关心我的创作，三次让我到基层任职，有两次我选定了兴隆。

　　第一次是 1964 年 1 月至"文革"前，任半壁山区委副书记时。我转南山，跑北山，正月初五就去大山大队的西偏堂，给抗日老模范霍大娘拜年。巧遇霍大娘的大儿子来公社背钢钎，公社书记让他领我上路。那叫什么路啊，进沟越走越窄，步步登高。很长一段路窄得只能单人独行，又多是天然碴台，寒冬里我竟然气喘流汗。我真怀疑：山碴上边会有一个生产队、十几户人家？老大笑说："上边大着呢，抗日那当儿住过包森司令的一个团！"偏响，我望见庄落更是一惊："一座座青砖灰瓦房院！就这窄道，砖瓦白灰是咋弄上山的？"老大轻松一笑："还能咋？人背驴驮呗！"说得我心头好一阵沉重。

　　随老大一进院，真像到了家。霍大娘亲热地问寒问暖，一口一个大侄子，让她的小女儿叫我哥。吃过下晌饭，残阳照东墙，大娘忽然问我："大侄子，歇过腿没？"我说不累。她说："驴没草了，帮你大哥攧会儿铡刀去。"我立刻去铡草、攧刀，虽然又累一身汗，却满怀不见外的亲情。那晚，几乎全庄落的大男大女都来和我这位稀客啦嗑，自然也议论当下的生产。年上一场大山洪，把梯田的坝墙都冲坍了，第二天就凿石垒坝。那是风风火火"学大寨"的年月，我当然赞同并愿身体力行。干一天活回来，每晚来唠嗑的人都挤满屋子，临散时，又都争着请我去他家吃饭，有的还抬出陪姑爷子等种种理由。我是来拜访霍大娘的，有闲空就唠嗑。一次说起抗日时的区长、时任地区专员王佐民，她说："前年在半壁山集上碰见他，我说：'王大傻子（抗日那当儿都这么叫他），来家住两天吧？大伙可想你哩！'他摇头笑说：'实在忙啊。'我笑说：'敢情没鬼子追你呗！'说得他攥紧我的手大笑。真是的，跑山那当儿，我们猫砬缝，他也跟着钻。苦啊！敌人烧了房就搭窝棚，烧了窝棚就钻砬洞；鬼子搜着锅碗瓢盆，砸个稀巴烂，捋把野菜都没法煮。最困苦时候，王佐民来了，还从关里背来半袋子白面，支起薄石板烤薄饼，那叫一个香啊！急难时，王佐民常挂在嘴边的话是，'让狗日的小鬼子烧吧，烧了草房盖瓦房，烧了瓦房盖楼房！会有好日子过的'。这不，好日子真来了。年上咱这一带遭灾，王佐民又捎来话，要我们用当年坚持山地精神修复梯田。大伙一过'破五'就冒劲干，炸山炮震天动地，你都亲眼见……"

　　那些天，我一直在想：昨天和今天的大山人，能如此顽强不屈地苦斗，是我们优秀民族的根之所系、脉之所延，急难时，山民的个体生命就会爆发出无穷的凝聚力和创造力，去战胜一切！半年后，我把这段生活感悟写成两万余字的小说《大山歌》，发在《人民文学》上。现今，兴隆山区更富了，半壁山真的盖起楼房，油路、水泥路村村通，去北山不再是蹚不完的河……

第二次来兴隆是 1982 年，为全面了解兴隆，任县委常委的我几乎跑遍各乡镇，还特意去了雾灵山后的大沟、大杖子和倒流水金矿，顺便为写长篇小说做一些调研，积累素材。当时本不想写什么，激情所至，还是写了《星星石》等中短篇。新作长篇《历史在说》的历史背景、自然环境、重要人物故事，无不深印着兴隆的标记。因此，不少朋友都以为我是兴隆人；以至初来文联时人事部门发工作证，将我的籍贯误写成了"河北兴隆"。

载于 2006 年 12 月《热河周末》

秋忆 张峻散文选

长城永不倒

我家住古北口外，离长城不很远。

大概从我记事起，就知道这古老的万里长城。

"远看长城似锯齿，近看长城齿锯锯。"这是不识字的妈妈一遍遍唱的儿歌。可是，这歌词最初出自谁口，又是怎么流传开的，至今我也不清楚。反正塞外家乡一带几辈人都这么唱；同时我还知道，我张家一辈辈男人大都爬过长城。

这叫缘分！父亲曾多次这么说。

当农民的父亲是相信缘分的。他常说，世上的事千回百转，准有它的一定之规。用父亲的粗话说，那叫"该着"。百余年前，我的曾祖父张永从口里老家逃出来时，朝东北走了千余里。一路上那么多阔主儿见他老实能干，都诚心挽留他，他硬是不想住脚，偏偏奔向古北口，爬过长城。可一到长城外的八达营，他多一步也不想走了。这还不是缘分吗？据说，他当时看重了这个村名的传说——"八达"并非指四通八达，而是指早年村中仅有的八个鞑靼人。他们辖制村民，圈占了大片土地，自己却不耕种，奴役众多当地土人为他们劳作。直至清咸丰年间，曾祖父来到八达营时，村中的蒙古族人仍占半数以上，且多又不善农耕。老人家当即拿定主意：庄稼人扑奔的不就是土地嘛！死活就站这儿了……于是，他成了佃户。

做佃户的曾祖父尽管家境贫寒，并没有影响繁衍后代。他娶妻后生养了五个壮实实的儿子，儿再生儿，繁衍至今，我张家已有五支五代的百余口人，是营子里不可小视的一族。曾祖父五个儿子中的二儿子就是我的祖父张俭，祖父承父业仍然是佃户。但他与上一辈所不同的是，务农之外闲时猎些皮张，然后爬过长城，背到关里换回些棉花和布匹。因为寒冷的塞外从不种植棉花，至今不会纺花织布。祖父为一家人的四季衣着，每年冬春换季前，总是长城内外跑动，因此，从我爷爷那时起，打猎和爬长城，用皮张换布匹，已是我家不成文的农闲营生。然而，当我记事时，父亲和叔伯们爬长城、跑口里，却要九死一生，像闯鬼门关。因为那时家乡热河省已被日寇侵占，划归伪满洲国。依照那一纸卖国求和的《塘沽协定》，国民党政府已默认了长城是"满洲国"的"国界"，关内外的中国人过长城隔口，都要办出入境签证。而且，那时的棉花、布匹已被日伪统治者定为"违禁物资"，携带者一旦被查出要以"经济犯"论罪，重者坐牢杀头。可那时，父亲和叔伯们为一家人的衣着，不得不趁黑夜翻梁过岭，从坍塌的长城豁口处偷偷爬过。这样，他们等于身负两种罪责铤而走险。因此，从我一记事，父亲每出远门，一家人便担惊受怕，心悬半空，坐立不安。我呢，幼小心灵想象着那长城的"齿锯锯"，怕它真像大钢锯那样锯割着父亲那流血的心……

很显然，幼童时期，我对长城是怀有恐惧感的。可是，随着我的年龄和阅历的增长，很快以另一种心情亲近长城了。因为那时家乡一带，曾经有过和正在发生的时局大事，似乎都与长城有关。譬如：二十九军夜战喜峰口，大刀队砍下上百个鬼子的头；宋哲元据守古北口，敌机和大炮把城墙的砖石都炸成粉末，守关将士也不后退一步；黄花川的民众领袖孙永勤，在长城脚下举义旗，拉起五千多人马的抗日队伍，号称"天下第一军"，硬是在长城线上同鬼子拼杀两年多；后来又是八路军的邓（华）、宋（时伦）支队打过长城挺进兴隆，从此长城内外遍燃抗日烽火……直至我参加革命后，在一个叫台吉营的小山村学唱《义勇军进行曲》，才懂得了"把我们的血肉筑成我们新的长城"的博大精深的含义。

记得，我第一次近距离看长城，是1955年4月，随同原热河省的一位领导进北京。当车子开至古北口的关隘时，我们不约而同地停车观看古

秋忆 张峻散文选

109

长城的遗址。它早已不是我儿时想象中的"齿锯锯"，战乱炸碎了砖石，墙基却是那么宽厚而坚固，基石缝隙处蒿荂、败草丛生，还有早春初绽的羊妈妈花，它们似乎都在无声地向人们讲述着，这里曾发生过的惊天动地的血战。不只是二十九军抗拒日本兵；明朝嘉靖年间，鞑靼首领俺答也曾率兵偷袭古北口，发生血战；还有明朝时以抗倭著称的戚家军，也曾在这里守卫过。自古以来，有多少将军、志士，在长城上写下了自己的历史。当然，我不光是指明长城，也包括自春秋战国以来修筑的历代长城。说也怪，眼前这些苔藓斑斑的破碎砖石，竟能诱发出自己这么多遐想。我仿佛一见如故般深爱上长城了。

回到当时的热河省会承德后，我一有机会下乡，就力争去长城脚下，因为西南五县都有长城。我去过黄崖关下的快活林、跑马场，将军关下的陡子峪、沥水沟。热河省撤销不久，我调到承德报社工作，沿长城走访的机会更多了。罗文峪口、喜峰口、冷口，与抚宁县邻接的义院口我都去过，还多次沿着保存尚好的一些明长城的段落信步游走。我深爱着长城，也喜欢长城脚下村落的风土民情，20 世纪 50 年代后期与 60 年代初期，我曾写过多篇描写长城脚下风情的散文和小说。

我永远也忘不了，1959 年阳春三月从飞机上看长城。那是在天津参加完"河北省六级干部会"后回承德。当飞机越过燕山群峰时，我从机窗下望，那蜿蜒蟠伏于莽苍山巅的灰黄色的城墙，真像一条欢腾的飞龙。当时，我兴奋不已，真的想到了龙，赋予了我华夏民族魂魄的神龙。因为那时我已读过一些史书，我心中的长城已不全是机身下的明长城，我想着始于春秋，继秦、汉、南北朝、隋、金、明等各朝代，防御与征战中修筑的诸多古长城。古老的长城修筑史，便是我国中原和北方各民族互相征伐、兼并，割据与统一的战争史，堪称一部浩瀚的巨著。它囊括了我国古代的政治、军事、经济、建筑、历史、地理等科学奥秘，而那些有关长城的铭记、碑文、诗词歌赋、民间传说、楹联匾额、建筑雕刻等，也是我中华文明乃至文学艺术的瑰宝。更重要的是，千古长城还记载着历代王朝的兴衰更替，治国安邦方略的得与失，历代朝臣的忠奸，戍边将士的忠勇与怯懦等等。这些正反两方面的、丰富的历史经验，一代代地传承着，汇成我伟大中华民族的智慧洪流和民族意志、道德与尊严。正像一首歌里唱的，"万里长城永不倒"，最恰当地抒发出我中华民族腾飞于世界的力量和必胜信念。

那天，我之所以如此浮想联翩，是因为我在飞机上仍然沉湎于那次会议的良好的氛围之中。那是一次和谐求真务实的会议，主旨是以对人民对历史高度负责的精神，认真总结"大跃进"的经验教训。看得出，经历一年多的"超英""赶美"，高热度地"放卫星"，浮夸、假报愈演愈烈，谁也不愿长久坐着没底轿走向悬崖边缘，从上到下都开始趋于冷静。事实上，讲真话、干实事才是我们民族务实求进步的好传统。会议开始，被"运动"整怕了的各级书记多都不敢较真，我们的地委书记带了头。至今我还记得他那从心窝里掏出的真情话语："我们的'书记'官衔，都不是祖宗传下来的，是我们参加革命、真心为老百姓办事，才当上的书记。大家都应当为了人民的利益敢于讲真话，不怕丢'乌纱帽'，不怕杀头，不怕去北大荒……"接下去，他带头讲自己在"大跃进"中的困惑、高指标中的虚假，许多"大办"脱离实际，劳民伤财，而且都言之确凿，有精确的数字和实例。他是一贯注重调查研究的，我曾随他一起下过乡，他确是一位心中有人民，时时想着群众的好公仆。由于他的身体力行，会议开得相当成功，与会者都觉得心亮力足；会后他又扎实地抓落实，使得全地区当年的粮果均获丰收。不幸的是，当年秋天从庐山上刮起的那场风暴，多少求真务实、正直为民的好干部倒了下去，我们的地委书记自然是在劫难逃。他真的被摘掉了"乌纱帽"，虽没去北大荒，却被流放到关内的一个县降职劳动改造。正像后来人们都知道的，伴随着"反右倾"的结束，极左的狂风又在华夏大地肆虐。高指标、高征购，使得种粮人饿得无力劳作；再后来，三年困难时期无情地扑来。其因，有天灾，更有人祸。

1960年6月，作为记者，我又到长城脚下采访。由于营养不良，我拖着两条浮肿的腿，来到沙坡峪村。老支书尹广俊跟我相熟，他不无幽默地嘲讽我："怎么样？高音喇叭不吹了吧？都怪你们摇笔杆的……"其实，那时的记者们也有苦衷，新闻舆论也是很难超脱时代的大环境的。

　　沙坡峪的庄南，约一华里远的山梁上，耸立着墙体完好的明长城。那天早起，我去大食堂喝了一大碗稀稀的菜粥，便闷闷地独自去登长城。我沿着蓬蒿丛生的城墙西行，一直登到峰峦的最高处。我发现城墙的走向多是利用自然地形，随弯就弯，或巧妙地利用悬崖峭壁，以险制塞。我当时就想，古人修筑长城尚能依地形求实，因势利导，而我们建设社会主义的事业岂能直线腾空……那天因腿肿无力，我走得很慢，也很累，更多的时候是坐在垛口上歇息、断想……

　　我想到，古来修长城、守长城御敌安邦的无数英雄豪杰，个个都是披肝沥胆，忠心为国，不惜献出自己的生命。秦时的蒙恬，汉时的晁错、李陵、李广、卫青、霍去病，宋时的杨业，明时的戚继光等，均博得后人的赞颂。尤其宋朝名将杨业绝命雁门关险地的故事，更令人深思。当时流传的"赵家天下杨家将"，全国周知。岂料杨门功高遭忌，雁门关拒契丹之战，潘仁美、王侁违约不发援兵，致使杨业孤军战死。国事放在后面，私心放在前面，常是战争或国策失败的主要原因之一。记得当时，我还想起明代一守边将领仇鸾。他原为甘肃总兵，因贪虐被弹劾下狱，后结识首辅严嵩。仇鸾出狱后，又当上大同总兵，仍守边关。嘉靖二十九年（1550），鞑靼首领俺答率重兵进犯大同关隘。守关将仇鸾被吓得惊慌失措，不敢抵抗，只好偷偷派出自己的亲信去面见俺答，并贿以重金，求俺答不要进犯自己的防地，择路转向他处进攻。俺答收了仇鸾的重礼，果然引民向东，去偷袭古北口。镇守此关的将士毫无准备，血战的结果是一败涂地。鞑靼得以长驱直入，一路烧杀掳掠，直扑北京城下。当京师内一片惊恐之时，又是仇鸾上疏皇帝，假意表忠心，声言要带兵进京勤王。嘉靖皇帝因为不明真相，反嘉奖祸首仇鸾"忠勇"，封他为平虏大将军。可这个贪生怕死的仇鸾，受了高位却按兵不动。直至鞑靼兵将京郊乃至通州、涿州等地洗劫一空，押运着大批男女、牲畜、金银财宝，得意地引兵北退时，仇鸾这才率兵假意追杀，沿路砍了七八十个当地百姓的头颅，冒充是鞑靼兵的首级，欺君邀功请赏。这段令人作呕的守关败将的拙劣表演，痛切地告诫我们：假公济私而又独揽大权的人，于国于民非常危险，特别是在国势危急的时候。

说来也巧。1971年发生"九一三"事件不久，我因事去山海关，住进区招待所。招待所距"天下第一关"的城楼很近，虽然时已紫塞秋凉，但几乎每天晚饭后，我都披着暮色登临城楼闲步，独自默默地沉思，有时也久久呆望那宽厚的城垣沿西边山梁逶迤远去。那一晚，当那灰色的城墙快与夜幕模糊一体时，我突然想起长城西去的居庸关外发生的"土木堡之变"。

那是四百年前的明英宗时代，朝政由大宦官王振专权。王振是个大奸，他平时常是假心假意讨好皇帝，专会哄上欺下，结党营私、残害忠良，根本不想治国安邦，修边墙加强防备。正统十四年（1449）正月，北方日渐强盛的瓦剌族发兵两万铁骑欲攻北京。先是大同关的防守失利，请求援兵的边报连连飞向北京。王振原本对军事一窍不通，却沽名钓誉想出个让英宗皇帝亲征的办法，希图以此吓退瓦剌兵。他用此法邀功的同时，心中还暗怀着一个更卑鄙的私欲——希望天子这次亲征，能让御驾过他的家乡蔚州（今河北蔚县），借此向乡里炫耀他陪銮驾还乡之一世辉煌。七月五日，英宗率明军亲临大同前线，不料瓦剌军强悍骁勇，明军初战失利，数十万人马急忙撤退。可在撤退时，王振也没忘引导銮驾过他的家乡。当大军接近蔚州时，他又顾虑到天子的随从车马太多，会践踏他家的庄稼，于是又引兵转东绕行。这么绕来绕去，耽误许多时间，当瓦剌军的铁骑追来时，銮驾距怀来较坚固的城堡还有二十里远，便在土木堡被瓦剌军团团围住。

兵士几经冲杀无效，终使堂堂的大明皇帝被瓦剌人活捉；王振本人也被愤怒的兵士戳杀。可见，以权谋私的卑鄙小人，终为历史所不容。

那晚，当我在夜幕中离开城楼时，一轮橘黄的明月正从渤海徐徐升起。我胸舒神畅，禁不住哼起唐人徐彦伯的《登长城赋》中的佳句：

古往今来，
肖然陈迹。
……
长怀壮士，
永慕忠臣。
经百战之戎俗，
对三边之鬼邻。
徐乐则燕北书生，
……

载于《长城》2000 年第 1 期

难忘息烽

悬崖峭壁，云腾雾漫，秋草萋萋。

不知何年何月，大自然在这儿造就个天然石棚。

戎马半生，蜚声华夏的杨虎城将军，脚拖镣铐，与妻和幼子被囚禁于此，饱受磨难……这形象，这场景，曾在影视荧屏上出现过，让人目不忍睹，激愤万分，并且永远记下了这儿的地名——息烽。

此行贵阳，打听得息烽距贵阳仅五十余公里，乘车走高速公路不足一小时。良机难逢，岂能舍失！好心的乘务员小姐得知我们专程去息烽集中营，破例中途停车，指点捷径。

这条小路再便当不过了。从桥头一下车，正北方向，眼前凸起的三座小山包上，分别耸立着三个保存完好的坚固敌堡。中间山坳处，绿树苍翠、葱茏。一问稻渠里捞鱼的小孩，方知绿荫处就是当年的集中营。

少顷，我们走进了烈士纪念馆的院门。迎门耸立着英烈的高大雕塑群像，雄姿都是那么刚毅不屈。偏东有座崭新的建筑物，门扉上标明"革命先烈事迹展览厅"。看得出，雕像和展览皆为不久前建成。或许只我们两人参观，厅内的放映室关闭着，也没有解说员。不过，我们仔细看罢四壁充满血腥的图片及文字说明，也大体知道了当年集中营的惨烈概貌。

从 1938 年 11 月起，国民党独裁者便在这片山坳修建起集中营，名为"息烽"，其实这里距息烽县城尚有五公里，小地名叫阳朗村。我猜想，独裁者之所以将此魔窟命名"息烽"，许是怀有阴暗心理，借名取意，妄图熄灭爱国志士的革命烽火吧？因为图片表明，从集中营建成到 1946 年 7 月撤销（实则转迁重庆歌乐山），将近八年间，先后关押共产党人、抗日爱国志士一千二百余名，其中有六百余人被屠杀或死于非命。息烽县当时是不足六万人口的山区小县，县城居民仅两千余人。只因在阳朗村建起集中营，蜂拥而至的国民党军警宪特，竟多达一万五千人，数倍于县城人口。据介绍，当时无处不是乱兵匪特，恐怖万分，民不聊生。尤其是强占山田八百余亩的集中营区，四周筑起电网高墙，碉堡、哨卡林立。在一幅幅阴森可怕的图片中，我们还看到多位人们熟悉的革命志士的英容：杨虎城、宋绮云、车耀先、韩子栋。怀着沉痛和景仰的心情，我们走出展览厅，依路标指示朝东下坡，步入浩大的集中营区。这里的缓坡和平地，尽管已栽植起多种树木，林深枝茂，蒿棘丛生，野花怒放，但总给人以阴森、恐怖之感。因为苔迹斑驳的高墙仍在，随处可见敌堡、岗楼，旧时残害先烈们的遗址、铁证，多都原样保留着。一湾湖水，四周却被哨卡岗楼监控，巨石上还刻有"明心湖"三个大字；湖中一小榭，标为"明心亭"；一座座牢门，里面龌龊得如畜圈一般，湿地垫起半尺高的"地铺"，杂尘草屑纷乱，饭桶挨着马桶；通道里，临监室的半截砖墙上，竖着粗粗的圆木栅栏。一切都不像人住的地方。在刑讯室里，老虎凳、烙铁、铁锁链和诸多叫不出名的刑具，血锈斑斑在原位摆放着，让人马上联想起反动派的种种兽行和英烈的声声惨叫。

距刑讯室十余米处，还有一幢很矬的小房，人钻进去根本直不起腰，门楣上标有"感化所"三个字。在这里，立着一块解说牌，写明"著名爱国人士马寅初，曾在这里被监禁过"。当时蒋介石做贼心虚，对外伪称"马先生去贵州视察军队"，后被周恩来发觉，立即在《新华日报》上揭露事实真相。在社会舆论的压力下，蒋才不得不放人。由此，足见敌特们的所谓"感化"的阴险用意。

在牢房大院，临南墙用木桩围了个半圆形的大木笼，让人猜不透它的用途。一看解说牌才知晓，此处原是"囚犯"放风的场所。既是放风，却要像牲口一样被赶进木笼，真是世所罕见！后经狱中地下党发动"囚犯"

绝食抗议，再放风时，才免于这等灭绝人性的非行。

我们走遍了集中营区，也没寻见久印脑际的囚禁杨虎城将军的石棚。一问看门人，才知那石棚叫玄天洞，在距营区八公里远的高山山腰上，并得知，玄天洞不久将开放，目下正照原样修复，去那里的盘山公路已修通。于是我们来到主峰一山坳处，巨岩遮罩的大石棚下。经目测，棚高六七米，宽二十米有余，在深度约五十米处，还有个天然泉井。因它隐于云腾雾绕的高山中，当地人叫它玄天洞，洞内终年不见阳光，阴暗、湿潮。十几位民工正在洞内修造木屋。姓魏的负责人告诉我们，玄天洞内曾有古寺和主持僧，四乡百姓每年逢节都要来求神拜佛。1938年秋，特务头子戴笠来游玄天洞，发现此处能囚禁重要"囚犯"，便立马赶走和尚，将杨虎城将军一家关押进洞内禅房。当时被囚的有将军的爱妻谢葆贞、次子杨拯中，1941年在这里又生下小女杨拯桂。由于洞内特湿潮，产妇难以忍受，在将军的强烈抗议下，特务头子才允许将军自己出资，在洞外山坡上另盖了一小木屋。同时敌特在木屋左右修起岗楼，派士兵严加看守，直至1946年夏转押重庆。重庆解放前夕，这一家人惨遭杀害。

悲乎，哀乎！杨将军何罪之有？只为促蒋抗日，与张学良将军共同发起"西安事变"，后被蒋介石削掉军职，逼其"出国考察"；七七事变后，杨将军救国心切，主动回国请求参战，反被蒋横加罪名，长期囚禁于玄天洞……

反动独裁者总是逆历史潮流而动。回首当时，抗日救国的烽火已燃遍华夏大地，蒋介石却妄图借"息烽"的谐音，在这里剪除异党、扼杀抗日志士。然而，爱国、正义、自由的火焰是熄不灭的，一切反动、腐朽的恶势力，最终都难逃灭亡的命运。

载于《河北日报》1998年9月28日

秋忆 张峻散文选

挨挤的滋味

一件偶然发生的事情，让我许久难忘。

许是职业的缘故，出门从没为买车票发愁。无论是在家在外，只要定下时间，朋友会准时将票送来，且准时送上车；想不到今年春节回老家，却发生了意外。尽管与一朋友早早打了招呼，偏偏我要乘的去塞外承德的火车改成了隔日班次，所以我要的两张软卧票只拿到一张，另一张是硬座票。那天已是农历腊月二十七，到承德还要转车，不能再拖了。我决定当晚必走，软卧票给有病的老伴享用；自己老骨头老肉，去坐那一整夜硬座。偏偏那朋友又不甘心，送我们上车后又去找当班列车长给开了张条子，上写"补一张软卧"，并嘱咐我车一开就去找那圆盘脸、戴眼镜的男列车长。当列车启动后，我马上掐着条子行动。

列车非常挤，软硬卧铺车廊以往是不准站人的，现在人挨人很难通过，乘务员无可奈何地摇头。我好不容易在二、三节车厢过道找到那位戴眼镜的车长。他看罢条子说："您到一车厢等我，稍后我去那儿补票。"

这时我才发现，掐条子找车长的不止我一个，多都挤在这个过道。车长挥起手大声喊道："要补票的都去一车厢！"因为车长未动，响应者寥寥。这时，一位穿红羽绒服的小伙子拉我一下："大爷，咱走！"我犹豫中他又催我："车长说去准去！"我看出了他的好意："早去能排在前头。"

通过二车厢也很困难，好在有红衣小伙前头开路。我们费了很大力气，挤到一车厢乘务室门口，小伙子好心地让我站在前面，他在后面保护我。可我俩等了十几分钟，也不见车长过来，倒是二车厢那边人头攒动。我生疑："车长会不会在那儿补票啦？"红衣小伙摇头："不会的，车长应该言而有信！"他厚道，我却挺不住了，赶忙杀回去瞧个究竟。车廊比刚才还挤，回去谈何容易！我边挤边大声喊嚷："请让让！我老伴在五车厢，她有病……"挤到车厢半截，再也挤不动了。原来，补票真的开始了，前面全是拥挤着想补票的人，岂能相让！我也只好随着大家往前挤。前面纹丝不动，后面的人加劲推拥。我身贴身地和大家挤成一体，就像挤在铁盒里的沙丁鱼。艰难中想起童年时的"挤油油"游戏——小伙伴们倚着墙，身挨身地挤作一团，谁被挤得满身大汗（出油）受不了就出局。可眼下，我是想出局也出不去了，这真的身不由己。好在我的体质尚可，死死被挤中并不感到心里憋闷。这时我注意到，人们为了得一张让自己舒适一点儿的铺位，都煞费苦心各出奇招。有人大声呐喊："有八十张铺位呢，大家都别挤！"他不让别人挤，自己却喊叫着往前挣崴；一女声在我身后不远处喊嚷："让这位警察先过，他是送票的。"谁都清楚她在说谎，是想借给警察让道之名随后自己跟进。既是送票警察，他自己咋不吭声？其实，那警察畏惧人墙难越，已自动返回。忽然，我的头顶像被什么蹬了一下，猛抬眼，见一黑影快速地手倒手，拽着行李架，在"空中飞人"。这时前面有人喊叫："踩死人啦！别买票啦！"人墙也急速摇晃起来。此刻，我脑中连连闪出已发生过的、种种可怕的踩踏事件，不由心跳加剧……唉，还说别人为自己旅途舒适一点儿，花招变换，不择手段，自己又何尝不是为舒服自找苦呢？本来有一张硬座票在手，一上车便去找那 11 车 17 号座位，能到这里挨挤吗？现在各个车廊里挤站着的人中许有众多赶年奔家的农民工，他们多么渴望能有一个硬座啊，我却手掐着硬座票来挨挤！人哪，总想好上更好，后退一步就那么难！而今，自己吃起后悔药，想去坐硬座也去不成了，从二车厢到十一车不挤两小时才怪哩！脑子里只有"悔不该当初"和"身不由己"，大不了站立一夜……

　　"不补了！没票了！快散散！"在车长几次呼喊、人流骚动中，我被人三拥两挤，最后竟接近了那位补票的车长。既然回不到原来的硬座，我就满头大汗地倚老卖老了："车长同志，我都七十五岁了，差一点儿没挤死……"说着递过手中的条子。车长仔细打量着我，说："一张软卧？早没有了，您咋早不……"正当他话留半句时，坐在他对面的女乘务员以怜悯的目光在翻弄她的票夹。她说："还有一张2车16号硬卧中铺，就给老伯吧！"

谢天谢地！我快速付了钱，拿到票，马上给老伴打手机，要她放心。往回挤时，正巧碰上那位穿红羽绒服的小伙。他说："我真佩服您老，到底补上卧铺票了！"我回谢他道："11车17号有硬座，您能挤就去吧。"他笑说："我是能挤，可不想去打架！"我看他满脸淌汗地提个大挎包，就又说："跟我走吧，先把包放在卧铺上……"

此时，列车已运行两个多小时，过保定了。

载于《当代人》2007年第8期

室友蔫大成

我和大成真正认识是一次会下，因为会上你不可能真正认识他。他总是木木地坐在那儿，一言不发，你若催他，他脸一红，蔫声地一笑作罢。可一回到我俩居住的房间，他便打开话匣子，尽管是慢声细语，对会上议论的内容总有他自己的见解。他还很会讲笑话，且讲的多是他的亲身经历。

两年后，我俩先后调到当时的省会保定，同在一个文化事业单位，又住到一个宿舍。不到一年，"文革"开始，"大鸣大放"，给领导提意见。几天下来，他还是一言不发，并私下对我说："我才不提意见哩！哪次'运动'不先整提意见的。"我说："你总不能不说话吧？"他说："我有办法。"第二天开会，他的右嘴巴突然鼓起个大包，当主持人点名要他发言时，他边指嘴巴上的大包边摇头，那意思是他不能说话。回到宿舍，不等我问，他做了个鬼脸，就把嘴里含的核桃吐了出来。蔫大成自有蔫办法。没几天，机关乱了，分成两大派，你争我斗，他表面上参加一派，实际并不参加活动，每日钻在屋里读字典，并且劝告我："以后还说不定干啥哩，多懂些字总会有用的。"

然而，在那么大的"运动"中，谁也不可能置身于世外桃源。几个月后，保定地区闹起大规模的武斗，断了班车和邮政。蔫大成的家人都在乡下，工资已积存多半年，既不能邮，又不能自己送，家里老父、妻子和三个幼小的孩子急等着钱过日子。从保定到他家东里镇约一百五十公里，要路过保定东部四县，多是武斗最烈的地方，真愁死了他。后来我见他每晚都去汽车站前溜达，原来那儿冒出不少用自行车带人的蹬车汉，我这时才断定他想坐"二等"回家。可他又为什么天天晚上去和人家瞎泡哩？也不单是磨车价；他在精细观察、挑选最可靠的蹬车汉。身带四百多元钱，两个人要日行一百五十公里，路上还不知碰到什么事，车夫必须既有力气又忠厚可靠才行。

那天黎明时分，他和选好的车夫约定在机关门口出发。当他坐上车，催车夫走时，车夫问："那个就伴儿的呢？您不说咱们一起走吗？"大成说："让咱先走，他骑得快，后撵！"两个人上路了，蒙蒙晨色中，车夫时不时地回头看："伴儿咋还不来呢？"大成说："放心吧，他一准儿在后面紧跟着哩。"车夫又说："那咱稍慢点儿，等等他？"大成忙说："可别！后面那黑影可能是他。"车夫嘴上这么说，两腿倒也不停地蹬，天大亮时已出城近十五公里。大成老说后面远远跟着那人像伴儿，后来又都不是。大成每每连声抱怨："这人真怪，今日咋就慢了呢？"车夫也很不高兴，原本讲好有伴儿，才答应出车的，两派武斗，他也怕路上不安全，是真心企盼那伴儿快赶上来。大成总声称"身后有伴儿"则是另有用意。两个人怀着不同的心思，一上午也走出多一半路，来到属于博野县的一个镇子。

大成建议吃点儿什么，顺便也等等那伴儿赶上来。可他们吃完饭，还是不见那伴儿。大成像是猛醒地说："他是不是走在咱们前边啦？"于是便问饭摊掌柜的是否见一位穿蓝便服的骑车男人过去了。那年月人们多都穿蓝衣裳，掌柜的略思片刻："是有一位，刚过去。"大成说声"追"便让车夫加劲蹬车。车夫尽管有些累，为快些追上伴儿，硬是拼足了力气。可是，他们一连追上五个穿蓝衣的骑车男人，都不是。把车夫累得大汗淋漓，不觉又走出大几十里。好在没有碰上武斗队，车夫很庆幸。又拼命地追了一程，他实在有点儿蹬不动了。天也渐渐黑了下来，眼前隐隐有个村落，车夫请求进村后稍歇一会儿，找点儿水喝。大成嬉笑着，轻拍一下车夫的肩膀："老弟，咱们安全地到家了！"

当他们走进镇时，车夫高兴之余，忽然想到：也许他根本就没找到伴儿，是不是怕我……

大成望着车夫后背那湿透的衣服，也深感愧疚地叹息："唉，不就为衣兜里那四百元钱嘛！我让他老觉得我身前身后总有我熟人，也是个提防。这实在是对不起老实人哟……"

这天晚上，大成特意让妻子给车夫做了两大碗荷包鸡蛋面，让老爸把热炕头留给客人，并一再要多加工钱，还搜肠刮肚地找暖和话说。车夫似乎也意识到了大成心里的沉重，他憨厚地一笑："大哥，我看得出，您是个好人，全怪这荒乱的年月哟！"

载于《美文》2002 年第 4 期

我的"留学"生涯

扔下猪，读私塾

我十二岁那年夏天，从本村小学毕业一年多了。那是日伪政权办的"国民初级小学"，只能念到四年级；再念，需去县城，读"国民优级学校"（相当于高小）。县城离家四十华里，爹不让去，说家里没钱，住不起校；爹还说，教书的多是日本人，打学生贼狠！姐说，城里孩子都坏，专欺侮乡下学生。书念不成，就放猪吧。一只老母猪，十多个小猪崽，撒在河旁草坡上，啃那青青的草。我在河边翻石头，捉泥鳅，挺美的。

可叹美景不长。放猪没一个月，我就觉得右大腿根隐隐疼痛，很快，由不敢跑动到疼得不敢迈步。伸手一摸，腿窝处肿起个鸡蛋大的硬包，爹不看一眼就说："长脓疖了，不碍的，挺几天，等它长熟了，爹给你放脓。"他轻声一笑："别怕，脓一放，比不长还舒坦哩！"我听信爹的，就咬着牙硬挺，没两天，随着疖子的肿大，里面像刀剜一般剧痛。爹用手一摁，说快熟透了，再挺一天。第三天清早，爹趁我没起炕，找来一把剃头刀，揭开我的被子，上炕就抬屁股死死压住我的两条小腿，猛一刀，就将脓疖削破。我尖叫，立马觉得热乎乎的脓血顺腿流淌。爹不顾我的疼痛、哭喊，还用力将疖包挤了挤，又抹了下，说声"完了"才松开我的腿。疖子被放了脓，我并不觉得怎样舒坦，反而觉得更加疼痛。爹并不懂得刀具消毒，疮口很快感染，发炎、流黄水，疖包红肿得像发面馒头，我一连好些天下不得炕。爹就在我身边砸酸枣仁，用勺焙熟，让我吃，吃得我昏沉大睡，爹就乐。

就在我昏睡那几天，村里发生了亘古没有的事——鬼子兵在戏楼下放了一回电影！我疮痛卧床，没能去看。哥哥姐姐们看罢回来，眉飞色舞地说："神啦！电影里割草的人，活鲜鲜的，像个真人；柳树也跟真的一样，随风摇动；鸭子就在池塘里凫水……"现在我想，许是风光片或纪录片。可那会儿，我怎么也不能相信，戏楼前咋会有柳树和池塘？哪有什么会动的人和鸭子？半个月过去，当我的疖疮愈合后，能走路了，赶忙到戏楼下放过电影的地处去看，那儿依然是干硬的场地，火烤似的阳光，根本没有什么人、柳树、水池和鸭子凫水。电影的神奇，憋闷了我许多年，我也抱憾了许多年，直至解放后在承德第一次看电影……

疖疮痊愈，爹不知为什么，不让我放猪了。姥姥家来人说，他们背着日本人，偷偷办起私塾，专教孩子四书五经，全是念中国书，学中国字；念那点儿洋文没用，鬼子占不长。妈就劝爹："让二子去念私塾吧，下地干活他还小，多识几个中国字，能记个账、看个信啥的，比啥都强。"爹深知不识字的苦，也真想让我多识点儿字；可他搓着额头说："那得驮去七八斗小米呀！"妈惊讶："咋会那多？"爹掰着手指说："听说束脩钱一季一斗，孩子的吃喝每月至少一斗，半年哩？你算哪！"妈撇他一嘴："净算瞎账！孩子在家就扎脖颈儿不吃饭啦？"爹有点儿不情愿地说："那你就给二子收拾一下。"收拾，即做准备。除我已有的开蒙小书，又托人从县城买回《论语》《孟子》等书；在衣着上，妈用尽家里所有的"配给"布，给我做了一身带双兜的黑布裤褂，还有新鞋白袜。用妈的话说："出门在外不比在家，咋也得有个新样儿。"

三道沟深不可测

姥姥家离我们镇子说是十五华里，其实过大河钻沟翻梁要走小半天。

那天，黑毛驴驮着五斗米，爹还扛着二斗——他怕驴累着。黑驴吭哧吭哧地沿山道前行，爹满脸淌汗又气喘吁吁。正是酷热仲夏，道旁山坡花草盛长，虫鸟欢鸣。我小心地夹着书包，什么也不敢看，也不想听，只是低头盯着爹的脚后跟，小心走路，生怕跌下沟坎，心里一直犯嘀咕：啥叫私塾？跟镇子里念日语的洋学堂有啥不一样？教书先生是怎样的人？打不打学生？我暗自想象着，憧憬着，忧心着……

姥姥家的小地名叫三道沟，是真正的深山老峪，和我们的村镇大不一样。虽说同属山区，但我们镇子河川很宽，西边有条大河，东山与西山相距二三华里，河两岸是大片平整的农田。河东岸沿河湾住着二百多户人家，当算小镇子。姥姥家山高沟深，蓝天很窄，人走在沟底就像掉进坛子里。贴北山根聚集了四十多户人家，还用高墙圈着——那是日本人强迫百姓修的"部落"，人们叫它"人圈"。原先这儿只有二十几户人家，其余的二十来户全是从周围小山沟搬迁来的。这叫"集家并村"，说是"防共"；我们在伪满初小，也搞过什么"灭共日"，教员们教唱什么"防共歌"，其时共产党就在父老兄弟中，日本人防不胜防。三道沟的南北两山相距特近，人们坐在炕上，能瞧清楚南山上的风摇橡丛，以及枝梢上起起落落的山雀。农田就像一块块布帘，挂在岭坡上。这儿当算真正的大山沟。更让我纳闷的是，说去姥姥家，爹却领我去了一位远房的大舅家。大舅叫宋勋，高石阶上破旧院子，还算是宽绰的三间北房，房台下的两边是粮仓屋和农具房。后来得知，大舅的父辈较富有，自打日本人强迫村民种大烟，大舅便吸大烟成瘾。因自家种大烟，大舅每年都设法少交烟干，勉强留够自己吸的；加之我的大表哥很能干，种着四十多亩山地，一家人吃穿自足，爹才将七斗米放到大舅家，并要我在他家吃住——此举竟惹起我亲姥爷的极大愤怒，这是后话。

那天在大舅家吃过午饭，已是后半晌，由大舅引领，我们爷俩走进庄后紧贴北山根三间僻静的草屋。一间是先生和家人居住，另两间被打通，摆放着形状不一的民间桌凳，分桌坐着二十几个学生。先生清瘦的长脸庞，两只带双眼皮的大眼睛，一副偏厚的嘴唇，四十岁左右，身着长袖灰布衫，说话慢声细语，很像城里的买卖人。后来我知道，先生果然在城里西街开过店铺，他姓冯，名宝璋，自幼熟读私塾，因生意败落，才由亲戚引荐，冒险来山沟教私书。先生微笑着和父亲说了些什么，我没注意听。大舅和父亲一走，先生就让我站到教桌前，把我介绍给众同学。

听说我是从大镇子来的，同学们都瞪大了眼睛。他们中有些人期盼着进洋学堂，因为想谋个伪差，必先读几年洋书；他们想不到念过洋书的学生倒来这儿读私塾。面对着异样的目光，我聆听着先生有关"学规"的训示。在先生的教桌后面，依墙供奉的是写着"大成至圣先师孔子之位"的木牌牌。先生告诉我，众弟子每早要对先师牌位鞠躬敬拜；学生每天要规规矩矩在自己的座位念书，不得说笑、串位、打闹，如若违规，戒尺（一条打手掌的硬木板子）严惩。让我至今不忘的是放在圣龛前的那个写着"出恭"二字的小木牌，谁若外出如厕，必须拿上这个牌牌；假若"出恭"牌被别人拿走，你再内急也不许出走学房，哪怕屙尿在裤裆里……很久后我才明白，先生所以这么规定，是防止两个以上学生同时出去玩耍或打架，因为茅房就在屋后，转过茅房钻过"部落"围墙的防水孔，可以径直登上北山，捉蝈蝈、逮蚂蚱、拾雀蛋等戏耍极容易。

念私塾十分呆板、困顿。开蒙学生都须从《三字经》《百家姓》《千字文》《名贤集》依次读起，而后是《大学》《中庸》《论语》《孟子》……每天由先生"号书"，即指定读书段落，然后自己去读，不会或忘了可以问先生或身旁同学。临放学前要到圣桌前背书，即将书本交给先生，随即转身背书，背不过就挨手板或被教棍敲头。不用心读书而又违纪打架者，常被罚站或不准回家吃午饭。谁有死记硬背的过硬的本领，谁就是"好学生"。通常，先生也坐在圣桌前陪读，边读边监督学生。先生在场，大家都摇身晃脑地高声朗读自己的书，学房内一片嗡嗡声；一旦先生离座出屋，读书声就乱了调，甚而互相打闹，小动作百出。为杜绝这等混乱局面，先生便指定一学生为"大学长"，如先生不在时由大学长全权代管。一般是读书最多、学习好的学生为大学长。

大约一个月后，我便被先生指定为大学长。尽管我是晚入学两个多月的插班生，但我读书最快，没一个月，便成为读书最多者。因为《三字经》《百家姓》等启蒙读本以及《大学》《中庸》等，我在念日伪初小的寒暑假期间都偷着学过，是校长徐化民背着日本人教的；有的还给讲解，如《三字经》中讲历史的一大段，徐校长明确指出：这就是我中华民族历史的"小纲鉴"，记住这些，就大体知道了我们中国的历史。还有《名贤集》里为人、做事的一些语句，在徐校长启发下，我也能懂其中的意思。一般说，弄懂的东西最容易记牢。因此，在读私塾的近一个月中，我等于把上述书籍重温一遍，再一次逐段、逐篇地背记。我学习之快，令冯先生惊叹。也就在这时，我爹来私塾看我。先生喜盈盈地一再夸我聪明，还说了"长大能当县长"之类的赞语，意在讨取父亲欢心，要他下决心继续供我读私塾。

当大学长和读《论语》（上部），几乎是同时开始的。记住"子曰，学而时习之"于我并不难，难的是大学长怎么当。在二十几位同学中，我是年龄最小、个头儿也最矬者之一；可那几位学习差又爱打闹的同学都长得身高马大，还横不讲理。我对付他们的办法，一是尊重，二是威吓。在三道沟，基本上是刘、宋两大姓，加之两姓几辈联姻，论起来他们多是我的舅舅或姥爷。当他们打闹时，我就喊："姥爷舅舅们，别难为小外甥了！"我这么一喊，他们多都有所收敛。如若个别人再闹，我就威吓"你不会的别来问我"。有人还真怕这一招，书背不过要挨手板的。但无论如何我不会用"告诉老师"相威胁，那样会把关系搞僵，我也就不是他们的好外甥了。大学长和小外甥的"地位"，使我得到尊重和爱护，他们时常拿来饽饽或采摘的山果给我吃，先生发现了也从不干预。有位姓盛的小同学，和我最要好。在我没当大学长之前，他常挨欺负，一是个子小，二是外姓，加之他父亲盛子章长久外出无音信，孩子们常骂他"野种"。他真心和我好，我便处处护着他。万没想到20世纪50年代初，承德地区冒出一位专治性病的专家，名叫盛子章，当了地区中医院副院长，一细问，果然是盛的亲生父亲。盛来承德看望父亲时，也顺便到我家，那时我已调到承德工作，我们笑谈那段童年友情。

姥爷，姥爷的家

现在回想起来，读私塾也并非死读书。尽管没有上下课活动时间和星期节假日啥的，也时不时穿插一些别的课间事项，譬如写仿习练毛笔字或由老师领读吟唱《千家诗》等，以调节孩子的学习兴趣。记得上学没两个月，老师就回县城买来写仿纸，并给订成大本本，然后由他给写成"一去二三里，烟村四五家，亭台六七座，八九十枝花"的大字仿样，夹在本本里，让学生们照仿样书写。写仿与唱诗课目，多都留在下午放学前的一小时，恰是孩子们读书疲倦的时候，所以大家兴致极高，天天喜盼这一小时。再是，老师回县城或临时有事外出，也放假半天或一天，甚至两三天。这样我就常有自由活动时间，有时回亲姥爷家，有时跟随舅舅们上山，也有时帮助大舅家干点儿小活儿。

姥爷家原先住在小后沟，是日本人搞"集家并村"搬迁到这庄的，就住在庄西的道坎下。住房很窄，与别人合住三间屋，中间是两家合用的厨房，全家五口人只睡一铺炕。这五口人中除我姥爷外，还有我二舅、五舅夫妇四人，我真想象不出他们怎么睡。屋小炕挤，也许是爹不让我住姥爷家的原因之一。再是，姥爷家山地极少，日子紧巴，多半日子吃糠咽菜。尽管如此，爹不让我住亲姥爷家而去住远房的大舅家，无论如何也让我姥爷脸上无光。记得我第一次去姥爷家时，姥爷激愤地骂道："你爹缺人味！

嫌我穷，怕我家抢了你的食！"说得我脸颊火辣辣的，不知该怎样回答他。姥爷虽然怨恨我爹，心里还是很疼爱我这个亲外孙的。我每次去，他必留我吃饭。其实，我很爱吃姥爷家的饭，虽说不是纯米净面，但那些莜麦面掺野菜做的"苦力"、豆角山药面条、煮嫩玉米等，我每每都吃得撑肚皮。我特愿意去姥爷家，稍一有闲空就想去，不单是血缘亲近，总觉得姥爷家比大舅家热闹，是消闲、凑趣的好去处；尤其到晚上，炕上、地下满屋子都是来串门的人，而且爱说笑、打闹的青年人居多。有时他们撺掇姥爷说书、讲古（姥爷能抱着三弦自弹自唱，能说唱成本的《瓦岗寨》《杨家将》《说岳》等），即便不说书，大伙儿也愿意与姥爷扯闲，天上地下、庄里庄外什么都说。给我的感觉是，这深山沟比我们大镇子语境宽松，山民们什么都敢说，狠骂鬼子、汉奸。在我们镇子，不单大人们说话谨慎，还嘱咐孩子们说话要"紧睁眼、慢张嘴"，小心被当作"思想犯"逮走。小铺子和店家墙上都张贴着"莫谈国事"的提示。镇里的敌伪人员多，除了村公所、警察署、协和会等无数双贼眼，还有化装成行商、小贩、乞丐等的众多便衣特务，真不知哪句话犯歹被抓走。我的三舅和六舅就是从我们镇子被抓走的，到黑龙江省鸡西煤矿当劳工。六舅死在那里，三舅是苏军进攻东北时才逃了回来。我实在没想到深山沟说话这么随便，还常有个别新面孔与姥爷神神秘秘地说些什么。有一次我偶然听他们说"小后沟夜里被人们踩出一条新道，是有队伍北上开辟工作"，弄不懂他们在说什么。我当时只觉得姥爷在当地很有威望。日本投降两年后，闹土改斗汉奸时，姥爷当了本村的"人民审判庭"庭长，他在主审"犯人"时，幕后指挥他的我党工作人员叫程超杰（后来是隆化县的第一任县委书记）。地主武装"自卫队"突然来进攻，程带着工作人员跑进大山，当庭长的我姥爷被敌人抓走，五花大绑带到大营子，打得皮开肉绽。还是我爹托人送钱，才保住姥爷的一条命。当然，我更不知道我二舅是三道沟第一任党支部书记，直至他病逝，身份一直是农民。当时我只知道，姥爷在屋地的北墙角挖了个地洞，很深，很大，能藏下五六个人。冬季将土豆、萝卜也放在洞里。晚上我去姥爷家，没别人时姥爷就下洞给我取萝卜，个儿不大，挺甜的。

堂舅的家很温暖

其实，宋勋大舅一家待我不薄。虽说不是亲舅，但与我家相互走动得较勤，正像俚语说的："亲戚不在远近，能常走动才亲。"大舅每年夏天去镇上"鸦片组合"交大烟干，就住在我们家。因为他抽大烟，总想少交点儿，多剩点儿。大烟里掺些假膏子，然后再托门子、送礼去交，交不了就住在我家等机会，转天再托人去交；有时候去找伪职员玩牌，故意输给人家，借以交友。就这样，他在我家一住十天半月是常事，我爹就酒菜待承这位堂内弟。我念私塾所以住大舅家，想必是爹和大舅事先商妥的。

大舅家人很多。他们老两口之外，还有表哥表嫂、三个表姐、一个表妹、两个表弟，共有十口人。我去之前，大表姐刚出嫁。我与表哥表嫂住西屋，余外七人皆住东屋，一铺大炕，齐刷刷一溜人头。不过两个表弟尚小，一个三岁，一个不满一周岁，还在吃奶。表嫂虽然结婚有年，生育的两个孩子却都夭折了。表嫂是大舅家最忙碌的人，也是我最同情的人。她那年二十四五岁，个儿不高，圆盘脸儿，不胖不瘦，特能干。一天三顿饭、喂猪、推碾磨面等全是她一个人干，稍有空闲，还为大舅妈抱孩子。我印象中，她总是小碎步走路，忙迭迭的，极快，像一个球满地滚。就这样，她还常挨大表哥的打和公婆的辱骂，小姑子们很少帮她；有苦无处诉时，她就和我叨叨，我也只能听听。大表哥小她四五岁，那年也就二十岁出头，精力十足又能干。听说他十一岁就会扶犁赶大车，庄稼行里没有他不会干的，白日受累一天，晚上还外出串门子，常是半夜才归。表嫂疑心他有外遇，我想多半是冤枉他，据我所知，晚间他多是在我姥爷家听书、扯闲。表嫂晚间睡不着时，就和我叨叨"你大哥又去 XX 骚娘们家了！"我说不会的，她说你太小，啥也不懂……说着说着就蒙头哭泣起来。她睡炕头，我睡炕梢，相隔一丈远，我心痛她，可不知该怎样劝她，不知啥工夫我就睡着了。大表哥夜半回来时，常常把我惊醒；可大表哥躺下时，总问一声"二兄弟睡了吗？"我就装着深呼吸不吱声，他俩就"忙动"起来。我弄不懂他俩忙什么。有时"忙"中表嫂审问起大哥，俩人就低声争吵，有时还动起手，我仍然装作不知，还故意打起呼噜……

在我眼里，大哥绝对是好大哥，表嫂绝对是好表嫂。大哥很喜欢我，在山里干活时，采回野果或鸟蛋总想着我。我每次回镇子探家，隔山隔河他不放心，总是借个事由陪伴我。他走路很快，我跟不上，他就扯着我慢走；过大河时他就背着我蹚水；路上常讲他儿时不愿念书，逃学、贪玩，喜欢放牛或跑山、干农活，没少挨我大舅的打。表嫂像疼爱亲弟弟一般疼爱我，总嘱咐我用心念书，别想家；正在长身体时，每天三顿饭都要吃好；常替我洗换下的衣服，说我"干干净净才是好学生"。冬季日短，山村吃两顿饭，吃晚餐时也就是下午四时左右，晚饭后要去学堂念两个多小时的"夜书"。大约晚九点我回到暖屋时，火盆里总温着满满一砂锅高粱米豆粥，柜边放着碗筷和一小碟咸菜，砂锅热粥别有香味，吃得我通身暖烘烘的。被褥早被表嫂铺好，当我钻进暖被窝，许久沉浸在"老嫂比母"这句温馨的乡间俚语中。只可惜，这位好表嫂应了人们常说的"好人不长命"。相隔十七年后的1962年的初春，我作为报社记者路过三道沟，痛获表嫂中年早亡的信息，我悲戚飞泪。她给大表哥留下两个儿子。我去看望了大表哥，他这时才痛心疾首地诉说："我这辈子最对不起的就是你表嫂。"两年后我又一次回家，听说大表哥仍然独身领着两个儿子过日子，就算这时他真的有"外遇"了，村人也都理解他，那年他是才三十七岁的汉子啊！他曾捎话说挺想我的，可我没能抽时间去看望他，至今心中有愧。他如若活到今天，该是八十四岁的老人了。

二表姐大我两岁，三表姐与我同龄，在乡间都算是小丫头，她俩都尽心关照我。平时我并不觉得她俩对我怎样，一旦先生有事放假，我不上学了，她俩特高兴，总是找个因由陪我逛山，并说：“成天念书脑子会累坏的，快出去散心放飞吧！”我们就一起上山。仨人都挎个小篮子，有时是钻高粱地摘豆角，有时是沿地碣采野欧李吃，或攀野坡采摘山梨，跑呀，乐呀，特开心。只是谁想“方便”时，总得跑得远远的，相互看不见，我对此十分不解。一次采山梨，硬是让我去坎塄下小解，我刚解完，晃见一条“大狗”站在沟畔，两眼直愣愣地盯我。我害怕了，岔声岔气地喊叫：“狗！狗！狗！”二姐三姐赶忙跑来，急喊：“别怕！那是狼！野狼！”说着，俩人一齐猛然跳下沟坎。许是她俩纵身一齐猛跳，吓得那野狼调转头踅坡飞跑，很快消失在山半腰的荆丛中。二姐急忙凑近我身边，安慰我：“吓着了吧？没事啦！狼跑远啦！”我嗫嚅着说：“我……我从小就怕狗。”她说：“别傻啦，那是狼！狼会咬小孩的！”她告诉我狗和狼的区别：狗常是卷着尾巴，狼总是耷拉着尾巴；狼的毛色随山变化，夏天多是灰中偏青，秋后多是灰中偏黄。听她这么一说，我好后怕。假如我平时不怕狗，今天一定会去主动亲近那只老狼，后果一定很惨……那夜我真的做起噩梦，又在荒野里碰见那只老狼，可我并没害怕，因为老狼被二姐牵着、三姐骑着，老实得像只大绵羊……

来了马达子

想起两位表姐的好处，不能不说那次庄上来马达子（土匪杆子）。已进农历七月，天亮得特早。睡梦中，我被表嫂喊醒。她急惶惶地说：“二兄弟快起！来马达子啦！”我禁不住一惊。

马达子是什么我是知道的，但我从没亲眼见过。常听娘说，我就是闹"二虎杆子"那年出生的。"杆子"也是土匪队的别称。那年日本鬼子占领热河，同时也闹起匪患。"二虎"是大土匪头子的字号，他的队伍上千人，竟然攻进隆化县城抢劫大商号。路过我们镇子时，娘生了我正坐月子。土匪进我家并没抢什么，反倒扔给我家几件从县城抢来的衣服。当我长大后，土匪不再进大村镇，只在山沟小庄活动，他们不打鬼子，串山沟只为抢钱、抢大烟，鬼子也就不想消灭土匪。据说，我姥爷和二舅曾想联络一干土匪打鬼子，终没做成。现在马达子进庄，我虽吃惊，但并不怎么害怕。我边穿衣边四下张望，问表嫂："马达子在哪儿？"表嫂说："这还用问？"她抬手一指，"南山后山就有持枪站岗的！"我扒窗缝一看，南山最顶峰一丛枫树旁，果然有个背着枪的便衣，似动非动地晃身。我又问表嫂："饭做好了吗？我吃点儿，好去上学。"表嫂站在柜旁不动身："上啥学呀！一来'杆子'，先生就不敢开学房门了，他怕……"我急问："他怕什么？"表嫂说："怕担干系呗！万一谁家的孩子在学堂被'杆子'绑了票，家长得找他赎人。"我们正说着，大表哥慌慌张张地进屋，说他本来扛锄去耪地，土匪在"部落"大门站上岗，许进不许出，下地干活也不准！一定是怕走漏风声。大表哥还说，"部落"警察的两条枪也让土匪扛走了，听说年轻人都躲起来了，怕土匪给裹胁走，他也想找地方躲一躲。他刚一出门，又回过头说："对了，西院四奶奶家住土匪啦，四奶奶让你过去帮她做饭，你可要长点儿心眼儿。"

　　表哥和表嫂走后，西屋里静得瘆人。我知道，这时东屋里也只有二姐、三姐。大舅前天去了我们镇子，还没回来，大舅妈和四妹并两个小弟去了梁西娘家。二姐、三姐听说来了马达子，急霍霍地跑过来。我问："咱咋办？"二姐说："不怕的。"她嘴说不怕，却去灶坑里抓一把草木灰涂了脸，随手又用沾满灰的手，把三姐我们俩的脸也给涂了。然后她又回东屋找来破旧衣服，让我俩换。我一看，衣褂很破，还都是有花的，真不想换。二姐说："不换可不行，就凭你这衣着，土匪兴许把你当成财主秧子给绑了票，我家可没法向大姑父（指我爹）交差！"她说着，就动手强行把我的上衣给换了。

亏得二表姐好心。那早我们仨刚吃过饭，就听得院门外有杂乱的脚步声。二姐说声不好，用力把我推上炕，又拉开被子给我盖上，并在我头顶上挡个枕头，让我合上眼装睡。土匪们很快闯进屋，见东屋没有人，就扑奔西屋来。我眯斜着眼一瞄，至少有三个，都挎着大枪。为首的一个先问："大人们哪去啦？"二姐、三姐齐声答："去西院给你们做饭去啦！"许是她俩同声回答，匪头没再追问，转而指着我："他咋啦？"二姐答："我老妹病啦，闹伤寒症哩！"土匪们没有再问什么，立马转身又去了东屋，揭柜盖、翻桌橱，也没翻出值钱东西或大烟。"晦气！破大家！"他们骂骂咧咧地走了。事后我才听说，那天土匪真的绑走两个学生，一个是刘甲长家的二小子，一个是东头李春家的大孙子，半个多月后才托人花上百两大烟土赎了回来，险些被撕票。大舅、大舅妈回来后听说此事，都夸二表姐机灵。

欢乐、抱憾与思念

马达子在三道沟只住两天一夜，第二天深夜就撤岗溜走了。他们抢走了"部落"警察两条枪的事，镇警察署肯定知道，据说他们当时很犯难，既不敢派警察去追赶马达子，又不想向县警务科报告。就在这两难之时，警察署忽然得到新情报，说我姥爷与"土杆子"有过勾连，决定缉拿我姥爷，并以此上报"匪情"。可老天爷护佑了大好人我姥爷：警察的日本爹突然宣布投降了！

信息是去镇上交大烟干的人带回来的，开头谁都不相信，很快又被从县城回来的人证实了，说满大街贴大标语，欢庆祖国光复。小山沟也立时沸腾起来。我二舅去东庙找来锣鼓和大鏊钵，叮叮当当地敲打起来，边敲边喊嚷："日本投降了！小鬼子完蛋了！'满洲国'垮台了！"他这一喊，在家的女人、孩子们也都跑了出来，有的孩子跳着高呼喊。人们议论国事再也不是晚间扎在姥爷家的小屋里，偷偷摸摸的，而是站在庄街上或街中心的墙弯处，大呼小叫的，争说自己听得的最新信息。有的伪满洲军和警察竟然持枪抢劫，一再将人们抢到手的大烟劫下。还有的人怕别人半道抢劫，就只身跳进大烟缸里，蘸滚得满衣裤全是大烟浆，回到家再刮洗。我还听得，在我们镇子，就在我们家后院荣家，日伪的一座粮库正好连着荣家的房墙，就在一伙人闯进粮仓抢粮时，老荣头急中生智，把那隔壁墙凿开，官粮便自动流入了他家的屋里。

听得镇子里这么热闹，我特想回家亲眼看看；可是，正赶上连雨天，半个月不开晴，几乎天天下雨。那雨时大时小，下得壕满沟流，镇边的大河涨水，浊浪超过半房高，姥爷舅舅们谁也不敢放我回家。可我心急火燎，总想看看蒙古兵啥模样，人们抢粮、抢大烟的红火热闹。我走不成，每天抱憾地叹息：嗨，这么热闹的日子，真该亲眼见识见识。家里的人咋样了？镇子里的洋学堂咋样了？同学们都在干啥？他们一定都很开心，我却猫在深山沟里，啥也见不到、听不到，闷死了。不过，鬼子一跑，再也不怕上边查私学的了，我们念私塾合情合理合法，更敢放声朗读了。还有，每晚都有外地传闻，听得很有趣，很开心。譬如，以往钻山沟的土八路如今进了县城维持秩序，身穿便衣的县长蹲在墙根下断案子（许是夸张），让百姓们称他"同志"。我听着很新鲜，津津有味。不久又传来城镇都在搞"清算复仇"，斗争汉奸，枪毙伪警察署长……

开开心心的雨季过去，很快凉风徐徐，秋天来了。早熟的庄稼开镰收割。群山也开始变颜变貌，那原本青色的灌木葱茏的岭坡渐渐隐现出点点、片片的红黄橙绿，表嫂叫它"虎皮色"。这时刻，我不知为啥，最怕望窗外看南山，跟随先生吟唱《千家诗》；尤其那些"日暮秋风起，萧萧枫树林""朝来入庭树，孤客最先闻""飘飘何所似，天地一沙鸥"……不知咋的，我一碰到"孤舟""孤帆""孤客"等词句，就哀叹自己只身在外的孤单，想念镇上自己的家，想念妈妈，想念哥哥姐姐和同学们，有时从学房回到舅舅家还闷闷不乐。表嫂见状，就打趣地奚落我："小小子，坐门墩，皱着眉头想媳妇……"我就更不给她好脸子看。

随着天气变冷，学房里没有炉火，我就想，该放学生回家了；可先生又放出话，私塾都要念冬书。冬天念书，首先要有暖和的屋子。先生的办法就是带领学生们上山，搜寻干柴和刨木头疙瘩。上山，是学生们最高兴的事，一个个就像放出笼的鸟儿，撒欢的小狗。尤其那几个脑子笨、念书吃力的学生，跑山、拾干柴、刨疙瘩特显本事，也肯卖力。他们带的筐篓大，拾的干柴、刨的疙瘩也多，有些半裸露的疙瘩，他们都下猛劲拽了出来，尽显了自己的用武之地，也博得了先生的赞许。大家连干两个白天，院子里就堆起了疙瘩山。先生找来两个铁火盆，由学生轮值笼火取暖。可我们万没想到，有不少干柴、疙瘩是朽木，光冒烟不起火苗，弄得满屋浓烟滚滚，呛得学生连声咳嗽眼流泪，根本读不了书。这时，先生只得将门窗打开，烟虽然升腾半空，也同时放走热气，屋子照样冰冷，冻得同学们手脚麻木。我就在手脚冻伤的状况下，读完了《孟子》的《万章》篇。这时，已进入腊月，学房里更冷了，老师还不放假，又让我读起《农用杂志》与《尺牍》，并且亲慈地对我说："听你爹的口气，过了年不会再让你来了，读读这些杂书，过农家日子都用得着。"当然，他也不再提"长大能当县长"之类的话。尽管杂书上面全是"锄镰镐杖，碾磨豆房，木锨板斧，汤匙瓢盆"等农家常用字，以及《尺牍》上那一篇篇很实用的书札范文，我深感冯先生的好意——这也是父母对我所希冀的："识点庄稼字，记个工夫账"——可我的心已经不在书上了，因为每天总能听到庄人杀年猪的号叫声。我读书时老想，我家也该杀年猪、淘黄米、做豆腐了……就这样，离过年还有半个月，我就离开了三道沟。

如果说，伪满初小四年是我的正式学历，那么，在三道沟读的半年私塾，该算我少年外出的"留学"生涯。不过后来我时常回味：我在三道沟所学到的不完全是孔孟之道以及之乎者也矣言哉……

写于 2009 年 5 月 10 日

秋　祭

　　妻子桂芬西去后，她的骨灰盒一直摆放在书房的柜橱里，不知不觉中，我们又相伴了二十年。

　　也算是有意为之吧！

　　妻子辞世的噩耗，原是瞒着老岳母的。老人家住在乡下，那年已八十高龄，白发人痛别黑发人，真怕她经受不住。可是事过半载，我回千里之外的乡下看望她老人家时，她不知从什么渠道早已知道了。当我劝慰她时，老人家说："我的眼泪早已哭干，也哭不活她了，就是梦里想多见她几面，可愣是梦不着，怕是隔山隔河路途太远，她回不来。你能不能把她（骨灰）送回来，安葬在你老家祖坟地（我老家距岳母家仅三十公里），这样，离得近了，她也许会常回来看我。"这当然是指在梦中。

　　妻子是岳母最疼爱的小女儿，我能理解老人家的心情。尽管我不相信魂灵之说，觉得梦与不梦不在路途远近，但乡人"入土为安"的传统习俗由来已久，且我老家的坟地在燕北深山丛的荒坡野岭，不占用耕地——近年，乡人去世火化后，依然将骨灰埋于山野，同时栽一株树——所以，我毫不犹豫地应下了老人的心愿。这样，我回省城后，立即把妻子的骨灰存放处告诉孩子们，以便择机随时送回乡里埋葬。

　　然而，很快就发现，我把移葬之事看得太简单了，轻看了国人的丧葬文化。我原以为，抽空回趟老家，将妻子的骨灰盒往挎包里一装，带回家一埋了事，哪里知道乡俗中还有种种"说道"。尽管我不信，众多族人的意愿却是不可违的。加之，移葬须亡者的孝男孝女护送骨灰，否则乡人会耻笑，而我的子女们都上着班，且有在外地的。这样一来，不是赶不巧"说道"，就是子女们凑不齐，移葬之事便不得已被搁置下来。大约又过了一年，女儿借公出顺便去看望姥姥，老人家又追问起此事，女儿为讨得老人欢心，就哄骗她说："我妈的骨灰早已埋入我爸的老家。"老人闻之，欣然地微笑道："怪不得我梦见你妈两回哩！"既然老人家得以安慰，我也就大松心了，直至老人离世也没再提此事。这样，妻子久"住"书房陪伴我，也就心安理得了。可是，万没想到，女儿哄骗姥姥的话，她的舅父也信实了。直到二十年后的春天，回乡的儿子打回电话，说他大舅要去爷爷家给母亲扫墓，问我咋答复大舅，我才意识到，此事万万不能再拖了。一方面立即给大舅哥打电话说明实情；一方面与家乡的胞弟电话相商，决定在2000年秋，依乡俗在妻子二十周年忌日那天办理移葬。同时转告儿女们及早安排好各自的工作，以便届时请假"护母"回乡。

当山乡到处一片金黄时，我独自先行回到老家，为妻子移葬做必要的准备。当汽车擦过隆化县城边时，窗外吹进秋日的风，颇有些凉意。那一刻，我有一股说不清的复杂情感在心头翻涌。妻子和我都在这座小城工作过，我们在这里相识、相恋，当时她十九岁，我不满二十一。我们又在这里结婚，生下第一个孩子。后来我们远离这片故土，可又多次从承德、从石家庄回来，看望双方的老人。现如今，只我一个人回来了，而她，已殡化成骨灰，将要由子女们抱着回来。不过，总算回来了，她也会高兴的。因为我知道，她是很喜欢山野烟村的。记得我们相恋时，她总是提议到城郊山乡去野游，我们多次去过城外的东山梁、城西的苔山坡。她是那样爱爬山采摘野花，每一次都采回来大把的、不同色彩的野花，插瓶放在我的办公桌上。后来我们调到承德，稍有闲暇就去游离宫，登四面云山或别的山景，有时还要带上铺单、吃物、水瓶。她不怎么愿意四处串游，常是选个阴凉的草滩或山坡，或坐或卧，望着高空中的飞鸟与悠云，欣赏着大自然的万千壮美。她很少唱歌，唯有这时，她兴然哼起自己喜欢的歌，还真有味儿。我知道，这是大自然激发起的灵感、渴望与纯情。现在她真的要先我回归大自然了。我家的祖坟地岔巴梁，一派山野风光，景色也是壮美的，她将永远地融入其间。想到这些，我的感伤情绪渐渐得到抚慰，甚至后悔真不如早几年送她回来，何必让她默默囚伏在书橱里陪伴我，是不是也太自私了！

到家第二天上午，弟弟便陪伴我去祖坟地选坟址。岔巴梁地处村落东北，是当地最巍峨雄伟的白云山主峰下的一条支脉。举目望去，她宛若一条青龙，昂头蜿蜒而下。梁冈上，一色的硬瓣子土，只长荒蒿不长庄稼禾苗。因此，庄上许多氏族的坟地都选在这里。记得儿时跟着长辈来扫墓，脚下硬硬的翅棱草划疼了我的脚踝和小腿。现在，我同弟弟爬上山梁，步入祖坟地，那遍坡的翅棱草似乎稀了许多，代之以湛绿的万年蒿、狼尾巴和马干粮草，葱葱茏茏，其间还夹杂着金黄的野菊、粉红的石竹花和蓝色的炮仗花，简直将整个山冈装扮成了色彩艳丽的大花园。我惊问弟弟，山梁上的生态何以变化如此之快？弟弟说，大概和多年封山育林有关吧！我这才注意到，山梁高远处，满坡是莽苍的灌木丛，好一抹红黄相间的虎皮秋色。观赏片刻山景，才回眸打量眼前的墓群：从最高处曾祖父往下，已排出三行；最下一行右数第二个坟丘，埋着我父亲。按当地传统习俗，我应埋于父亲的坟丘下，现在妻子要先于我埋在这儿。就是说，这座坟丘是我与妻子共有的，就像生前我们的共有住房。"就在这里了！"我用脚画着圈圈，选下了我们的归宿地。

弟弟用带来的镐，按我画的圈圈刨破草皮。

翌日上午，造坟开始了。弟弟和我的想法一样，一切从简。只用自家的人，自家的料。我有四位正当壮年的亲侄儿，他们将所需砖、沙、水泥、水桶等物装上大三轮机动车，连同弟弟和我共六人，一齐奔赴坟地。侄儿中有两位很懂砖瓦泥水活儿。他们依照预先的设想，先挖出约一米五见方的深槽，然后用砖与沙灰自下而上砌成个拱形坟窖，砌毕，又在砖面上浇注一层水泥，为让砖与水泥能凝结成一体，坚固耐久，在水泥面洒些水后，又将土回填好。隔了一天两夜，我们又带水泥、涂料等来加工做细，用一个侄儿的话，是做"室内装修"：先把拱形窑内的土掏出，重现窑形后再用砖铺好地面，窑壁与地面皆用细沙水泥抹光，待干爽后，又涂以银白色的涂料，看上去既光又亮，窑内的空间，横放三个骨灰盒也绰绰有余，最后又修饰了窑前的门面，结实美观。侄儿们每做完一样，都让我检验："大爷，您看行不？"我也很经意地说："这也是我的居室嘛，当然该让我满意；同时我也代表你们大娘感谢侄儿们，只是她不能像我这样验收了……"

说真的，这两天来我一刻没离坟地，陪伴侄儿们劳作，还真有一种为自己修房造屋的感觉。"这儿环境真好，"闲坐时，我竟赞叹地喃喃出声，"北靠白云山，南眺笔架山，西梁冈上，夜晚能望见庄落里的千盏灯火、庄前的滔滔大河，闷时出来逛逛，岂不美哉！"再过两天，就是妻子的忌日。从这天起，她就要先我来这儿温居了。一想到妻子，眼边景物黯然，心房也禁不住一阵隐隐作痛。

说句掏心窝的话，这两天我虽然身在这里，看似闲坐或观山望天，但脑子里却时不时浮起妻子的音容笑貌。从她十九岁起，我们相濡以沫地生活了二十六年，她离开我时年仅四十五岁，太早，也太让我难以承受。在这段短短的人生中，她从十七岁起，一直在财贸战线供职，工作是敬业的，各种优秀、先进的获奖证书，每年都捧回几次；对家庭，她也是尽责任的母亲，养育了三个孩子。至她离世那年，两个孩子已工作，一个已考上大学。她无愧于社会、国家，也无愧于家庭。但我脑子里经常撕扯不开的就是她的死因。我们这一代人，青少年时见识旧社会，又高唱着"解放区的天是明朗的天"热情投身于革命，经过教育和修炼，形成了牢固的人生观和价值观，视信仰、事业为生命，只知埋头奉献，不想个人回报。我记不清她是怎样由财会员起步，当上一个处级局的文字匠的。记忆中的她，每天总是忙忙碌碌，早出晚归，还常把赶写的材料带回家，熬到深夜甚至通宵，次日照常上班，在生活待遇上又总是先人后己。老同志们都会记得，公职人员，从1957年至新时期这二十年中，只在1963年给部分职工上调过一次工资，就这仅有的一次。她却将已发到手的增资又退了回去，再发，她再退，直至这份增资改到他人名下方算了事。此事曾在承德山城传为佳话。她每每领到奖品，大多不进家就转送给较困难的同事。开展城市"四清"那年，河北省各地市抽调的工作队全部集中到省试点城市石家庄，当时我们家在承德。按规定，我已被抽调参加农村"四清"，她本应留承德兼顾家庭的，可是，当她见到本局别人去石家庄有难处，便把她的老母亲接来照看三个幼小（最大的才十岁）的孩子，硬是争着去石家庄整一年。转年回本市开展城市"四清"，她被指定为工作队长，带领四十余人进驻市糖果公司。"运动"刚刚开始不久，"文革"了，她作为工作队的头目，反被"造反派"们押解着去各糖果商店轮番批斗……当时我也在省会保定经受着运动的"洗澡"，她满腹委屈无处倾诉，憋得她在暴风雨中冲出屋疯跑……

我真怕她发生意外。一次，她辗转送到我手中的信，竟夹着一小片黑布，吓得我几夜没睡。"九一三"事件后，局面稍有好转时，她神情忧郁地来到我的身边，原本健康的身体被整得又黑又瘦。其实那时癌细胞已在她体内酿成病变，但因环境改变，她心舒意畅，又在新城市新单位做起了熟悉的办公室副主任，且依旧那么恪尽职守，每天早出晚归又加夜班。那时候，她常常叫喊浑身无力，只当工作劳累也无暇去医检。忽然有一天，她上班路上骑自行车被撞倒，自此腰痛、咳嗽又憋气，难以顶班。我带她去医院检查，方知源于左肾上的肿瘤，已扩散到脊骨、腹部和肺部，手术已不可能。不及两个月，她即别我而去。

这一平生剧痛虽已过去二十年，但我心中总有一团散不去的阴霾。每当触景生情，我都悲愤不已；同时也悔恨自己太粗心，没有尽到丈夫的责任。无尽的愧疚，只有对秋风倾诉了。

秋忆 张峻散文选

秋日的风，凉爽而清纯，蓝天是那么高远，阳光温煦而又叫人感到舒帖。坟窑修完那天，预订的墓碑也搬运上山，届时只待迎接妻子回归了。

那一刻肃穆而庄严。长子及其两个妹妹，护送着妈妈的骨灰缓缓步入坟地。没有音乐，也没有山野生灵的喧嚣，亲友们肃穆默哀中，将他们送的花圈、彩扎摆放在坟前，呈现出一片花海。

祭墓仪式开始，儿女将其母骨灰盒端正地放进坟窑，从大舅哥和我开始，亲人们依次鞠躬，悼祭思念之情，说到痛切处，大家为之流泪。当燃烧彩扎之火将熄时，侄儿们便挥锹铲土埋坟插树苗，一座新的坟丘很快堆起。爱妻就这样先我融入了家乡的大地。可这时，在我看来，眼前埋葬的不只是妻子的骨灰，还应该有因一个忠魂而引发的种种悲剧。

写于亡妻二十周年忌日

载于《当代人》2002 年第 1 期

心 灯
——病中的作家王默沨

接到小焱的电话，我很欣慰。

小焱是老友王默沨的四女儿，也是近些年帮她爸打印文稿的助手。她说，他爸自选的中篇小说集已定稿，并已联系好出版社，要我给写篇《序》。

我知道，默沨早就想编这部书。他已出版过多部长篇，发表的中短篇数以百计，一直散放着。久病的他，总想再出本书。老友的愿望终将实现，我能不为他高兴嘛！

20 世纪 80 年代，默沨是我们河北省的当红作家，曾连续出版了长篇小说《踏莎行》《春近云蒙》《痴情》《我们来相会》及《易水魂》（与人合作）等，在各地刊物发表中篇小说三十一部，短篇小说六十七篇，计三百余万字。其中多篇被《选刊》选载，多篇在省内外获奖。尤其第一部长篇小说《踏莎行》，反响强烈。《人民日报》《文艺报》《光明日报》《河北日报》相继发表了评论；河北大型文学丛刊《长城》，在 1980 年第 4 期同时刊出了六篇评论；江苏广播电台全文配乐连播……在文艺界很是红火了一阵子。没过多久，他从工厂调到石家庄市文联，先是编刊物，后任副主席，还担任市人大常委会委员。可他那时创作势头正盛，梦里都想多出作品，且暗自规定：每月有一部中篇出手。很快，他意识到：人大常委会的会议较多，并常有参观、视察等活动，破坏了他的写作计划。可他又不好意思总请假，权衡再三，一纸请辞书，辞掉了那职务。好心的朋友为他惋惜："何苦哩！别人想当常委还求之不得呢！"他说："作家终归要多出好作品。"

如释重负似的，他好兴奋，夜以继日地开动起写作快车。

人的体脑毕竟不是机器，何况机器也须定期检修。我曾劝他："写作应忌讳不间歇地突击。写一段，回你易县老家大山里转转，心情、身体都会好的；身体好，多写几年，算总账，不会比'短促突击'少。"他笑，没真心听我规劝。

终于，不遂人愿的病魔打上门来。

1989 年秋，他到获鹿县（今鹿泉）扶贫。有一天，他正誊写一部刚收尾的中篇，忽然感到一阵浑身乏力，右手也皱巴巴的，僵硬，不听使唤，好像长在别人身上。他急回市里医院诊治，医生最初诊为颈椎病，于是吊脖子、按摩并服药，均不见疗效。最后经名医确诊：重度帕金森。病情发展很快，到后来，手腿僵硬，饮食、如厕基本不能自理。我与老伴去看望他时，他不无苦痛地说："你最了解我，大半辈子几乎没离开读书写作，忽然得了这种病，什么都干不成，该怎么活呀……"

"你是放不下写作的，"我安慰他，"听说这种病服药后，不是有'关'有'开'吗？'开'的时候，说话、手动稍灵活些，你就试着动手写；'关'的时候不能写，你就咀嚼想写的生活、构思……"

我老伴也说："这样你心里总有事占着，也许好受些。"

不久，他真的动笔写作了。尽管有的笔画挤在一起，女儿小焱打印时，大多能分辨清；弄不清的再问他。陆陆续续送给我的打印稿有《易县纪事》《想起了那个女人》《婶子》《封不住的记忆》《忆绍棠》等新作，有的长达万字，多发在省市报刊上。尽管他不离床、椅二十余年，从未间断过读书和写作。去年的某天，他曾派人从我这儿拿走浩然的一部长篇小说。我打电话问他想做啥，他说："我想看看浩然怎样处理人物关系。"他老伴怕他写长篇，好一阵不安。

也是，七十七周岁的老人了，病卧二十多年，生活不能自理，吃饭都需别人一口口地喂，心里却一刻也放不下文学，尚能抓住笔，戳搭出一般人看不懂的"字"，也真算神啦！

前些天，我又去看他。在某医院的一个房间里，他坐在桌边的大靠椅上，我们聊了将近俩小时。他的气色、心情都很好，只因牙齿脱落才略显老相。我一直解不开他为啥放不下文学，不光亲人劝不住，他自己也劝不住自己；甚而写作成了他活着的理由。

何以如此痴恋文学？这大概要追溯到他的幼年。

1948年，十三岁的他从易县农村考入北京（当时叫北平）第二中学。看榜那天，偏巧遇上通县农村来的刘绍棠。二人一见如故，虽未分在一个班，却因一起办文学社并编"金鸡"壁报，引起全年级同学的注意。爱上文学的人，多是"书虫"，他们的全部课余时间都泡在了阅读上。为看书，晚上响过熄灯钟还打手电在被窝里看。一有长工夫就去王府井新华书店"蹭书"看，饿了啃兜里装的窝头，外加一块老咸菜，渴了喝书店为顾客准备的白开水，常常看得头昏脑涨。实在累得不行，他们就到附近的霞公府去拜望作家们。那时候，北京市尚未建立文联，市里的作家们多住在霞公府，并在那里写作。他俩把作家写书看得崇高而神秘，总想知道作家老师们怎样把那龙飞凤舞的钢笔字或工整的蝇头小楷写在有格的稿纸上，过不了多久，那好看的字儿又怎么印在报刊或成了大部头小说。作家们并不烦气孩子们的好奇心，喜欢他们常来。李克昇、李微含（曾任职于北京市文联编辑部，1985年病逝）等老师还领他们去大众文艺研究会（北京市文联前身），参加业余文艺学习，听老舍、周立波、赵树理、何其芳等大作家们讲课。他们都尽心呵护痴迷文学的孩子们。

一个星期天，他和绍棠在新华书店看到李微含老师刚出版、还带着油墨香气的《地道战》，他们高兴得要跳起来——因为半年前，他们曾在霞公府阅读过这书的部分手稿——立马买了一册。在回程的路上边走边看，专门翻找他们看过手稿的章节，揣摩着作家脑子里的故事是怎么神奇地变成书，实在是妙不可言的享受。不知不觉来到东四牌楼，只因凑在一棵大树下的阴凉地儿看书，绍棠忘我地脱掉新鞋，鞋被小偷摸走竟全然不知。就是这个光着脚回校的绍棠，两个月后（1950年10月）竟在《北京青年报》上登出了第一篇小小说《邰宝林变了》。

啊！十三岁的初中生也能把手写稿变成铅字，这让默沨吃惊不小。你绍棠能发表小说，我就不兴试试？没过多久，他的小说《办喜事》登在北京《新民报》上。绍棠不愧是"神童"作家，新作源源不断地从笔尖流出，半年时间发表《三岔口》《七月高粱红》等近二十篇小说；他默沨虽然不是"神童"，却也不甘示弱地发表了六篇。他特别感谢绍棠，是绍棠拉他闯进了文学圈，让他体尝到了写作有种喜不自禁的阳光味道。默沨十分情愿地努力学习，丰富多方面知识，留心和思考生活，自甘勤奋，和报刊——也是与社会增添联系；还有种甜甜的感觉，似乎每天都处于期盼与欣喜之中，心里仿佛悄然地燃起一盏神灯，照亮了他人生奋进的路……

若干年后，默沨每想起北京二中，心里就暖洋洋的。也是，光从那儿走出的名作家，除刘绍棠外，还有从维熙、韩少华、舒乙、尹世林、关登瀛……

1951年，他们都先后走出二中。刘绍棠还差半年没毕业就考上察哈尔省报记者，没报到又被聘为《河北文艺》见习编辑；默沨倾心祖国工业建设，而后欲写工业题材小说，考取了察哈尔省工学院，后因全国院系调整，他被调到天津工业学院机械专业。1954年毕业后，默沨分配到石家庄动力机械厂当技术员。

二人都没能摆脱1957年那场厄运。

默沨正为"神童"作家绍棠落难发蒙，转年他也被通知革职回农村。厂书记找市委为他求情说："他是我们设计组长、技术尖子、市青年突击手、科室优秀团干部。"这些全没用。回答是："他与市文联'右派'一起反党、说黑话。再袒护，你也是……"

他和绍棠一样，背着铺盖回老家；不一样的是，他的那个她离开了他。

庆幸的是，村支书没嫌弃回家的孩子，把队里的盛草屋腾出来帮他安家。可他的心情很低落，苦心学的机械设计没用了，献身国家建设的雄心成了泡影，面对的是大山、黄土地，谋生的农活要从头学起。苦闷中，童年时的女同学董瑞芬跑来安慰他，说"到哪河，脱哪鞋，在乡随乡"……不久，二人结了婚。日子安顿下来，天天下地，跟着乡亲们学农活儿。这时他发现，大山沟原本是滋生文学的厚土窝窝，只要留心，身边多有写作素材——有趣的小故事，迷人的文学细节，生动的土话……他心里欲灭的那盏文学灯忽然亮了：这不是没花钱的"下"生活吗！还是"长期的，无条件的"……无意识的发现，很快成了他有意识的作为。派他推车、担粪，他乐于选远路活计；拉耧耕地，他乐于选长垄。看似闷头干活，心里却反复思索与构想。歇息时，在别人打闹笑谈时，他把有趣的东西牢记在脑里。逐渐地，心上滋生出小说的"胎核"，如同母鸡孕蛋，先有一堆堆小蛋黄，哪一个先长大了，有了钙质，就会生成硬壳大鸡蛋。他有些按捺不住了，妻子瑞芬也鼓励他："有写的，想好了你就写，管他发不发表呢！"到晚上，她早早把孩子哄睡，将小油灯挪近，让他趴在炕沿写。

化名，自是首选。在学校时，他就用"白辉"这个笔名发小说。化个名不是问题，就怕刊物给当地来信调查，一露馅，刊物准不发。偏偏写作的人都有很强的发表欲，他化名"艾牧""湜冰""茅庐""董英"等等，试着将稿子有意投向边远省区刊物，像《青海湖》《北方文学》等，然而险象还是不可避免。例如，他投给《北方文学》的四篇小说，刊物发了两篇后，许是想与他建立长久联系吧，一张"作者调查表"由县委宣传部转到他手，他哪敢如实填表，便知趣地将没发的两篇小说要回来了。

为发表，另一种招数出来了：用四里八乡出身、成分好的亲友真名投稿。但有时也会发生新的不愉快。譬如，稿费寄给代名者，人家手头紧就给花了。一次，他的题为《崔金花》的小说，给了在西陵林场当工人的亲戚刘某，作品很快发在《人民文学》上，又一篇一万二千字的《乡村女教师》，发在《青海湖》上，稿费全让刘某给花了。后来，刘某感到不好意思，给他砍了一根檩材。也有人代他发一篇小说，给他的钱只够买一条自行车内胎。让默沨庆幸的是，亲戚刘某因连续替他发小说，引起单位领导重视，被保送去北京黄村林校学习，毕业后分配到邯郸当了干部。"文革"后期，二人在火车站相遇，刘某还向他要作品，并预付了十元钱。一篇名为《风雨夜路》的小说，又以刘某的名字，发表在1973年的《河北文艺》第2期上。

就这样，从1959年至"文革"前，他先后在《人民文学》《山东文学》《北方文学》《青海湖》及《文艺红旗》（辽宁省主办）《延河》《宁夏文艺》《大公报》等十一家报刊，化名、冒别人名发表小说三十八篇。这中间，唯有一次露过真身，他永远感谢《大公报》副刊编辑、散文家刘北汜老师。

那是饥饿的三年困难时期，写小说确有为一家大小填饱肚子的成分。一天，在当地税务所工作的一铁哥们儿跑来告诉："有个《大公报》，只在商业圈发行，面窄，每周四出一版文艺副刊，很适合你投稿。"于是，他化名湜冰，把刚完稿的一篇小说寄给了北京《大公报》。稿子寄出不到半个月，他那位铁哥们儿一蹦一跳地跑来告诉："那篇小说登出来了！标题用头号大字：方彩云，署名湜冰。"不久，那铁哥们儿转给他相当数量的稿费。他兴然地又把小说《河滩上》寄给了《大公报》。半个月的光景，又见报了。这使他产生了想结识《大公报》文艺编辑的欲望。

他是骑自行车去北京找到《大公报》社的。

在会客室接待他这位"农民作者"的，是位面善而性情敦厚的长者。当长者编辑自报出刘北汜的名字，他肃然起敬。他曾多次欣赏过这位名作家的优秀散文。于是，他毫无顾忌地、大胆地讲出"右派"回乡劳改的身份。北汜老师笑笑："读你的娴熟文笔，我已猜出八九分；所以不调查你的真实身份，是想让你家人多吃点儿棒子面，饥荒年月啊！"

他紧紧握住刘老师的手，泪珠溢出眼眶……

这之后，北汜老师又发表他三篇小说，还邀他进京，就如何保持自己风格问题相互探讨。更出他意料的是，北汜老师还特请文学大师叶圣陶写了一篇推荐他小说的评论，题为《湜冰的三篇小说》，约三千字，这在当时实属难能可贵。

1964 年后，"阶级斗争"又喊得震天响，他胆怯地没再给刘老师添麻烦。

我结识默沨，恰是叶老这篇评论文章的引介。

1979 年秋末，我正主持大型文学丛刊《长城》的创办，我的老同事、时在保定文联工作的叶蓬来看望我。他说来石家庄是调查一作者的小说，仍然在被别人冒名发表，真实的作者叫王默沨，曾用笔名湜冰……

"湜冰？"咋这么熟？我猛然记起叶老那篇黑字标题的评论。因为这篇文章与我的小说《蚕娘》发表在同一版面，而且加着个黑框，很醒目，我曾仔细拜读了叶文，也记住了"湜冰"。

叶蓬讲述了默沨的坎坷经历和写作才华。凭一个编辑的职业敏感，我让一位老编辑请他来编辑部。我们很快见面、长谈，我真诚约他以自己的艰辛生活为主题写一部小说。他客气地说："我没写过中长篇，可以试试。"就这样，三个月后，他的十八万字的小说《踏莎行》摆在我的案头。小说经修改，先是在《长城》发表，后经充实，由花山文艺出版社出版，轰动了文学界。随之，一些知名报刊、出版社向他约稿，他不断有长中短篇奉献给读者。那时候，他的内心欢畅无比。心中从未泯灭的那盏灯，在祖国的春天里，尽展灿璀的辉光。

历史何其相似。他的少年文友刘绍棠回到老家儒林村后，也遇上了爱护他的好支书和善良的乡亲。他俩都躲过了"文革"的浩劫，都没有丢弃读书和写作。绍棠在 20 世纪 60 年代也发表了几个短篇，还储存起《地火》等多部长篇初稿；新时期伊始，他的新作泉涌般地发在各大刊物。他俩曾两次在笔会上喜相逢，好友见面兴奋异常，彻夜长谈。不幸的是，

秋忆 张峻散文选

151

20世纪80年代末，两个人先后患了心脑疾病。他们都无能力相互探视，只能勉强通信。绍棠在给默沨的回信中说："捧读来信，感慨万千，不禁老泪盈眶。你我少年同窗，爱好相同，青年同遭坎坷，老年又同患重病，真可谓同甘共苦也！……所幸右手未残，大脑尚健，还能抓笔为文……"

挚友互相鼓励，谁也不想放下笔；然而，令他料想不到的是，绍棠于1997年3月先他而去。他悲戚地怀念挚友，更是放不下笔，写了近万字的《忆绍棠》，分两期发在《天津日报》的《文艺周刊》上。

我为老友高兴之余，潸然感叹：他每写成一个字，都要比寻常作家加倍付出艰辛啊！"热爱文学"曾一度是国人很时髦的词儿，青年男女谈恋爱都亮这张牌；但也有的人，口头也说"爱啊"，实际当作进身阶梯，一旦靠追求文学得意，便罢笔另谋高就。能像默沨这样，真心视文学为圣火，在任何苦境下都不离不弃的，世间能有几人？

2012年5月8日草就
载于《长城》2012年第6期

附记：默于2012年9月9日因心脏病突发猝然逝世。据他大女儿讲，他去世前，每天都坚持写作。一个月前，因找剪子剪笔芯还摔了一跤。他去世前一天，大女儿去医院看他，他仍在写作，直至次日11时心脏病突发才停笔。

想念浩然

浩然远去有两年了，可这两年间，他从青年到老年不同年代的身影，时常晃在我眼前。

与浩然初次谋面是 1962 年初冬，他以《红旗》文艺编辑的身份回河北组稿。当时省会在天津，他下车就向张庆田同志打问我，正巧我在省文联，庆田同志就约我去他家给浩然接风。我们同车去尖山家属楼，浩然一见我如故友喜相逢，他兴然握着我的手："我早就知道你，咱俩的经历差不多，都来自农村，当过基层干部，又都办过报……"他微笑着说："六年前，庚西常向我说起你……"

噢！那该是 1956 年，常庚西在《河北青年报》编副刊，我与浩然都给副刊投稿，我的小说《防霜之夜》《竞赛》就是那时发表在《河北青年报》上的。庚西是位热心人，他常向浩然说起我。遗憾的是那年 9 月的"河北青年创作会议"我没有到会（单位领导认为我已参加了全国的"青创会"，省里的会就不必去了），错过了与浩然等众多文友相见的机会。转年，他从河北调至北京《俄文友好报》。时至 1962 年夏，杨啸来承德到我家，拿出省"青创会"期间他与浩然、庚西的合影，我才看到英俊、充满青春朝气的浩然，并且得知《俄文友好报》已停刊，浩然又调到了《红旗》杂志社当文艺编辑。

席间，浩然谦称自己起步早、出书晚。其实，从 1958 年开始，作家出版社、中国青年出版社已连续出版了他的短篇小说集《喜鹊登枝》《苹果熟了》《新春曲》等。他的短篇像喷泉似的在全国各地的刊物上发表。那时候，各省唯一的文学月刊都在《人民日报》四版下角刊登作品目录，谁发表了作品互相都知道。浩然几乎每个月都有作品发表，有时一个月发三篇。他的创作正处于高峰期。交谈中，他一再要庆田我俩给《红旗》写稿，我们都没肯定答应。因为发在《红旗》的文学作品都是短而精，思想性第一，很难写的。

深夜离开庆田家，我送浩然回宾馆，一路畅叙，让我领略了他性格的另一面——爽直。说到创作之路的艰辛，他告诉我早年《河北文艺》的编辑如何冷落他。他的著名短篇《喜鹊登枝》最初投给《河北文艺》的一位编辑，两个月后他去拜访，那稿子没拆封地堆在桌上，他猝然心凉半截，像坐在冰冷的板凳上。趁主人不注意，他将稿子又"偷"了回来，转寄给《北京文艺》。稿子很快发表在该刊 1956 年 12 期上，引起了叶圣陶老前辈的注意，叶老还写了推荐文章。他还说到，1956 年那次省"青创会"，他是作为列席人员参加会议的，只为与文友们交流他才到会。但他从不气馁，一直顽强地练笔。他还鼓励我：咱既然跨进这个门，就要下苦功，终生为文学献身。与他如此推心置腹地交谈，真的让我感动。临别时，他一再嘱我：到北京一定要给他打电话，不然，让他知道会"恨"我一辈子。浩然的质朴与实在，让我更加视他为投缘的好友。

他果然真诚待友，尤其是青年文学朋友。我每到北京，只要停留就给他打电话，他必安排去他家或在外面菜馆见面，有时还与外省相熟的文友一起聚谈、共餐。现在记起的有杨啸、张长弓、王栋、李克明，吉林的王某。一次他单独约我去他的家——北小街北门仓 23 号，《俄文友好报》的家属楼，晚餐后促膝长谈。那时他正创作长篇小说《艳阳天》的第一卷，说他每天下班后吃过晚饭，哄孩子们洗完澡，等爱人、孩子都入睡，静夜里才开始写作，每晚必写两千字；如若当晚有事没完成，隔天必须补齐。这样坚持下来，每月可得六万字。他还借此启发我："如若有了好的构思，用我的办法，写部长篇并不难。"他还向我讲述了他写短篇的"快节奏"之法。相谈中，他的两个儿子时不时拥到他的怀前，撒娇、亲昵；他也几次说到他的可爱的孩子。他的大儿子叫红野，那年十岁，正上小学，二儿子蓝天刚满六岁，女儿春水才四岁。他还说，对于家庭，孩子们就是让他快乐、幸福的"活宝贝"。1964 年仲夏，我应约再次去他家，待客的那间屋里添了一台约二十英寸的方形黑白电视机。那时电视机还是价格昂贵的稀罕物，一般人家都买不起，我也是第一次看到。浩然见我惊异，连忙解释："买它，全为拴住孩子们！免得他们晚上出去乱跑，让我揪心。"我当然知道，那时他家的经济状况已大为改观。除几部短篇集的稿费收入，他的《艳阳天》第一卷已由《收获》全文发表，人民文学出版社正在印刷单行本。

这之后不久，我们都先后正式调入各自的省（市）文联，成为专业作家。可很快"文革"开始，我们又都成了改造对象，参加"学习班"，清洗"封资修"，下农村劳动改造。在此期间，他有幸被北京市委抽调去采访劳模王国福。后又不让写真人真事，浩然就依据这些素材和以前写的小说初稿，写了长篇小说《金光大道》，加之当时提出加强出版工作，他的长篇小说有幸出版。大概是 1972 年某月，我收到他寄来的《金光大道》。

记得那年冬天，他突然来我家，说是为看河北话剧院改编他的《艳阳天》话剧本而来，约我当晚去八一礼堂陪他看戏。他对"省话"的改编基本满意，不过中间休息时发生了一件让他不愉快的事。在休息室，他被介绍给石家庄地委某书记，那书记以为他是本地区作者，就派头十足地大讲"指导意见"。见书记长篇大论地说个没完，浩然问我："厕所在哪儿？"离开休息室时他说："你我都搞过农业社，说实话，连这点儿'阶级斗争'都是我虚构的！"

然而，浩然一生之最痛也起因于他的作品。"文革"中，许多优秀作品被江青诬为"大毒草"，而浩然却出版了长篇小说《金光大道》和重编短篇集《杨柳风》《七月槐花香》，他的长篇《艳阳天》又被搬上话剧舞台。从 1974 年起，他三次被"召见"，成为流传一时的"八个样板戏，一个作家"的"作家"。可我知晓，浩然当时的心情是何等沉重与苦恼。记得 1974 年

3月某日，我去北京看望他（那时他住月坛北街），相见后，他并不像一般人想象的那样，被江青"召见"得多么兴然，而是紧锁眉头叹息，连连摇头："我正想办法急流勇退哩！急流勇退，不管多么难……"

粉碎"四人帮"后的一段时间，南方的某些报刊连续多次发文章批判浩然。一天，庆田同志问我："浩然的事怎样了？"我说："北京市委对他已经有结论，市委了解他，说他并没有效忠'四人帮'，他在市作协的检查也顺利通过。"庆田说："南方报刊也许不了解他的情况，咱们支援他一下。"我理解庆田的意思，随即派《长城》老编辑潮清去北京向浩然约稿。浩然果然有一部三十万字的长篇初稿，名为《男婚女嫁》（出版时改名《山水情》），请他快速修改好，1979年分两期发在《长城》上。南方批判浩然的文章也随之消失了。

在处理这部书稿的来往信件中，浩然一再客气地说，这是粉碎"四人帮"后他的第一部作品，一定要帮他把好关。"你完全站在我的角度，认为怎么好就去做，我都会同意的……感谢老同志们，通过这次活动，我深深地体会到友情的力量；我对未来更加充满了信心。"

这之后，喜讯不断从北京传来，浩然被选为北京市作协主席并出任《北京文学》主编。也就在这前后，浩然毅然把家搬离北京，在河北三河安下新家。即使作协有会或刊物有事，他回京处理完毕也立马返回三河。他决心扎根在这里，离农民更近些，实现自己的"写农民、为农民"的人生追求。他在这里写出了晚年最满意的、险些问鼎茅盾文学奖的长篇小说《苍生》（后评为"大众文学奖"榜首，又改编为电视剧）等系列小说，还下大力帮助当地搞起"文学绿化"工程：主办《苍生文学》，用心培养文学幼苗，以壮大当地文学队伍。

他在三河期间，曾两次来石家庄。一次是为当地企业家去山西办事，路过石家庄，在火车站给我和常庚西打电话，要我们去车站共进午餐，又在纪念塔下留影。第二次是我陪同他参观河北文学馆。这时，我发现他不仅寸发花白，话语较前也有些迟钝。及至 1996 年、2001 年两次在全国作代会期间会面，相互交谈时，几乎都是我说他听，间或点头，与以往我们交谈时的情形恰恰相反。我疑心他脑子出毛病了。果不其然，会后没多久，他突发脑出血，从此人事不省……

我怎么也不能接受，长我一岁的好兄弟浩然，最后告别人世时，还要接受长时间的无意识、无言的悲苦！

写于 2009 年 8 月 3 日

载于 2009 年《大众阅读报》

秋忆 张峻散文选

一个甲子的深情

你走了！走得太突然……

尽管你有病缠身，长期吃药，也不至于"哎哟"一声，就气绝而别，一句话也没给家人留下。明明两天前你在电话里，还与我慷慨而谈，声如洪钟。你老伴徐贞说："刘章走得太突然，真让亲人、好友们难以接受……"

是啊！我们痴心交好整整一个甲子，你和你妻都叫我哥，你的孩子们都尊称我伯。我清晰记得，你第一次到承德离宫西山我的家，人没进院就大声喊叫"张峻哥哥"，你进院时，脚抬得老高，落地"咚咚"有声。我知道，这是长年走多石山路养成的习惯。我曾多次去过你们兴隆的大山里，知道那里人的一些生活积习。记得1960年春，你第一部短诗集《燕山歌》出版后，承德地区文联为你开作品讨论会。会后你应约来我家，高音大嗓的，谈兴极浓。那时我就认定你这位"青年农民诗人"学养不凡，文底深厚。午间留你用饭，正巧存有未开瓶的西凤酒。我与酒无缘，一口下肚，脸红头晕，不能陪你。你毫不客气，如在自己家一样，独自斟饮，借酒助兴，心语坦直，情真意切，竟也喝得大醉而睡。这等诚实的好友，能不深交？

你高中肄业回乡，已在半壁山区文化站就职，河北省文联主席田间愿你做名副其实的"农民诗人"，你就遵命，弃职回村，务农、放羊。你干活卖力，放的羊膘肥羔壮，劳作中的你诗情云飞，佳作迭现。长诗《五凤山之歌》在中央人民广播电台热播，我听之热血升腾，惊叹不已。1962年新作《葵花集》出版，你在诗歌界又迈出坚实的一大步。

1964年盛暑，荆丛紫花怒放时，我有缘去你家——兴隆上庄村，与你欢欣共处近半月。那时，我在辖贵庄的半壁山区委任职，速速安排好工作后，急去北山上庄，与你相会。在大队党支书刘德（你的叔伯哥）指引下，我很快走进绿丛覆盖的北山根下那独处新房。我知道，你盖房时借了不少债，也得到一些朋友的赞助。我住下来后，自然有道不尽的心语，与你闲不住地山行访谈。这里曾是日寇实施"三光"政策的"无人区"，而刘姓族人多都宁死不进"人圈"（鬼子搞"集家并村"的所谓"部落"），坚持山地斗敌。鬼子搜山，见人就开枪，还烧光房子。你们一家人垒石窝，住砬洞；夏季支起草棚防雨，严冬大雪封山，就钻砬洞或草棚里御寒。你引领我去看了你家当年的一处住所，其实就是一堆石窝。猪狗也与人一起住，鬼子来了它们一声不叫，悄然跟紧主人一起逃命。那时你才四五岁，已经记得一次次逃命的惊险场景。我俩边谈边背诵你忆当年写的苦难诗。

那些天，我俩还手提防蛇棍，一起翻大山、钻老林，走访了天明、解放、成功、驴叫等多个抗日模范村，拜见了许多位斗敌老英雄。那也是我们两吃睡在一起的时间最长、交谈最快乐的时光。

十几天的相处，还体察到你写诗的一种习惯。走路中，你忽有一段时间，微垂着头，似是看路，不吭一声，其时你在酝酿腹稿。当诗稿初成，你会停下脚步，大声朗诵，倾听意见；而后再默默腹改，直至诗稿初步满意时，才掏出本子，暂记下来，以备再改。你笑言："寂静的山野里出好诗，我的诗，有的就是独自走山道时'磨'出来的。"

转年冬，全国大规模地开展"社教"运动。田间建议你去参加"社教"。你积极、热诚地加入兴隆县的一支工作队，并以出色的成绩在"社教"队中入党。

回村后，你实实在在地参与村里的工作，并于1971年当选党支书。赶上"文革"，深山沟里也"派性"十足，恶斗惨烈。一伙人不光要打倒你，还杀害了你家的黑狗放在你房门前，警示欲索你命。你星夜出逃到承德上访，并来我家托诉，你拍着胸说："哥你相信我到什么时候也不会自杀，若出了意外，你一定要为我申冤……"那天，窗外是凄寒秋雨，窗内是我

们俩满脸热泪……（见刘章《我曾向张峻托后事》，载于《石家庄日报》2003年2月11日，后收入《刘章集：散文卷一》）

此情此景我俩永远不忘。险情过后，你暂离上庄，愉悦地投入文学境地。先是去县文化馆辅导后学青年，后又被借调到河北文艺、花山文艺出版社等单位做诗歌编辑。这期间，我们见面机会颇多，因我的住所与花山出版社在同一大院，你饭前饭后常到我家坐坐。这之后，你又被《诗刊》借调两年多，还担任《诗刊》编委至今。做大刊编辑，对你的诗歌创作极为有利。为组稿，你有机会拜访大诗人，也能去各地走访诗友，并有机缘游走祖国秀美山川。这时，老诗人田间也认为，你扎根生活的同时，是应该到各地游走，以开阔视野，放情创新，他还亲自与你和鹤龄兄一起到延安和西北等地采风。

借调《诗刊》当编辑后，你更有机会热心帮扶青年诗友，在为诗人们服务的同时，也使自己的诗歌创作显现高质量的丰收。描写江南与边塞生活的诗歌，像《南国行》《枫林曲》等，意境多彩，形式求新，情真意切，博得众多读者赞誉和评论家的赏识。脱产之后的1968年3月出版的诗集《北山恋》，较以往的乡情短歌有极大的提升，当之无愧地荣获全国诗歌大奖。

你调石家庄工作后，我们走动更密切了。开你的诗歌研讨会，我不善评诗也去参加，更多的是谈你我的友情。你也曾有诗赞我："是是非非眼底过，云来云去自从容。"你乘车路过我家庄落时，也纵情留诗："轻车飞过八达营，看山看水都有情。张峻出生灵秀地，国增赤子我增兄。"（见刘章《友情集》）。我遇有困难，你招之即来。1979年省文联让我筹办大型文学期刊《长城》，当时既无资金又无编制，我打电话让你帮助编诗歌部分，你二话不说，业余帮我组稿、编稿。很注意发现与培养新作者，并亲笔写评论，直至一年后诗歌编辑到任，你不要任何报酬。我们的日常交往你也从不见外。你到省文联或桥西开会，常打电话告诉我午间给你留饭；我老伴在桥东省中医院上班时，距你家较近，你家做什么差样饭，徐贞就打发孩子骑车去接她。家乡给你捎来板栗、瓜菜等山货，你总不忘让孩子送些来，与我分享。近些年，咱俩都年老体弱，不便相互串门，就隔三岔五地电话交谈。

新时期以来，你的诗情妙笔又触向散文、随笔。毫不夸张地说，你的散文同样诗情如画，拨动心扉。你的第一本《刘章散文选》送到我手时，我正住医院，随即逐篇赏读，爱不释手。《归家忆》《千岁叔叔》《老牛倌儿》《家狗记》等，感动得我泪水盈眶，深思许久。以后，每见你的新散文，我都细细赏读，胜过读你的诗。

读《归家忆》时，我不时地掩卷静思，回味着你和你的家，尤其你家那位"后勤总管"——你的夫人徐贞，她是多么"一专多能"啊！她倍加专心地伺候你，能为你管好家，并教养好四个孩子。家在村里时，她能吃苦挣工分；进城后，她管好家并学会用电脑，为你的诗文打字；而后她自己也能写诗文、出书……她是深深爱你、陪你一生的好伴侣！你知足、快乐、心安吧！

咱老哥俩庚子年相识，没想到又一个庚子年却是送你，整整六十年的兄弟情，我真心不情愿你突然地离开我啊！

2020 年 3 月 10 日寄语石家庄

载于《河北作家》2020 年第 1 期

秋忆 张峻散文选

上　学

　　小时候，我对什么都好奇。村街上偶尔过辆自行车，我便惊喊着"洋驴儿！洋驴儿！"光着脚尾随好老远；远处传来汽车叫，我会蹦着高朝门外跑。每每这时，常被母亲有力的手死扯住："干啥去？快看住老黑！"

　　老黑是我家的大狗，通身毛梢黑亮，高大勇猛，夜间几回从狼嘴里夺下过猪。可我不明白，它为何对汽车也那么痛恨？一见汽车过街，便凶猛地蹿下去，追着汽车轮子狂吠、啃咬。车过后，老黑十有八九牙血淌流，愤愤地勾着舌头舔抹。母亲怕老黑被汽车轧死，常是我抱住老黑的脖子时，她忙去关街门。而后，我和老黑，一个扒着门缝瞧汽车，一个狂吠着挠门板。

　　那时的汽车，在我眼里是那么庞大而神秘，没有牛马拉着，自个儿会飞快地跑！坐在车楼里的又多是日本人、"高丽人"。故乡已被日寇侵占，划归伪满洲国，全东北人统称"满洲人"，似比占领者低半头，没有坐车楼的份儿。

　　老黑骄横无惧，终被汽车轮子碾碎了头颅。埋葬老黑时，我满心悲凄地摘下它脖子上圆圆的狗牌子，套在自己的脖子上。不独为那小铝牌是每年都要交一元狗税换下的，那年头，养大小家畜都纳税。

　　没了老黑，我再也无心看汽车了。

　　汽车依旧三天两头地过，有时拉粮食、木材、矿石，有时车厢用毡布蒙得严严的，由全副武装的日本兵押解。大人们说那是鸦片烟砖。

　　小鬼子强迫家乡一带种植鸦片，按户规定亩数，所收鸦片全部上缴日本的"鸦片组合"，民间不准私存一两。许多年后，我从一份资料中知道：日本鸦片机构将一部分烟土运往德国换杀人武器，一部分销往南洋被其占领的国家。鸦片烟、地亩捐、出荷粮……各种名目的重税，把穷百姓家逼得鸡飞狗跳。

我一记事，印象最深的是父亲把税捐收条看得比命还重，每次拿回来赶紧包进一个蓝布包里，放进木匣，再三嘱咐家人谁也不许动。即便这样，父亲还三朝两早地被伪警察们绑走，吓得母亲跪在佛龛前，磕头祈祷、哭号，同族婶娘们都赶来安慰她。记得我头一回听说父亲被抓进局子挨"押"，竟痛哭不止，我想象中的"押"，是父亲身上必压着沉重的磨盘、碾盘，怎能受得了？后来得知，父亲受的苦刑比"押"更吓人：给绑在长凳上抽皮鞭，灌火油、辣椒水，或跪在石子地上举砖……几天后父亲被保释，由母亲扶回家，破布褂粘在血迹模糊的身上，脱不得衣，趴在炕沿上连声咳嗽。后来父亲死于哮喘病，我疑心同那时挨灌伤肺有关。

母亲含泪给父亲擦拭鞭伤，总骂："黑心的，不得好死！"

父亲叹息："唉，哪庙里都有屈死鬼，都怪咱族里没个识字人！"

父亲本分，宁肯家里断炊也从不敢拖欠捐税。可警狗子和牌长、甲长们欺我们族里没一个识字人，常将父亲交的税款私吞或记在有权势的大户名下，胡乱开张假收条，交了也硬说没交。几经屈打，父亲终下狠心：累断脖子也要供出一个能识税捐条子的人。而后，他同亲族中叔伯们怎么商议的，我全然不知。

1940年盛夏的一天，母亲突然拿出她不知啥时缝好的白粗布裤褂，要我脱掉兜肚儿换上。在这之前，我夏季里总是全身系个破兜肚儿，光着脚在野洼里疯跑或放猪。临时抓来二姐的一双旧鞋让我穿，我嫌大，又有花。母亲说："小孩家，不碍的！"在鞋帮上穿了个洞，系上鞋带，硬捆在我的脚上。穿戴整齐后，父亲便塞给我一个盛着纸和木香的小篮子，说要领我去上坟。

我还是头一次去东山根的祖坟场。父亲在一个大坟前拉我跪下，他上了香、烧了纸，然后让我随他磕了三个头，这才对我说："这是你祖太爷，叫张永，咸丰二年（1852）打关里老家逃荒、讨饭，落脚在这营子，以后咱张家几代人都给财主家扛活、做佃户，没一个喝过墨水的人。'睁眼瞎'苦啊……"父亲的嗓腔像突然堵了什么，背过脸去，顺手指了下边偏东方向的另一座坟，语音低沉而沙哑地告诉我，"那是你二爷爷，大年三十在阿牛沟吊死的，你爷爷寻到他时，肠肚都给狼掏空了。他是还不起财主的亏心债啊！荣大拿欺他不识字……儿啊，你都要记住……"

那日，晴空瓦蓝，阳光璀璨，我眼前却是一片黑暗。穷人婚晚人稀，爷爷辈里我只见过年逾古稀的五爷。我想象着二爷惨死的苦状……

晌前，我随父亲回到家，三间旧瓦屋里挤满了人，都是族里的叔伯婶娘们，谁见了我都笑盈盈的，像过节日。有人抚摸我的头，有的嘱咐我长出息，夸说我时又贬斥自家的孩子。二婶送我一个用粗布片缝的小兜兜，说是"书包"。我这才知道，同族十兄弟，只选中我去上学，我庆幸地蹦起高来。

就这样，我得以坐在学房书桌前，读起"一个人两只手"和大人们称作洋字码的"阿伊乌耶噢……"

这就是我童年曾有过的"得天独厚"，而幼小心灵的重压也可想而知。每当看到骨瘦如柴的父亲弯腰去学堂，我就想哭。

载于《听说读写》1992 年 1 月号

庙　影

登上东山顶，太阳仍没从更高远的峰峦露边儿。眺望我们的斜街，街形像船。炊烟在袅袅升起，很快，烟帐如雾，斜街便模糊不清了。我揉把眼，仍在竭力下望，视线收拢到坡脚下离我近些的东庙台。

童年的记忆里，多有东庙的香火盛期。每逢四月十八，四乡小贩云集，善男信女，挤如粥状。朝拜者焚的香，同炸麻花、馃子的烟气混杂，香雾袅袅地流散于东山腰。

我昨日去过那儿，自然没了往昔的香火盛景。庙堂已坍倒多年，砖瓦也早有另外去处。当年大殿的基台成了打谷场，四旁柴草堆积；唯一尚展示古刹遗迹的，是那株孤傲、高耸的古松。松下，片石堆垒起的矮墙小院，院内是村人常见的、一明两暗式的瓦屋。

屋主人叫柳新，这是户籍簿上的大名，可村人至今仍叫他柳和尚，或称法名"乐悟"。

常想我年少时的乐悟，青光的头，黄瘦的脸儿，一双机敏、明亮的大眼，尚可谓眉清目秀。他人极和善，说话轻声细语，见了谁都低头恭谦地一笑，大小都有个称呼。他平素只穿件没领的青布短褂，紫褐色的肥裤，下角掖进长筒白袜里，只有做法事时才披那宽领袈裟。时年不过二十五六，性情沉稳，没事从不进街或入门串户，静坐禅房苦读，温习经卷或读四书五经、《周易》之类。他知识渊博，堪称乡间学究。他不独为死者超度，活人建房、改门瞧"风水"、抽签、算命、画符等都来求他，他也总是乐呵呵地应承。庙上五亩香火地，由村人代耕，不用他劳心衣食住行，这令全村街的穷汉们眼热。

闹土改时，贫农团里有人主张划他"小地主"，王区委讲宗教政策，说他该算"自由职业者"。可就在这时，他自我造了反。开诉苦大会，他跃身跳上讲台，抹泪诉说，人们这才知道，他也有段不为人知的苦泪史：七岁时因病许愿，剃度为僧，夜半三更，师父硬是让他给神像上香或添灯油，他年少胆小，常因侍佛误时挨皮鞭，脊背上鞭痕累累……

他诉苦之后，当即声明：还俗！恢复了原来的柳姓，取名一个"新"字。当时破除封建迷信之风正盛，东庙里推倒了泥胎，大殿做了村委会的办公处，他仍住东禅房，人们再也不找他做斋事。奇怪的是，村人仍习惯叫他乐悟或柳和尚。

不久，我离开本区到县上工作，后来越调越远，但有关乐悟的消息，还能听说一些。村长"老套筒"安排他当了供销社售货员，他干得十分出色；转年又谈妥了对象，姑娘是梁西李家的，名唤九菊。十多年后九菊给他生下二女一男。可村人旧习难改，依然和尚长和尚短地呼唤他。"文革"时，他也被列入"牛鬼蛇神"，罪名仍是当过和尚。这让多数村人十分悲哀，暗骂斜街有假洋鬼子。

1982年春我回乡，同三弟聊起柳新的事，三弟随即打发侄儿去请他。

柳新很快来了。我们几十年没见，他面容憔悴、苍老，背驼如弓，我几乎都不敢相认。可他说话、动作还是老样子，恭谦地微颤着头，近乎唯唯诺诺，让人联想起他背上的师父鞭痕。他低声细语地问三弟："三兄弟，您找我有事？"

三弟说："柳大哥，想求您帮帮我。"

老柳新梗起头，猜测着："您想瞧房场吗？我可没带罗盘。"

三弟说："我盖房可不瞧'风水'，但与这事有关。"三弟历数了因柳新瞧"风水"引起的桩桩民事纠纷，奉劝他洗心革面，别再干这种事。

老柳新窘然地垂下头，沉吟半晌才喃喃地说："三兄弟，掏心说我实在不情愿干；可您知道，我这人面矮，人家几句好话，我就没咒念了。又何况，我在斜街是孤门独姓，过日子也有求着别人的时候。"

三弟皱了半会儿额头："照说也是，这么办吧：以后谁再找你，就说我这当头儿的不依。"

老柳新赶忙说："可别，可别！如今当头行人够难的了，哪能再让您为我得罪众乡邻，看咱兄弟多年的情分上，我实在做不出。"

他闷想许久，欣然昂起头，像是有了万全之策："三兄弟，您放心。往后有人找，推托不过我还得去，可我保证，不会再引起一点儿小纠纷。"

三弟挤眼一笑，也像明白了他的意思，连说："一言为定，一言为定！"两人还紧紧地握了手。

我目睹这场庄稼干部了结乡间矛盾之法。

老柳新走后，我忧心地问三弟："他真能保证吗？"

三弟笑说："人家行里之事，何必逼他点破。"

后来听说，谁来请他瞧"风水"，照去不误，还比比画画很认真的样子，照旧摆放罗盘，显得极专心，却没再引起新的邻里纠纷。

去年初春，我又一次回乡，三弟借口"年岁大，撵不上形势"，已辞了村支书职务，可他心里仍挂记着村里的事。我又问起老柳新的近况。三弟长叹一声："唉，这人哪！他一辈子就吃'面矮'的亏。满八十的人了，又重操旧业。不光瞧'风水'，四乡办丧事也来接他去念经。这回可好，骑驴摔伤了腰，趴炕上两个来月了，怕是再有人请，也去不成了。您抽空去看看他吧！"

那日傍晌，阴冷一冬的山台已被和煦的春日晒暖，枯蒿棵根部冒出白绿的芽锥，松鼠也出了洞，沿石板墙蹦跳。老柳新春节后头一回挪出屋，用拐杖顶着胸，依偎着墙垛晒太阳。

我扶他进屋。他喃喃地笑骂老常顺，死也择个大雪封山。来接他的黑驴偏又失了前蹄，摔他一个倒栽葱，雪坡里滚出老远。还说人老了，骨节像朽柴，不抗摔了！

老柳新说罢这些，表情悲怆地说："咱斜街人也真'邪'了，我就琢磨不透。"

我劝慰他："老柳哥，您这一摔伤，正好就坡下驴！"

九菊嫂立马从旁插嘴："不行啊！昨天北头老孟家发丧，硬是死说活说，拉小苗替他爹应差去了。"

小苗是她家小儿子，初中毕业生，年已十七。

我猛吃一惊："胡闹！小苗会念什么经？"

九菊嫂说："来人说，终归是活人的眼目，有小苗胡乱叨念几句，免得邻里们耻笑就行了。我真揪心，这么下去，小苗的对象可要难寻了。"

老柳新焦苦万状地叹息："唉，人生不由己。照说，小苗硬是不去他也没法儿；可话又说回来，谁让咱们是外乡人哩！二兄弟啊——"他称呼我时语气透着哭音，"临老临老，我真想搬回承德县头沟老家去！"

九菊嫂立马反驳他："回头沟你就脱心静了？头沟更知道你当过和尚，头沟也归中国！"

啊！我一下愣住了，惊诧地凝视九菊许久。她末尾这句极纯朴的话，如一柄重锤，猛地敲击我的心扉。我的心在下沉，下沉……

那天夜里多梦。梦里老是庙，大庙和小庙。那庙都像扑朔迷离的幻影，忽而悠荡在斜街上空，忽而沉落在苍古的荒野……

载于《散文百家》1991 年第 6 期

乡 根

"你怎么随了文学这行当？"这常常是故友重逢的话题。越是童年、青年时的至近好友，越爱这么打问，他们似乎感到蹊跷。细一想，也难怪，连我自己也几经回顾，又何以说得清楚哩！

我和他们一起读完村小学，一起背着背架"跑山"，或砍柴，或放牛，或拾山菜；春夏之交，庄前的伊玛图河干旱得见底时，我们又一起翻动着卵石捉泥鳅……尽管有人鄙称我们家乡是"穷山恶水"，但我总觉得她是世上最美的地方。庄前的双凤山，庄后的阿牛山，纵然怪石林立，但每一块怪石，都会让人展开神奇美妙的联想。儿时，两架山都没一片像样的林木，但碎石堆里却钻出割不败的荆梢、榛柴、野杏芽，还有那么多有名没名的花草，蒿丛中常有野鸡、石鸡，三三两两突然飞起，招惹得我们举着柴刀追喊。我们整日在这样的"乐园"里掠取"猎物"，闲下来，便坐在石碴棚的背阴处唠闲话，什么狐狸仙变美人给穷光棍做媳妇，什么王二小砍柴拾到金娃娃……你一出，我一段，多是儿时躺在奶奶怀里听来的趣话；也片片段段地讲些《七侠五义》《西游记》里的故事，但那时谁也没有扯到"文学"。我直到当了两年多区干部，都还不知道文学创作为何物。有件事，想来令人发笑。

大概是1950年的春天吧，我从一位老同志的手里抢过一本书，书名是《新儿女英雄传》。我一翻开，就被书中的牛大水、杨小梅等吸引住了，几乎是狼吞虎咽很快读完的，尽管书中有的字还不认识。当我读完后，欣然地对一位中学教师拍掌叫绝："看这两位做书人，多能耐，采访得真细致，连张金龙乱搞女人的场面都采访出来了（那时我刚懂得给地方报纸写新闻稿需要采访）……"没容我说完，那位中学老师已经笑声不止："哎呀！小说里写的可不全是真人真事啊！作者可以虚构，那叫文学创作！"中学教师没有耻笑我这个从穷乡僻野出来的"小土八路"无知，还善意地给我讲了文艺创作和新闻报道的区别。我这才恍然大悟：噢！原来写小说可以"瞎编"呀！将来我也编。这个幼稚欲念的萌发，也许对我后来敢于试着写小说，起了点儿"破胆"作用。

还是回到养育我的那块故土吧！这山，这水，渐渐地把我和我的朋友们养成了"半桩小子"，身量还不及锄把高，便随同父兄们下田干活，追着日头月亮过光景。虽然田头歇息或饭后睡前也听大人们讲古，或享受着"张长李短"白瞎话式的暂短"娱乐"，但庄稼人凑到一起，多是谋算着怎样把家里的几块田种好，来年不饿肚子，或哪架山、哪条沟有片好柴草，有几堆白山蘑，抽空拾回来换几个油盐钱。你东一言，我西一语，直说得一个个打着哈欠，钻回炕头去鼾睡。那时节，当然更不会想到学习文学；可都想些什么呢？几乎什么都不想。唯一的奢望是：能像父辈那样，日后当个本分的庄稼人，土里刨衣食，汗里求温饱，至少不能在我们这一辈让祖上留下的几亩田产换了名姓，让儿孙后代缺地受穷、挨饿、讨要……

世事的突然变故，改变了我已安排妥的一生途径，让我和这些少年朋友分手了。

在我十五岁那年（1948年），家乡二次解放了。离我们庄八里路远的台吉营是区政府所在地。一位我小学时的老师杨殿臣（当时他在区政府当秘书）托人捎来一封信，说有点儿事，要我到区政府去。岂知这一去，便被他"扣"住了，死活动员我留在区里当文书。我父亲听说后，找杨殿臣要儿子。争吵到最后，区里就是不放我回家。这样，我一面思恋那些朝夕相处的好友，一面本分地在区里做起送信、看门、扫地、烧炕等勤杂工作。好在离家不远，我倒能常回去看望家人，后来，又随同区委书记回村参加土改。也许组织上考虑到，由我分担"青联"和"儿童团"的工作，组织发动青年更合适些，我又同我的朋友们滚到一起了。为宣传土改，我们蹦蹦跳跳地打着"霸王鞭"，欢唱着《解放区的天是明朗的天》……与乡亲共享着欢庆翻身的喜悦。

我永远怀念土改后至 20 世纪 50 年代初期山乡那生气勃勃的兴旺景象，家乡父老那般火热的闹生产劲头，年轻的兄弟姐妹们那积极向上的精神面貌——为摆脱封建统治阶级压给造成的愚昧无知，早日摘掉文盲帽，不顾整日的繁重劳动，一晚不落地上夜校。每到晚间，那照路的灯光遍布山间小道，似一串串流星，十分抢眼。为多卖余粮、办互助组、入农业社，他们同觉悟迟钝的父母们吵架，甚至闹分家。那时我回村或到别的庄落工作，劝架成了顶缠头的事。在刚实行粮食"统购统销"那年冬，我的一位远房哥哥，趁着我二伯去外村姑娘家串亲，偷着把家里的七石余粮卖给了国家。二伯回来见粮囤里少了粮食，气得一蹦老高，搬起大块石头把饭锅砸个粉碎，随后又躺在屋地上撒泼，凶嚷："你小子爱国，你卖吧！把我也抬出去卖了吧，省得日后给我买棺材！这日子没法过了！"我和村干部从旁劝解。二伯很固执，最后达成"协议"，将所有卖粮款都交到他手，以后再不许儿子管家，才算罢休。可事过不久，我那哥嫂又把卖粮款从二伯手里"偷"了出来，买了六只羊，放在互助组里。直到第二年六只羊繁殖成了十只，从组里担回的羊粪也叫地里多打了粮，二伯才自认"老脑筋"，终又交出了管家权。

在党引导农民摆脱千百年延续下来的落后生产、生活方式，向新生活迈进的岁月里，新旧思想激烈搏击的事例，几乎每天都在周围发生。我在下洼村办初级社时，有个叫王良的共青团员，不经老父亲同意，便贸然报名入社。在我们将要公布入社名单时，他的老父亲突然不见了，我素闻这老人心胸狭窄，怕生意外，便撒出人马四处寻找，河边、枯井、悬崖下都找遍了，到天黑还是不见他的影儿。转天，去远山放羊的羊倌发现他在一个石棚下愣然地坐着，脸儿憔悴得几乎脱了相，真如伍子胥过昭关，一夜熬白了头。羊倌问他："为啥坐在这儿？"他说："我要静下心想想，眼前是不是阳关道。"啊！原来他躲在这清静处想了一天一夜！我先是可怜他，心疼他，满怀着"恨铁不成钢"之感；当我冷静下来，却又十分崇敬他。一个在旧道路上走惯了的农民，在自己从未经历过的历史大变革面前，他没有盲从地随波逐流，而要认真地用脑子想一想，这恰是他严肃而又可贵的为人处世方式的长处。即或他暂时想不通，再看上一两年也应当允许，人总有自己的历史局限性嘛！我在未参加革命前，不也想当一辈子守住祖田的小生产者吗？我从自己的足迹，想到了那些乡间朋友的艰难脚步。

啊！我忽然发现，自己在完成党交给的工作的同时，也开始注意思索人生了。

一个作者步入文学之林，都有其不同的途径和多种因素。而我，最先也是受到新生活浪花的冲击。这些久蓄心中的生活浪花，一旦被热烈的文学之火所点燃，便产生了创作欲望。当然，前者是基础，后者为媒介——一种必不可少的媒介。若不是这样，当时与我同样滚在生活旋涡里的同志，为什么迄今也不曾见他写小说？不能不承认，从我那次读《新儿女英雄传》开始，我迷起小说来了。不久，我被调到县委宣传部搞通讯报道，那里的藏书给我创造了读书条件。我读巴金的、老舍的、赵树理的作品，也读当时的《人民文学》《东北文学》等杂志，特别喜欢读那些反映现实生活的短篇。喜爱常常使得我读得很慢，读着读着就走了神，走到我熟悉的那些农民朋友中间，以至脑神长时间返不回纸面上。既受他们的魔扰，莫不如丢开书本就此想下去，想得他们"情真形现"时，我便斗胆试笔了。小说中的主人公，自然是那些久埋心中的至近好友。这便是我出版的第一本短篇习作《夜过黄土岭》（1956 年，北京通俗文艺出版社）的由来。后来，因工作需要，我进了城市多年，离生活远些了，基本上停了笔；可是，每当我下乡，生活中稍有感触，还是常常联想起他们。

1962 年前后，在我学习创作的进程中，该算个小小的"盛期"，那是因为 1960 年我到隆化汤头沟公社参加了一个冬春的"整风整社"。才去时吃大食堂，同农民一样饱尝"五风"之苦，每天喝两顿只掺二两粮的稀菜汤，饿得两腿浮肿，走路迈不动步。目睹着周围饿得面黄肌瘦的农民，不由回想起 20 世纪 50 年代初期故乡温饱日子的盛景，那是多么倾心于党的好农民，多么融洽的干群关系，然而岁月向前推进了十来年，生活却落成了这种样子！百感交集，更加痛切"五风"之害。是该从现实生活中找回我们失掉的东西了，正是因这种负疚之感，我竭力去寻找农民心中的那种实事求是的好干部……我又操起笔。这就使得我的作品总是离不开山区，离不开那些质朴的好干部和山村农民。

"怎么随了文学这行当？"现在似乎多少理出一点儿头绪：最初推动我走上文学这条路的是乡间父老兄弟。我想，只要我不放下笔，我的心是永远离不开他们的。

载于《燕山》1983 年第 1 期

漫忆那片神圣的故土

多少年来，身游远方异地，友人问及故里，说出县名，谁都会立即想到英烈的盛名。故土因英烈的血染而传名，我怎敢忘却年轻英雄为故乡人尽洒了那一腔热血。时而，魂牵梦绕，往事悠悠。

那会儿，故乡多灾多难。人们十几年呻吟于日寇的魔爪下，刚刚吐气扬眉，一年后又陷于国民党兵匪的蹂躏，四乡遍是血腥、饥荒。我家乡八达营一带，从1946年下半年至隆化二次解放，成了地主武装和国民党谍报队流窜、抢掠、杀人最烈之地。在我十四五岁的记忆里，家乡无时不被恐怖、饥饿笼罩。

春草一露芽，人们就靠野菜、树皮、榆树叶充饥，浮肿、脱相的人随处可见。年轻汉子怕蒋匪抓兵，还要东躲西藏，夜睡山野；姑娘媳妇更是吓得东躲西藏。骇人的横祸，不忍目睹。

我亲眼见过土匪队在村西河套杀人，死后还要凌尸，割下生殖器用刺刀挑着耍弄，如同儿戏。在洞子沟，土匪刀割血淋淋的人体，掏人心吃。我四区区长杨某的人头，曾在我们街中心悬挂数日，风吹雪打，令人心碎。我参加工作前，从没进过隆化城，却被抓到苔山主峰下的北侧苦受半月多。那是被强行抓去修战壕、敌堡。整日抬巨石，又不给饱饭吃，半天不挨鞭子算是好"造化"。我当时十四岁，哪里苦受得住，趁夜里逃跑时，险些被飞弹击中。

那会儿，人们心中只有一个"盼"字，盼着我军大部队早一天"打隆化"！

终于盼来了冀察热辽子弟兵。那是1947年5月下旬，人们心里像装着整个春天。为躲避土匪抢掠，我们白天偷抢着种地，夜晚爬上村前西山顶尖，夜夜静听那清晰的枪炮声，爆豆似的，像开锅，听得人人心花怒放。整整听了十来个夜晚，直至枪声稀落。消息传来，令人叹惜：我军虽然攻进隆化县城，却没能拿下据守县城西边的苔山炮楼群，伤亡惨重，最终还是撤走了。可人们不失所望，仍在苦难中等盼！

又盼来了翌年的春红五月。横行四乡的土匪队突然没了踪影，身穿黄军装的东北人民解放军铺天盖地开来。我们营子离城四十华里，也驻满了大兵。八头骡子拉的大炮引得村人笑脸相告："有这厉害的大家伙，何愁攻不下苔山？"不几日，驻军离村东移。转天凌晨，隆隆炮声轰然入耳。村人又去西山尖遥望，莽莽苍苍的苔山顶火光一片。瞬息间，主峰的敌堡和古塔骤然消失。炮声一停，便是激烈的枪声。过午，枪炮声渐稀……

傍晚，村人沸腾。隆化解放的消息，春风一般刮来。人们笑脸走出家门，欣喜地向随军抬担架归来的民工打问攻苔山的种种细节。然而，当时只知道嚣张一时的"汤团"被全歼，只跑了团长汤池和二十几个随从，我方牺牲一位副师长。攻克隆化中学相当艰难。山村消息闭塞，大约过了一个来月，我们才知道攻中学时舍身炸暗堡的英雄之名——董存瑞。

那是村剧团庆七一演出，小学老师杨殿臣从《群众日报》上找来一段大鼓词，他让我背熟鼓词就登台演唱。迄今，我还能背下部分段落，开头两句是"苔山顶上草青青，山脚下就是隆化城"，到后的紧板是"董存瑞，是英雄，挺身请战立奇功，为解放隆化人民出苦海，手托炸药包举过顶，心不跳，脸不红，导火索一拉轰隆隆"。

那奋不顾身的大无畏气概，坚毅、崇高的英雄形象，"为了新中国，冲啊！"的呐喊声，长时间震撼着人们的心灵。当时我就有种强烈的愿望：有机缘一定去谒拜英雄舍身就义之地。

转年，秋红草黄之时，我参加工作后第一次去县城开会，当天就约了同屋的人，去了城北那片英雄献身的高地。正值夕阳晚照，我们跨过黄灿灿的旱河土桥，向一位姓孙的老乡打问，他指给了我们具体地点。我们到了隆化中学的遗址，脚下是一片瓦砾夹杂着荒蒿，按那老乡指点：偏东北几十米远处，一条壕沟下面，便是英雄炸暗堡之地，听说只有英雄的破碎军衣和半截断腿埋在那儿。我们踏着淤泥、荒草，默默地在那里徘徊许久。我想象着大鼓词描写的崇高意境，心里似耸立着万人景仰的伟大形象。直至夜幕扑来，我们才依依不舍地回到住所。记得那晚，同屋人长时间的话题，没离开才十九岁的伟大英雄。一个有作为的生命，不在乎他面世长短，而在于他那有无限感召力的精神的延续。许多年后，我在不同境遇里，一想到英雄的壮举和那些为了新中国而献身的先烈们，就心潮起伏，激情振奋。

1950年秋，新中国第一个国庆日前夕，我调至隆化县委会工作。晚间与同志们散步，那座木结构的土桥，那片神圣的洼地，常使我们流连忘返。记不得是哪年，洼地上修建起烈士墓和墓前那座碑。1954年我离开故乡时，似乎那片洼地尚未建起陵园。

拜谒烈士陵园，是在我离开隆化整整十年后的严冬，那年我随同兴隆工作团回隆化参加"四清"，驻地是马虎营。那日，在凛冽的寒风中，面对园内的苍松翠柏，我感触多多；也是在那一天，我在英雄的威武塑像下第一次留影，照片至今还珍存在相册里。我以为，故乡人从没忘记英烈的遗志。"为了新中国，冲啊！"的呐喊声，一直鼓舞着几十万隆化人民，在各自的建设岗位上冲刺，使隆化的面貌日新月异。改革开放以来，故乡人更是大显身手。

1984年盛夏，我陪同北京客人去坝上，行至隆化城北，我建议停车，拜谒英灵。这时的英烈陵园似容颜大变。巧遇老友王凤书热情接待，方知他是陵园的负责人。在他的陪同下，我们一行十人尽览了庄严肃穆的陵园，后又走进展览厅。厅内展示当年隆化战斗的沙盘模型和解说已相当地现代化，它又一次让我浸沉在当年兵荒马乱、人们渴盼解放的回忆中。开始，我试图从沙盘中寻觅我做苦役偷逃的那座山头，到后来，竟全神凝聚在"隆化中学"东北角上那片当年血染的洼地。

英雄奋不顾身地倒下了，历史却在时时审视着我们每一个活着的人。

1992 年 5 月写于英雄祭日

载于《浩气长存誉军魂》一书

秋忆　张峻散文选

大红灯笼遍山村
——回乡下过大年

　　车窗外扬着清冷的风，枯叶、茅草滚在乡间油路上。朋友坐在副驾驶的位置上，一直扭过头和我说话。他送我回家过年，一肚子久别的话，滔滔不绝，生怕留在年这边。座座山梁、村落，闪闪而过。司机头一次走这条乡路，当然不知道我们村落。我提醒老伴："注意点儿，别走过了！"老伴说："你俩就放心地说话吧，我盯着咱村和家门哩！"

　　车速飞快，又闪过两个村落。我一抬眼，右侧崖石林立，陡坡高耸，急喊："停车！"老伴说："喊啥？还没到咱村哩！"我说："都到白云山后了，少说已过村七八里。"老伴不信："过啥过？我一直盯着咱家的土墙、栅栏门呢！"她坚持要向过路人打问清楚。

　　当然，是她不识家门，而且已过两个村落、十华里路；可也不能全怪她。

　　我的家乡——隆化八达营，与十多年前比容颜大变。那时，破旧瓦屋夹杂着茅草房，不少人家同我弟弟家一样，土院墙、栅栏门。如今，二十一米宽的柏油路穿村而过，座座整齐的院落排列街旁，新屋几乎全是红瓦、白瓷砖墙面、明净的大玻璃窗。屋前是宽敞、光亮的月台；院墙多是红砖到顶水泥盖帽，门楼大气、美观，红瓷砖饰面；一色的黑油漆大铁门，似乎家家一样。

　　庄落真的大变样了！我们在"过村不识家"的笑谈中送走朋友，过午就随同弟弟去逛年货集市。置身于人流中，边走边看，各种年货——吃的、用的、穿戴的、室内装饰，五光十色，无所不有，宽街两侧摊挨摊地摆了一里多远。单说吃的，活的、宰杀洗净的猪羊鸡鱼鹅鸭鲜货，年糕，冻豆腐全有，给钱就砍一大块，太方便了，跟城市里一样。惊喜中，我想起从前的农村忙年。一进腊月，尤其过了腊月十五，人们忙得跟头趔趄，不要说杀猪宰鸡，单说淘黏米蒸糕做豆腐，半夜起来抢碾子、抢磨，推碾磨真够累人的。现在一切都不需自己受累，集市相看中了，要多少，给你送到家。绚丽多彩的年画、楹联摊位，更是夺人眼目，乡人欣然地喊嚷着、手指着，在挑选可心的画儿、对联、"门神"与彩挂。面对这一幅幅宽窄、大小不等的精制楹联，忽想起儿时年根给左邻右舍写对联：自裁的细条红纸，字写得不成样子，还是让我写；不光写，还得去帮助各家贴，因为他们都不识字。呀！那边远远的一片红，是在人头攒动地选购大红灯笼。挤过去一看，那圆圆的大小不等的灯笼样品，大的直径足有两米，不亚于北京天安门的大红灯笼，小的也有一米二三。我问弟弟："这么大，有人买吗？"弟弟笑说："各家都买，到年夜你就看吧，每家大门至少挂一对，还有挂四个的，天擦黑，满街红火龙一般，好一个祥年盛景！"从前过年，谁见过乡下挂大红灯笼？五更拜年，人们也只提个白纸糊的小灯笼。弟弟还说："现今国家保证送电到户，连山沟独户都通电了。咱家五弟张瑞天性孤僻，搬到了离庄三里远的柳拨沟，独一家，政府专给他一家拉电线，竟花了一万多元。当时五弟开玩笑说，莫不如把这多钱装他腰包哩！可一有了电，他这山沟独户也挂起了大红灯笼。"

弟弟家似把一切年货都备齐了，在北京打工的大儿子又打回电话，点名要他爸给代买猪肉、冻鸡等。转天，大儿子一家从北京开着车回来了。大孙女婿给一个老板当助理，自己买了崭新的卧车；二孙女婿开出租，也有自己的车。他们从车里取出大包小包礼品给弟弟，有好烟、名酒，有给老人、小孩买的新衣服，见我回来了，送我两盒顶级的好茶。

节前给先人上坟祭祖是塞外的传统习俗。我们一大家子人开着车去北梁祖坟地，因我女儿扛着大摄像机，有人笑说："看呀，'焦点访谈'的来了！"其实，乡间上坟也兼野游，大家乐呵呵地逛山，拍摄山村冬景——荒野草地撒着的黄牛、白羊，河川上溜冰嬉耍的孩子们……回到家又忙着贴对联、挂灯笼，大家说说笑笑，院里屋里瞬间红火一新。

暮色渐近，开始准备年夜饭。这是弟弟家最热闹的时刻，弟媳、侄媳们各显身手，煎炒烹炸摆了两大圆桌。弟弟的四个儿子都已是中年，孙辈女婿们，加上我们回去的人，场面喜气热闹。顶抢眼的还是茅台酒，大过年的少喝点儿也不为过。饭后，侄媳们和馅包饺子，侄儿和孙辈们看着电视拉闲篇，说着在外打工的见闻，也扯起往昔的过年。关外不种小麦，大集体那阵儿，过年都是每人发给一斤八两麦子，吃顿年夜饺子就去"大干"，那么苦受还是吃不饱……我也说起"一大二公"喊得最响的年月，傍年根我下乡路过家，一家人在食堂喝菜汤，没吃的，父亲不知从哪儿抠出一小块儿豆饼给我吃，尽管上面沾满草屑，我嚼着那叫香啊！弟弟当过多年村支书，他说起早年搞"忆苦思甜"。老年人忆苦常跑题，说着说着就岔到三年困难的苦日月……电视上，"春晚"节目开始，吸引了大家的注意力，满屋的欢笑与院外的鞭炮声，截断了人们的话头。

年夜饺子刚下锅，本族的晚辈们就成群结伙来拜年……

我们大年初二去辽宁朝阳老伴家，晚8时去承德乘火车，沿途从车窗向外望，茫茫的夜色中，无论大小村镇、远近山沟，都闪现着大红灯笼的光亮和放鞭炮的火花。我默想近些年山村的巨变，灯笼里承载的不仅是电光，还有许多许多……

载于《人民日报》（海外版）2009年2月9日

永远的林中草地

我们沿着丛林边的小径慢行。那丛林，如家族般的大大小小的树，远望，像一堵涂着绿彩的高墙，似难以进入；当我们渐渐地靠近它们，那大树同小树，似也渐渐分开。路旁片片浅草，绿莹莹的，散发着盛夏独有的芳馥，也使园林的气息显得十分清纯。漂亮、端庄的金发女解说员在前面停住脚步，她侧转身，手指眼前的一簇湛绿浅草，传递出让人难以置信的解说："各位请注意，这里就是托尔斯泰的墓地！"

啊？托翁墓？在哪儿？

大家惊愕的瞬间，金发解说员依然坚定地指向距路边约五步远的那簇浅草，说："二战时，德军一度占领了这儿。他们处心积虑地想毁坏托翁墓，因为作家曾揭露过法西斯的丑恶历史。可他们踏遍庄园内的丛林、草地，也寻找不到，因为林中遍地是浅草丛……"

就是！大家点首却惊诧不已。谁会想得到，一位蜚声世界的文豪，魂归处没有豪丘，没有雕像，没有墓碑，唯有林丛下的一坏浅草。如果不是后人多年祭奠的足迹，如果不是草丛前的几束鲜花，如果不是解说员的坚定指认，谁会想得到，一代伟人竟身披浅草，长眠于庄园里的林中草地！

生于斯，长于斯，毕生写作于斯，一辈子很少离开自己的庄园，最后又融于这片林中茅草之下，我敢说世界少有。

凑巧的是，这片庄园名为雅斯纳亚·波良纳，俄语意思是"明媚的林中草地"。托翁那光浴世界的小生命，就像一片嫩叶，土生土长地从这片林中草地冒出。一个小时前，我们在园内一座绿荫掩映的砖塔小楼里，瞻仰了他降生时的真皮长沙发。他的母亲，那位做过女皇叶卡捷琳娜二世侍从武官的沃尔康斯基公爵的独生女,就在这床二尺宽的普通皮沙发上生下了他。庄园是他外祖父给母亲的陪嫁。这座占地三百三十八公顷的浩大庄园,后又经他亲手改建、修缮,成了目前的格局,它理所当然地成为托氏家族的领地。这座二层尖顶的欧式小楼里有大小十二间房,包括工作间、卧室、卧具、书房,我们跟随金发女解说员几乎全部观瞻了一遍。二十八个相同的书橱里都是俄文或外文书籍,各屋墙上的油画,还有猎枪、鹿角等,全是原物、原样摆放,保持着当年的原貌。女解说员逐房间的细细讲解,给我们留下很深的印象。

走出砖塔小楼,置身于广阔的原野,我才深切感到庄园的浩大。脚下绿草盖地,抬眼碧树成荫,遥望那绿浪,逶迤而去,似与蔚蓝的天际相接。走近了,才瞧清是一弯茂密的杂木林:苍松翠柏,绿柞黄榆,白桦青杨,高耸云天,挺拔无比。我们缓步行进中,常与三五当地人为伍。一位俄国男青年伴着一对貌似双胞胎的小男孩,他俩追逐着翻飞的红蜻蜓,快乐地奔跑。这让我想起刚才俄解说员讲过的托翁的欢乐童年。他从小就特喜欢庄园里的花木和小动物,常在林中草地里戏耍,进而也特热爱农民的生活。他常和农奴一起去田间除草、捉虫;他从小就喜欢马,愿与农奴一起牧马,并常去湖中洗马身,去林莽里狩猎。他和农奴、马夫、仆从、乐师、厨子、花匠都成了好朋友,更亲近他的保姆。他曾在文章中称童年"最美好、最纯情,充满着欢乐与诗意"。我猜想,他童年的欢乐与诗意,一定是眼前这美丽、和谐的自然风光的无私馈赠。

在一片开阔的绿地旁,解说员止步,告诉我们:"这里早年曾是托翁亲手建起的樱桃园,樱桃树的果实硕大,除了自家吃,还让农奴们担到镇上去卖。"作家离世多年后,庄园易主,大片樱桃树全被砍掉,这里修房、种菜,一改原貌,近年才恢复成草滩,将来再复植樱桃树。我们还在林丛转弯处停脚,解说员手指丛林沟壑深处的一泓绿波荡漾的湖水说:"像这样的小湖泊,林丛里就有三个。每年盛夏时节,托翁常来湖里洗浴、游泳、垂钓；也牵来他心爱的马儿，在湖中细细地给马刷洗。"伴随着她的讲述，我想象中的大胡子托翁，此刻仿佛就站在湖中，神态又是那样的兴致盎然。

我们沿着林边小路继续前行，路旁惹目的是十数株硕大的白桦树，它们粗壮、挺拔、高耸，有人目测，每株高不低于四十米。尽管我们无法判断它们的年龄，但仰望白桦那扫动云天般的浓枝繁叶，引发了我的遐思断想：这株株高大的白桦树——春来，它们会伴着和煦的轻风，弹奏出柔美的竖琴声；盛夏，它们会摇曳出股股凉风，让人爽身；冬季里，它们会一次次向寒流发出怒吼，并警示善良的农夫们严防恶劣的冰冷霜天……身边的杨振喜兄一语截断了我的遐思，他仰望着高大白桦树说："孙犁先生有篇造访托尔斯泰庄园的文章，先生说，托翁就像园中高大的白桦，而我只是一棵小草。（大意）"杨兄是孙犁研究者，曾出版过《孙犁评传》，我确信杨兄所言；而且，20 世纪 50 年代初，孙先生曾随同中国作家访苏团到过这里。当然，先生喻己为小草，不无谦辞；而他把托翁比作高大的白桦，实在确当。

伟大作家的生命根系同高大的白桦一样，深扎于俄罗斯大地，吸取着无尽的养分。他那钻天般的生命之树，擎扫过战争风云，洞察着繁杂世相，品味着人生苦痛，呼唤民族灵魂的觉醒；他在艺术上追求独一无二，为世人留下不朽的华章。他那座砖塔小楼的一层，有一间用来储藏食品的穹顶屋，里面还备有铁锹、锄头、镰刀等农具。作家就在这间被称为"农民办公室"的房间里不避寒暑地读书、写作，探寻俄罗斯的深邃历史，人性的美与丑、善与恶，道德与智慧……他用了整整七年时间，写出多卷本《战争与和平》，从初稿到定稿，密密麻麻写了五千二百多页，完成那年他四十一岁；到四十九岁时他又完成了《安娜·卡列尼娜》；之后，也是在这间穹顶屋里，他又写出了《复活》《教育的果实》等巨著，倾尽了他的心血与汗水。写作之余，他常带着农具去亲近农田，同农奴们一起劳作。他和家人都喜欢音乐，经常一起演奏，或欣赏钢琴乐曲……这么多才多艺、硕果累累的大作家，真可谓"擎扫风云的高大白桦"，孙犁先生的比喻绝对准确。

正午的骄阳忽被浮云蒙住，阵风习习，我们在林边一条半圆形长木凳上暂歇、乘凉。俄解说员告诉我们，在我们身后的绿荫深处，当年托翁曾经搭建过多间小木屋。必要时，他就来这儿写作、读书或消闲，有时也同孩子们赏青、戏耍。那是他成名之后，除了忙写作，还要接待从各地慕名而来的众多拜访者。塔楼里那间不大的会客厅有时挤得满满的。他会见了许多作家、艺术家和名目繁多的代表团、专访团。常来做客的有屠格涅夫、契诃夫、列宾等。我们在客厅、卧室的墙上看到的大大小小的珍贵油画，包括他的工作画像，妻子、儿女、祖父、外祖父的肖像，都是出自大画家列宾之手。拜访者如云，有时也让他忙得体力不支，这时候，能缓解忙碌、帮他暂时隐身的，自然是林丛深处的小木屋。

他酷爱这片极富大自然本色的林中草地，平生除了去喀山大学读书和从军的几年外，他绝大部分时间居住此地。有一种说法：19世纪70年代，他曾一度去萨马拉省和莫斯科等地，但哪里也留不住他，终因离开庄园的苦痛，又都很快回到他的"明媚的林中草地"。他曾为久居园林而深情陶醉："没有我的雅斯纳亚·波良纳，就没有我和我与俄国那种血肉相连的关系，我就极难创作。"这是他的真实心声。我们从他的作品里，无数次欣赏到他对"明媚庄园"的动情描绘。对了，金发女解说员在塔楼里还讲过一个有趣的生活细节：托翁童年时，曾在林子里拾得一个形态很美的硬木根块，他喜欢得不得了，不光儿时把玩，成年后写作时也常抓在手里。现在已说不准那硬木根块的形状，因为家人已按他的生前所嘱，将那硬木根块随同他一起葬入我们眼前的墓穴中。

我们的文学巨人列夫·托尔斯泰，永远的林中草地！

载于《散文百家》2008年第4期

涅瓦河上的心灵之歌

我们驱车赶到船坞时，游船就要开了。

是座还算华丽的双层游船，桌椅是活动的，临窗的桌上摆放着水果、香槟、伏特加、瓶水、鱼子酱等，几乎满满一桌。水浪拍打着船舷，游人笑脸荡漾。涅瓦河是穿过圣彼得堡最大的河流，游船将从这儿西下芬兰湾，再向西就是波罗的海。尽管两岸风景秀美，我们还是常被船上几对穿着华丽民族服装的男女青年所吸引。胖胖的男青年，瓜皮锦帽、宽松的绿袍、乌亮的马靴；苗条的姑娘们则是束腰锦装，色彩艳丽，金发长靴，如杨似桦，与胖胖的小伙对比鲜明，让人悦目欲笑。他们伴随着民族乐曲，挽臂跳起俄罗斯民间舞蹈和踢踏舞，双双对对，配合默契，舞姿优美，潇洒自如，不时博得热烈掌声。

他们似乎很懂得游客的观赏心情，节目安排张弛有序，舞间不时地穿插优美的古老民歌。我们虽然不懂俄语，可那些曲调、韵律，听着是那么亲切、熟悉。听着听着，同伴们的脸上都浮起会心的笑。见我们笑，他们笑得更加灿烂。大家全然心领神会：这不是《莫斯科郊外的晚上》吗？也许他们已经看出，这批游客多是来自中国的老年文化人，年轻时心中就埋藏着俄罗斯情结。见我们笑，他们的情绪愈发激昂，接着又唱起《喀秋莎》《红梅花儿开》《小路》《山楂树》等。他们唱时，大家摇晃着身子与他们同声高唱，他们用俄语，我们用汉语，气氛是那么融洽、热烈、和谐。是啊，我们这批七十岁上下的老年人，都是作家、诗人、书法家、广电或教育专家，尽管年轻时学的俄语大都忘却，但头脑里却深埋下对苏联的种种印象。

歌声最易沟通人们的心灵，不分民族或语种。而我多年的积习是，每当听唱一首自己所熟悉的歌，立马回想起当年学唱这首歌时的情景。这一首首俄罗斯民歌，让我回到那朝气勃发的青春年华。新中国成立之初，我先是在一个县做通讯干事，后又调到一家报社，赶上了每年的"中苏友好宣传月"，采写通讯，翻资料撰写《今日苏联》，宣传"苏联的今天就是我们幸福的明天"。我还采访过一位访问过苏联的农民代表，他绘声绘色地讲述苏联集体农庄的大奶牛，姑娘们怎样听着歌儿挤奶，农庄的机械化，电灯、电话，让他那样的向往……那曾是一段甜蜜地学"老大哥"的年月啊！

默默沉思中，忽又听到这些俄国的姑娘小伙们抱肩晃身，用半生不熟的汉语唱起"文革"中大家都熟悉的"语录歌"：下定决心，不怕牺牲，排除万难去争取胜利……连唱两遍后，又像当年那样，有节奏地高喊"下定决心，不怕牺牲……"喊罢，高举双手，齐喊"毛主席万岁"，博得大家长时间的掌声、笑声。不一会儿，身旁的诗人刘章轻拉我的衣襟，要我看他的小本里的即兴诗，记得最后两句是："俄伶谢幕中华客，还喊毛公万岁声。"

游船已行驶一个半小时，告别芬兰湾上空翻飞的海燕，踏上波浪荡漾的归程。我眼望两岸的异国风景，心灵中久未忘却的畅想，仍在我胸中徘徊。

载于《承德日报》2007 年 10 月 25 日

伊犁之美

　　在去伊犁之前，无论是从柳园进疆去乌鲁木齐，还是从乌鲁木齐向南去吐鲁番或库尔勒，沿路所见，两侧尽是褐石黄沙。稍远些，是陡岩裸露的山峦；再远望，是连绵无尽的雪峰。奇怪的是，从乌市西行六百余公里，来到同属天山山脉的北疆伊犁地区，却是一派秀美的山川。这里群山碧翠，水绿草肥；遍坡是云杉、白桦，挺拔、高耸。它们轻摇那苗条身姿，拂云扫天，以其墨绿色的深沉，尽染着座座峰峦。远处那峭拔的雪峰，有的如锥似剑，日光又给它披金挂鳞，愈发给人以恢宏、神秘之感，难怪兄弟民族尊称它们"神山"。从雪山上融流下的溪水在落差很大的沟谷里唱歌，浪花跳跃，白中透绿，宛如美玉雕琢的飘动的锦带，叫人百瞧不厌。半山腰常见这儿独有的高原平台，那广阔的缓坡草场上，跑动着数不清的红马、白羊还有骆驼，畜群里还间杂着点点红蓝，那一定是喜欢穿长袍放牧的哈萨克族姑娘。坡脚山边，哈萨克族牧民的毡房如白云朵朵。你无论从哪个角度聚焦，都能拍摄出一幅优美的风景彩照。自治州首府伊宁市更是茂树繁花，为北疆有名的"花都"。真像朋友说的：不到新疆不知中国之大，不到伊犁不知新疆之美。

　　伊犁之美，美在浓郁的人文底蕴。惠远古楼、福寿山道教环山庙宇，都以奇特著称。有多名历史人物曾在这里驻足，他们为中华民族大家庭的昌盛、雪耻和戍边的强国作为，一直深埋在我的心中。

　　在离祖国西大门霍尔果斯口岸四十五公里的惠远古楼下，我追寻着民族精魂林则徐的存身之地。他当年因禁烟蒙冤，被道光皇帝发配到这里。朋友告诉我，就在古楼前东二巷一座普通民宅里。我们去了，可惜，只看见密密麻麻的脚手架。房屋因年久失修，严重破损，正在修缮。我虽没能看到其故居的原貌，却听到了不少林则徐来惠远时的动人故事。他遭贬后，从京城艰难跋涉四个多月，才到达时为新疆首府的惠远城，被安置在此民宅。一路劳顿，身心自然很疲惫，可他那强国为民的意志，并没有半点消沉。稍事休息，就去拜访邻居们，了解本地的民俗、民情。他心系国家安危，常去衙署阅读记录朝廷国事动向的"邸抄"。当地的最高统帅——伊犁将军布彦泰，深受感动，让他掌管粮饷等事宜。林则徐慎重有加，还主动协助处理许多军政大事。当得知道光皇帝准备裁撤八十多年前设置的伊犁总兵时，他直言不妥，和布彦泰商议并取得共识。由他拟稿，力陈保留伊犁总兵的理由，最终保住了伊犁的防卫力量。

还有一事，为当地人传颂至今。林公到伊犁的第二年，从边民口里得知：如能从惠远城东修渠从喀什河引水，可使下游十余万亩土地受惠，即便天旱也能保收。他亲自勘测，认为可行，即以自己的多年积蓄，捐资修筑。他亲率十余万民工，采用"引水道代引水之法"，让水道沿河的两岸傍坡而行。有许多处须在峭岩陡坡刨挖石坎，最高处离河床二十余米，险工处总有他的身影。当时林公已是花甲之年，不顾自己衰病之身，率夫督工，费时四个月，终将灌渠修成，人称"林公渠"。他的引水法一直沿用到解放初，其事迹得人们代代传颂。

置身于这美如江南的伊犁河谷，放眼于翠绿如画的诱人山野，我满怀激动的心情，想起清光绪年间的一位重臣。如果不是他说服李鸿章，力主并亲率百营兵马雪耻护疆，赶走沙俄侵略军，这片美丽的国土或许像霍尔果斯河以西那样，迄今属于他国。明王朝衰弱之时，兴起了准噶尔地方政权。清康熙皇帝打败了准噶尔后，又由朝廷派官吏进行有效管理。乾隆二十七年（1762），设伊犁将军，并以惠远城为中心，建筑起伊犁等九座城池，以驻军为主，护疆守边。从此边境安泰百余年，人丁兴旺，各族百姓富庶。同治十年（1871），沙俄趁清廷穷于应付内乱外患，国力日衰之际，借口追查"窃贼",武力入侵伊犁。当地军民浴血反抗,终因力量悬殊,至七月初,沙俄军队完全占领了伊犁九城。为达到永久占领之目的,沙俄还彻底毁坏了伊犁将军衙署和惠远等四城,并派兵驻扎,征收赋税、粮畜,视为本土;与此同时,沙俄还扶持侵入喀什、占据南疆的阿古柏。和田等地区也被英军支持的地方势力占领。

就在侵略者沉溺于美梦之际,光绪元年(1875),时任陕甘总督的左宗棠向朝廷陈奏,力主率军入疆,赶走沙俄侵略者。朝廷准奏,任命他为钦差大臣,督办新疆军务。在大军逼近伊犁的同时,他先后收复乌鲁木齐及其附近地区。清政府又派遣使节交涉,要沙俄交还伊犁地区。光绪七年(1881),中俄两国终于签订了《伊犁条约》。沙俄交还其所侵占的伊犁地区,但霍尔果斯河以西七万多平方公里领土被迫划给俄国。翌年,沙俄军队退走,清军开进伊犁,守土戍边。此后,这片美丽的疆土,一直归属中国版图。左宗棠,这位湘军出身的封疆大吏,不管后人怎样评价他的一生,他在督办新疆军务期间功不可没。他率兵讨伐沙俄和英军扶持的地方势力,收复今乌鲁木齐、喀什、和田等地区,有力地阻遏了俄英对我国土的蚕食。

当然,历史上在伊犁有建树的人,不止上述两位政治家。首任伊犁将军明瑞和组织屯垦的阿桂,对开发伊犁、初建农耕文明都有显著功绩,伊犁各族人民常思念他们。阿桂,章佳氏,清满洲正白旗人,晚年官至大学士。他三十八岁时,以参赞大臣身份,参加了清政府平定准噶尔叛乱的战争。战时,他十分留意当地农牧民的生产、生活现状,发现伊犁河谷有大片沃野,当地人却只用于放牧。因此,战争一结束,阿桂就奏请清政府从南疆抽调维吾尔族农民和部分士兵,到伊犁发展农耕生产。乾隆皇帝准奏,并任命他为办事大臣。他先后两次抽调绿营兵六百余,招募南疆农民一千一百户,在伊犁河两岸定居,垦荒种粮,使当年军民用粮基本自给。这之后,阿桂被任命为伊犁将军,统辖军政事务。他更积极地操办屯垦事业，继续迁移大批南疆农民来伊犁，还将屯田的绿营兵增至二千五百名。又从外地迁移满、锡伯等民族的一部分农民，来定居、守边、种田，将伊犁建设成多民族的农牧富庶之地。

真的，多民族、多元文化，多色彩的、浓郁的民俗风情，也是伊犁地区很独特的一大壮美景观。从朋友处得知，自治州二百余万人口，多达三十二个民族，除哈萨克、维吾尔、回、汉、满、锡伯、蒙古族等民族外，还有乌孜别克、塔塔尔、俄罗斯族等兄弟民族。当你漫步在城镇街区或乘车经过乡间村落，总能看到高鼻子、深眼窝、大胡须、卷头发的维吾尔族中老年男人，或者皮肤红亮、颧骨很高，浑身透着质朴的哈萨克族人，又或者戴着不同颜色的花帽，或蒙着盖头，长裙飘飘的维吾尔族女人，还有那脸蛋白皙、高鼻蓝眼，围着花披肩的俄罗斯族女人……除这些别样的外貌、服饰外，还有那建造别致的庭院和室内装饰。如果屋里四壁挂满鲜艳的挂毯，金属摆设生辉，那你一定是走进了维吾尔族人的家；哈萨克族人的毡房里总要挂着一把皮鞭；满院是花而又异常洁净，那必是回族人之家……在这里，时不时让你想到，我们的多民族文化是多么富有特色，斑斓多姿。

在这片美丽的高山草原上，依然围守着游牧生活的哈萨克族，人数在伊犁地区兄弟民族中居多。可以说，哪里有山有草原，哪里就有哈萨克族的白色毡房。听说，"哈萨克"的意思是"白色的天鹅"。白天鹅喜欢群居和不断地迁徙，哈萨克族以放牧为生，依水草而居，自古就有迁徙和群居的传统。骆驼驮着毡包，一年四季在转场中生活。春夏秋转场，是为草场歇养、轮换；冬季则是寻找温暖、柴草易得的地方。一般是两峰骆驼驮着毡房具物，几匹马驮着全家四五口人，外加一个摇篮，一条狗，赶着上百只羊，就是一个哈萨克族的家庭。几个家庭一起转场，是一支多么浩大的队伍。我们到巩留县阿尕尔森乡哈萨克族的居住区时，是个秋高气爽的午后，还不到转场的时节，沿着巩乃斯河两岸的缓坡，时见错错落落、如云朵般的毡包。在当地朋友的引领下，我们走进半坡上一座毡包。哈萨克族人的热情、纯朴，溢于言表。女主人和她的女儿忙不迭地出来看狗、迎接客人；男主人也闻声跟出屋，是一位戴着鸭舌帽、赤红方脸的中年汉子，他张开两臂拥抱我，拉我进毡房。虽说毡房外表不起眼，里边四周挂的、地面铺的全是华丽的毛织品。交谈中，他喜盈盈地预测着他家的羊只、羊毛的增长数字。他不会讲汉语，多得朋友做翻译。他叫斯得克，这片山地草原名字叫库尔得宁（横沟的意思）。他说，把力气用在草原上，定能家富国强，外人才不敢欺负。当我们起身告别时，他硬要留我们吃饭；我们真的刚吃过，便提议要与他合影留念。听说要照相，一家人忙去换新衣服……

那晚，我们住进科孜尔别克家的毡房。男主人是位敦厚的汉子，兽医职业，会讲汉语。看来他和陪同我们的朋友相熟，我们落座不一会儿，兽医就出去牵来一只滚圆的灰羊要我看，我夸赞了一句，他就笑着把羊牵走了。当我得知他是按民族礼节牵来让我过目，要杀掉这只羊时，起身要去劝阻，却被朋友拦住。他说，这是哈萨克族兄弟传统的待客规矩，劝阻也没用。一个多小时后，女主人拿出个大塑料床单，铺在羊绒地毯中央，四周摆上碗碟刀叉，说是"饭桌"，要我们一行人盘腿围坐。就在这时，茶炉也被搬进毡房。女主人守在茶炉旁，一碗碗地给我们烧奶茶；与此同时，酸奶疙瘩、马奶、烤馕、大块的烧烤羊肉等也摆到我们面前。原来，主人已把整只羊全做熟了，还备下数瓶本地区名酒——伊犁大曲。开席后，按传统礼节，男主人要先与我对饮三杯。我实在不胜酒力，只能象征性地每杯喝一点儿。这之后，男主人又将整个熟羊头捧给我，要我给大家分割。分给谁哪部分羊头肉，还都有个说法。在当地朋友的提示下，我自右而左依次给大家分递。譬如，割给司机小肖羊耳朵，是让他开车听话；给一同行羊脸肉，以示看重——有头有脸……席间俗令迭出，笑闹异常。可敬的女主人一直守在茶炉旁，尽心为客人烧递奶茶，还时不时地与丈夫一起唱歌跳舞，尽展哈萨克族人待客的真诚与热情。当地朋友说，若不是主人怕我们累，起码要热闹到深夜两点，方能散席。

毡房里暖铺暖被，我们一觉睡到日照满川。当我们去不远的小河边散步时，才发现毡包与毡包的连接和去河边的小路都用木板条架起来了，人走在木板路上，下面的草棵葱绿盎然，枝叶无损。我油然心生敬意：逐水草而居的游牧民族最懂得与大自然共生存，是何等的爱水草如生命啊！

载于《当代人》2004 年第 2 期

尽展文学的春天
——大型文学丛刊《长城》发刊词

一个大型刊物，首次同读者见面，总该说几句话。

当下，全国人民在党的领导下，正以"不到长城非好汉"的雄健步伐，同心同德、全力以赴地奔向一个伟大的目标——实现社会主义四个现代化。就在举国上下向"四化"进军途中，《长城》应运而生了。刊名所以称《长城》，不仅因为举世闻名的万里长城，东起于我省渤海之滨，蜿蜒于冀北燕山群峰，更因为这座古建筑，是勤劳、智慧的伟大中华民族的象征，也用以激励我们为实现党的新时期新任务做出应有的贡献。在当前，文艺工作应该毫不迟疑地、积极热情地为实现"四化"服务。以文艺的服务对象来说，在新的历史条件下，要为读者服务，为社会主义服务，切切实实给新长征路上的建设者们，增添一点儿有营养的"精神食粮"。

围绕党的工作重点，反映人民群众的意志和情绪，是无产阶级文艺工作的革命传统。战争年代里是这样，社会主义革命和建设时期也是这样。文艺为"四化"服务的范围，是极其广阔的，文学刊物希望作家、作者反映的内容也是极其丰富的。单就实现"四化"本身而言，我们可以尽情地描绘沸腾的"四化"建设生活画面，塑造为"四化"忘我劳动的新人形象，也可以写新长征中的各种矛盾和斗争，其中包括继续清除林彪、"四人帮"的流毒和影响，以及一切阻碍实现"四化"的旧事物、旧思想、旧作风，简称为"歌咏新事物，鞭扫旧风流"。历史是一面镜子，描写历史上曲折、复杂的斗争，歌颂革命老一代的丰功伟绩，也会给新长征建设者以巨大的鼓舞力量。总之，人民群众对"精神食粮"的需要是多方面的，我们的服务工作也应该是广泛、多样的，而不是狭隘、单调或机械的。只要作者在坚持社会主义道路、坚持党的领导、坚持无产阶级专政、坚持马列主义、毛泽东思想的基本原则下，尽可以写他所熟悉的、愿意写的，包括古今中外的任何题材，而不受到限制。

要真正反映我们伟大时代的生活，适应"四化"建设者们的需要，不充分发扬艺术民主不行，不认真贯彻和执行"双百"方针不行。在这方面，不能否认刊物起着一定的组织作用。一个刊物，就是一块儿文艺园地，耕耘这园地的编辑，不仅应当善识百花、爱百花，还要勤于在花的萌芽期施肥、浇水。芬芳宜人的花香，总是诞生于泥土之中。我们欢迎真正从生活出发、从人物出发的作品，特别是那些敢于面对现实，冲破"框框""套套"，深刻揭示社会生活本质的好作品。我们提倡题材广阔、新颖，而且体裁、风格多样化。希望作家、作者能从多方面反映丰富多彩的社会生活，不同作家的表现手法，可以充分地发挥，以使不同艺术爱好的读者都能得到艺术享受。在文艺理论和文艺评论方面，我们欢迎有独到艺术见解的文章，有不同见解时可以自由地展开讨论，刊物将为"百家争鸣"提供园地。

我们还考虑到刊物的地方特点、乡土风味。这当然要取决于作家、作者在刊物上发表的作品。许多优秀作家的创作实践证明：一部成功之作，首要的自然是它能深刻地反映社会生活面貌，塑造"典型环境中的典型性格"，同时，还能以浓郁的地方色彩、独特的生活语言，博得众多读者的喜爱。梁斌同志享有盛名的《红旗谱》，是以他非常熟悉的冀中平原生活，人们的精神风貌，语言，民俗，赋予了作品独特的地方色彩的。孙犁同志写白洋淀生活的许多优秀短篇，虽然也是写冀中生活的，却又以妙笔画出了水乡的异彩。如果一部书能深刻地反映一个地方的人民生活，写出那里的地方特点、时代面貌、生活风习（当然不仅仅是这些），就会给读者打开一个新的生活窗孔，使其由此呼吸到别有风味的艺术芳香。如果每一个作家、作者都努力于自己的艺术追求，那么广阔的文艺园地里就一定会呈现出百花竞放、争芳斗艳的奇异景象，刊物也将以独特的面貌呈现给广大读者。

当然，强调刊物的地方特色，并不排斥省外作家的作品；相反，需要省外不同风格的作家大力支持。我省是老区，在长期的革命战争和建设年代里，有不少作家曾在此战斗、工作过，现在他们虽然身离河北，但仍与老根据地人民保持着血肉般的联系，有的至今还忘不了那里的斗争生活，并时刻关心着河北的文艺工作。《长城》是刚拱出土的文艺幼芽，更需要得到老作家们的热心浇灌和扶植。

办刊物，都想办得好一些，有自己的特色。想归想，做起来实在不易。但是，我们试图着眼于上述几点，全力以赴。

载于《长城》1979 年 5 月创刊号

秋忆　张峻散文选

让想象展翅翱翔

　　我开始写小说，多是生活中有个形影启发，再加以想象完善，就写成了生活故事，没怎么在意生活和创作之间的关系。1962年的保定小说研讨会上，一位名家讲了一句很精辟的话，让我牢记并努力实践之。他说："作家在生活中要有最大的老实态度；当你构思作品进入创作时，就要有最大的'不老实'。"当时我的理解是，生活中的老实态度，包含着两层意思，一是为人处世要老实真诚，这是当作家的基本素质，二是以最老实的态度观察和积累生活。创作中最大的不老实，是指从丰厚生活的积累中最大限度地发挥想象力，要海阔天空地去搜索挖掘人物、情节、细节、意境，从中选择最适合的艺术用料。当然，没有前一个老实，后一个最大不老实也就失去了自由度。我确信那位前辈的经验之谈，就从无意到有意地试着去做。

　　作家同常人一样，都在社会生活当中，但有志于写作的人，应格外地留心观察生活。要老老实实、一丝不苟地观察；尤其是打动你的独具特色的场景、人物形象、动作、个性化的语言等，都要留意记下。有时还要举一反三地思索和联想，记下你已经发展了的文学胚胎，从而培养和锻炼你对生活的观察力、捕捉力、想象力和表现力。至于是用笔记还是用心记，习惯各异。据我所知，多数作家还是有文学笔记的，记法有所不同，也有的作家根本不记，其理由是"感动你的印在脑子里不记也忘不了，不感人的记了也用不着（人物专访除外）"。我的做法是学浩然，时记时不记。记那些感动自己的、有趣的，又经思索和联想有点儿文学味道的"胚胎"，有的后来还真能发展成一篇小说。有的场景、形象来不及记，就画（大致勾勒）或拍照，到用时拿出来，会让你的记忆清晰。个性化的语言，我更感兴趣，它能让人物活灵活现。仅举两例。其一，我住乡下时，一天大清早，生产队长进院就喊叫女主人："三娘们，起窝没？"女主人在屋里答："有屁你就放！"后来我把这对话写进小说，作家张庆田特欣赏，他著文说："这带点儿粗野的话，一听就知道那是关外人粗犷而富于表现人物性格的对话，很容易让人揣摩出他们之间的关系。"又一例，是两位老太太在院中闲话。一个说："那女人够俊的！"一个说："俊啥呀？整天瞎捯饬呗！绑个草把捯饬捯饬还有个人样儿呢！"这后一句话，轻蔑、不屑一顾的神态跃然纸上，最近我把它写进了长篇里。

应该说，老实地观察与积累，是想象力必不可少的跳跃平台。当你进入创作时，最见功力的，是想象力能否展开翅膀，在你的记忆海洋里任意翱翔，衔来你所需的文学用材，打造出你心目中完美的艺术品。按常规，当作家在生活中获得灵感或启发，有创作欲望时，脑屏里首先是人物，最好是文苑里从未出现过的新人。为让这个人物戳得住、活起来，就得有合于他个性的情节、细节和语言；他又是社会的人，必然要同相关的人发生关系或矛盾，这些也都需相应的素材；还有人物活动的不同环境、意境等，都应在构思时一滴一点去拼凑。而一切想象又都不是凭空而来，必有丰厚的积累垫底。有心计的作家总是把人物放在他最熟悉的领域，选材（包括细小知识）才得心应手，让虚构的东西真而又真。一位前辈曾戏言："作家就是作假。"作家的本事就在于弄假成真，让人们捧着你的书喜怒哀乐。可见，生活真实是作家必须追求的。我也喜欢真实自然之作，就像生活本身那样。当自己写作了，才体察到写这样的东西是最花气力的，需在生活库存中深入挖掘，反复筛选和替换，反复思索和修改，作品才得以成形。

生活中可供写作的、较完整的人物故事，有，但不多。即便有，在你构思的过程中也会有变化。要学会人物搬家，人物的拼凑与糅合。小说的典型人物很少自然天成。有时从怀胎到成形、丰满，要在作家脑子里存活多年，像《红旗谱》里的朱老忠。一部成名作，常有多人争说自己是小说人物原型。对此我一向存疑，一问书的作者，他果然不认识这些"原型"。这同时也证明，典型人物确实来自生活。有时，为使一个主人公的形象完美，还要苦苦等待。譬如我的《苦瓜》（发表于《莲池》，1984 年第 2 期《小说月报》选载）中的主人公罗克俭，就是等了三年多才动笔的。起初，在医院工作的老伴，常说起老人病危时儿女孝顺与不孝的见闻。她看见的多是，越是老人疼爱的越不孝顺。一病危老人，特想念自己最疼的老儿子，可他就是不来；一天，他急霍霍地来了，来了就逼问老人的存折放在哪儿。由此我联想起许多类似的人和事，以及现实生活中较普遍的对独生子女的娇惯，我认为这关联着一代人的道德健康，就想揭示这一社会现象。经过时断时续地挖掘库存，反复筛选、拆装，人物故事日渐成形；可我还是不能动笔，总觉得主人公该有个强力的、令人震撼的情节。脑子里一时挖不出，只能等待。大概过去一年多后，老家一亲戚席间讲起另一亲友醉酒的故事，我茅塞顿开，正好把它用在老地质队员罗克俭身上——因席间提到罗的不孝之子而致罗醉酒，当女主人为给他解酒而切西瓜时，他边嚷着"瓜苦"边夺过刀，晃晃悠悠地挥刀出了门。那是一把锋利的砍刀，女主人又不便近前夺刀。谁知暗夜里他没回自己的家，却摸向村寨外傈僳族的茶园，发泄地喊叫："我看透了！我自由了！"醉喊中挥刀砍倒了大片茶丛，险些引起一场纠纷。有了这段移花接木的情节，我才信心十足地开笔。

载于《语文教学之友》2004 年第 12 期

苦土的路

题记

您知道制作石棉瓦的主要原料吗？它叫菱苦土，俗称苦土，广藏于辽南的大山中。人们开采它，近似凿石灰岩烧石灰那么普通。诚然，这极普通的苦土粉，构成挡风避雨、实用美观的临建用材，尚需两种强化瓦质的辅助材料，那就是纯体透明的玻璃纤维、久负盛名的盐卤。

在阜城县，以古城镇铁匠乡为中心的近三十个村落，人们靠苦土致富了。他们的石棉瓦，行销南方七省市，乃至深圳、珠海特区。在这一带，人们一提起苦土，总那么感情洋溢，神色激动。据说，在没搞石棉瓦生产以前，他们常把自己的穷乡困壤比作"苦土"。以笔者采访过的古城镇后宋村为例，在那工分是"命根"的年代，生产队的劳动日值总在两角钱左右转，可以想见到当时人们的温饱衣食。困境逼人！是他们最先在这一带搞起石棉瓦副业；副业又带起粮棉生产，才使得人均收入逐年增加。截至去年，据几位大队干部摸底，人均收入五百元以上的户，占全大队二百四十户的百分之八十，其中人均收入千元以上的户约占百分之三十。

农村新兴起的商品生产，多不敢盲目冒险，系于以销定产。因此，牵动着千家万户商品生产命运的经营员，如同石棉瓦中连接瓦体的玻璃纤维、以苦为"业"的盐卤那般不可缺少。如今，当人们高兴地谈起自己的富裕光景时，总不忘记那些终年远走他乡、艰辛负苦，为产品找销路的经营员。在后宋村，人们眉飞色舞倍加称赞的，要数三队年轻的经营员宋广林了……

一 人样儿

20世纪80年代头一秋，金风吹拂着庄东老碱洼的荒蒿，也送走了头角初露的宋广林。他时年二十八岁，面皮像苹果那么微红，一双秀眼，细弯的眉毛，凸鼻梁下光光的，仔细看，有不太明显的胡茬。不论怎样瞧，总是一副与他年龄不相称的轻颜少貌。他要从这儿去古城赶汽车，头一次出山跑业务。当他踏上土公路，回首告别热恋的乡土时，重又打量自己的一身新穿着，不禁失笑：一个捋锄杠的庄稼汉，为嘛弄成这副打扮？军帽是崭新的，可惜头型瘦小些，有点儿大而无当；略显肥大的新的确良蓝制服，只在结婚拜丈人时穿过两回；脚上的紧口新布鞋，是妻子纪淑玲熬夜赶做的，有种不习惯的"拘脚"，特别别扭。还要带上那黑色人造革公文包，难道普天下的经营员都该这副模样？起初，他实在不想换装，耐不过老队长宋凤鸣的好言规劝："好三侄儿！你就屈尊'武装'一下吧！"又以长者的见识开导他："出门在外，话是拦路虎，衣是瘆人毛。如今官面上的人都眼高，你权当为咱那七千块石棉瓦……"

"哼！瞅着倒像个人样儿！"当他屈从地换好装，一旁站立的妻子淑玲半嗔半笑地斜他一眼，"跑不来合同，回来在众人眼里还不定成嘛人哩！"他知道，这不是平常的戏言，想起几天来为当经营员引起的兄弟争吵、夫妻争吵，这句话就像块沉重的铁饼，压上心头。

他决意外出，要给队里"卖一膀子"，绝非出于逞能，或借机游山逛景，肚里实在憋着一股子气：明明大几千片瓦，快压塌了厂底，干部、社员谁不急？可是"跑外"的宋彦邦等人，每次出去都优哉游哉地空着手回来，还嫌一天一块九毛钱的补助费不够用。"让俺出去试巴一趟吧！"不承想，他几经思考拿定的主意，却遭到冷言回驳。"你？"不等别人开口，他的亲二哥、大队民兵连长宋广耀投过白眼，"孩子巴气的，你懂那行子？俺还没见你脑袋上长几根闯荡筋哩！"广耀觉得，他最了解自己的亲胞弟：

虽说高中毕了业，没显出一点儿精灵气，还天生的口吃；平素，年轻人凑到一堆，人家又笑又闹，他只会眯着笑眼一旁龇牙，蔫巴得出奇。"就凭这，还想跑来合同？没门儿！"

广林自知，平时少言寡语的老蔫相支不起众人的眼皮；但他不灰心，又多次找老队长个别磨咕："凤鸣叔，您就叫俺……俺去吧……"他越急越结巴，最后竟把话说到家了："俺跑不来合同，路费个人掏。好歹俺……俺还有三间砖房抵押着哩！"

老队长被他感动了，又去找他二哥商量："就算队里再白扔三百块，让广林去试巴一趟，省得他净缠人！"

干部这关勉强通过了，妻子这关可难过！白天见不着他的面儿，夜晚堵住被窝吵个不休："俺不是扯后腿，你两次去挖海河，俺多咱拦过你？那是抢大锨、推大车……对啦，别人跑不来合同，你行？"

妻子比二哥更看不上他，但他又不敢动硬的："淑玲，俺……俺知道对不住你，女儿还没出满月，地里撂那些棉柴，俺这一走……""甭来这套软奸计，家里的事俺啥都能担，就担不了你在外面栽跟斗，混得一辈子没了人样儿！"连吵几个夜晚，归宗全落到这一句话上。

这是妻子对丈夫的一片恩爱，终身的寄托！广林当然也知道，淑玲刚直要强，但不固执，亲人还没出门，她耳里就塞满了闲言碎语。他真想不出，有谁对他的此行寄予希望和信任，甚至奶养他成人的母亲，也摇头叹息。唉，人是咋混的？再也没有让亲人信不过难熬了，他真有点儿苦水淹心；然而苦水也能激发起人的勇气、信心和智慧……

"人样儿！人样儿！"

一路上，稍有宁静，耳边就响起这一亲切而辛辣的话语。似乎隆隆而行的列车，也在帮妻子嘶声呼喊。

秋忆 张峻散文选

201

二 两脚血泡蹚出的路

列车疾驰南行，过汉口，越长沙，他扒窗外望，不想下车。他要去南边最远的地方——南宁，奢望那儿从没去过他的同行，希冀着他的美好运气……

这里，暂且不说他的运气好坏，家中却急煞了痴情的妻子淑玲。自打广林离开家门，她一天、两天地计算时日，做梦也在期盼广林的好消息。邻村有人从南方跑合同归来，她借个因由去扫听。有见着广林的就逗弄她："放心，广林挺好的，就是瘦了点儿，一天价光喝汤汤水水的！""活该！"她嘴上硬气，心里却浮起隐痛：难道这憨老蔫儿真怕自个儿掏钱，整天价苦着肚儿？疼爱归疼爱，然而，真正揪她心的，还是怕丈夫跑不来合同。谁知没过半个月，一封双挂号信，装着两万元的订货合同书，像天降喜雨似的从广西横县飞来，几乎把全庄人都惊呆了："嘿！没看透，这蔫小子袖里藏针啊！""这才叫真人不露相呢！"喜讯传到淑玲耳里，她心里"扑通"一声，只觉得一块儿石头落了地。没过多久，又有总值十万元的合同书，连三并四地从广东肇庆、佛山、新会、惠阳等地飞来。淑玲同全村乡亲们一样，高兴得出出进进不知说啥好。

寒气凛冽，风雪扰天，广林一脸喜气地回得家门。可她一看，傻眼了，真格的哟！别人外跑回来，哪个不面红体胖？唯有她的广林，小脸塌下有半指厚。晚上，她帮他洗脚时，禁不住扭过头流泪了。天哪！脚板上一层泡痕，有的至今还瘢迹殷殷。结婚五年多，她从没当面心疼过丈夫受苦，目下，她再也抑制不住自己的感情了。可她哪里知道，没有这两脚血泡，哪里会蹚出近十二万元的石棉瓦的销路？

最初，广林落脚南宁市，住在东方红旅社，仿学别的业务员，每天去拜访经营石棉瓦的有关单位。所有日杂商店、物资经销公司，没一家理睬他。晚间回到旅社，同房间的业务员们欢欢喜喜地拉他打扑克，他苦苦摇头，没一点儿玩的心思。石棉瓦销售真难啊！

一天晚上，他身子酸软地倒在床铺上，焦苦中猛想起旅社门口张贴的"会议报到通知"，有个商业经销会议正在本旅社召开。他起身去会务处，打问到会议负责人的房间号，就贸然地闯了进去。

"你有啥事？"那负责人五十多岁，一口河南话。他客气地递过介绍信，忙说明来意，自然要讲本队销售石棉瓦的难处。

"老弟，你的意思俺明白了，可这个会议不能帮你的忙。"那负责人回答得很干脆，微笑里却流露着炽热的同情，"不过，看你这人挺实在，我倒很愿意帮你想想主意。"

"那太谢……谢……"他万分感激地结巴着。

"用不着谢！俺只是告诉你，跑业务不能光蹲大城市，销量早被大厂家塞满了。你可以到横县去试试，那儿偏僻，大厂家的业务员很少去。路远自然要多吃点儿苦哟！"

吃苦算啥哩！在海河上推着重车一天还跑几十里哩，现在是空身人坐车……他决意次日起程。横县在丘陵丛中的郁江边。广林下了汽车又忙赶船，恰好赶上了县二轻局扩建皮革厂，急用石棉瓦，加上县日杂公司的订货，这就是他首次发回的两万元包销合同。

僻乡藏货主，他初步尝到了跑边远地区、跑基层的甜头。在横县那两天，他又结识了广东肇庆广立公社的一位业务员，闲谈中得知，他们公社的房管站要买一些石棉瓦，他若愿去，到那里可找陈站长联系。他查看一下地图，从横县到广东肇庆没有直通公路。如沿江到梧州再东下西江，那是一千多里水路，要走三天；如果到贵县搭火车经湛江，再倒汽车北上，同样要走三天。且不知一个公社的房管站能订多少片瓦。考虑再三，既然有用户需要，还是去，到了那儿有可能再扩出新的业务线索。果然，他一路艰辛赶到广立公社，虽然只订八千元的瓦，但返到肇庆当天，却打开了意想不到的业务局面。

肇庆在广东属边远城市。那日下午，他下了长途汽车，快到下班时间了，他一溜小跑地赶到日杂公司。可是，业务科负责人告诉他，"日杂"从不经销建筑器材。"那，哪个公司经营？"他追问。"哪个公司也不经营！"那人看看表，示意让他走；可他想问个水落石出，原地不动，小声叨咕："怪呀！难道这儿不搞建筑？"那负责人听得不耐烦了："谁说不搞建筑！这一带的建筑，都由建筑队包工包料。"这下倒提醒了他。嗣后，不论到哪儿，他都先跑到建筑工地去看，问人家用不用石棉瓦。就这样，在肇庆、佛山、新会等地，连续二十天，他不知跑了多少建筑工地。城郊工地大都不通公共汽车，全凭一溜小跑。他后来寄回的四份订货合同，哪一份不浸印着他脚板上的泡痕……

三 "苦土"打出深圳

南行五十天，满载归来。一向默默无闻、为人所不知的宋广林，成了远村近镇的新闻人物。初到家那几天，来看望他的亲朋好友络绎不绝。也有些人，从前根本不相识，现在亲近地称他"表弟""表侄"，前来道喜。相谈中他发现，这些人大都有事相求。有的是货物压手，求他想门路；有的兼有登门"拜师"之意，愿下次他外出时，能以徒之名相随。从砖门乡孟庄来了个小老头，五十大几年纪，两颗小眼珠乌黑闪亮，面相显得精明过人。他叫张瑞勤，进门便自我介绍，转了四个弯儿才攀成"表亲"。说着说着，他竟放声痛哭。"哭嘛哩？有嘛难处就说嘛！"广林毫不介意来客的言表乖巧。原来，张瑞勤参加的八户联合组有四千片石棉瓦压库已三年，再不出手就会变质。他们还久拖信用社贷款一万两千元，因无力偿还，年年拿利。小老头说罢这些，哭诉道："这些货再压下去，俺们八户就要破产啦！"广林知道他讲的全是实情，即刻去找老队长商量，让他们从本队合同中先发走两千片瓦。小老头千恩万谢地刚要走，新建和营盘两乡又有人来求援。广林这才知道，当地还有这么多存货没销路。这怎么行！小本经营若不能以销定产，就像盲人骑瞎马，随时都有破产的风险。可有些人已经骑在马上，总该帮他们想个长远的办法呀！

从这天开始，他在广东曾经闪过的一个念头，重又苦苦地缠绕他。临年傍节的一天，他借着去县城赶集来到县公安局，申请开一个边防证，但由于种种原因没有办成。然而，他想去深圳给石棉瓦探销路的念头始终没丢。

冬去春来，柳梢青青。转眼到了 4 月，他又收拾行装南下广东。在众多愿随他就伴的人中，只选择了年轻力壮的纪连起，为的能帮他多背一些小块瓦样儿，万一能打进深圳哩！

到广州又打问进深圳的手续，仍然是凭边防证。国家的规章嘛，他向来遵从。俩人只好在广东的边远县转。一天，偶然碰上一位从深圳来的采购员，同他随便一攀谈，果然证实了他的预想，城市拆迁，进驻大批建筑工程队，确需石棉瓦之类的临建物料。"嘿！"他兴然地一拍大腿，简直有点儿望眼欲穿了。当说到他实在想为特区建设出把力时，那采购员告诉他，去深圳还有一条山路，是为方便当地农民运送山货的，只凭一般业务介绍信就让过，但要爬过两座大山。"让过就行，爬山算啥哩！"可他们真的到了山下，才知道生长在平原上的雏鸡没有飞翔的本领。山好高哟，还窄路弯弯，步步攀高。那天，还淋起了不断线的小雨，塑料鞋滚成了泥蛋蛋，鞋底沙砾乱窜，硌得脚板生疼。有时穿过抬头望不着天的树林，风摇树响，间或有不知名的动物怪叫声，明知不会有啥意外，脑子里却生出许多奇奇怪怪的遐想。俩人前走走、后望望，两架山整整爬了五个小时。出了山，搭车进了深圳城，已是夜暗灯华。

正在兴建的深圳，旅馆紧张，住宿好难哟！他俩沿街投宿无着，见路两旁街门挂有"XX 省驻深圳办事处"的牌牌，广林猝然心生一线希望：

既然别的省都有驻深圳办事处，咱何不去"河北办事处"求援哩！然而他们寻遍全城也没找到，直到深夜12点时，才不得不贸然去"河南办事处"攀"老乡"……

住宿难，出门乘车也难，然而深圳确有阜城石棉瓦的好"婆家"。市"日杂""建材""化建"三个公司和"棉田建材门市部"等四单位，看罢他们背去的瓦样，主动向他们提出建立长期业务关系。自此，三年来他往来深圳二十次之多，先后签订加工合同五十万元。这么大的货量，光靠本队的两个摊点远远承担不了，其中百分之八十的活要分给兄弟队去干。本县的营盘、砖门、建桥、古城、铁匠、城关等六乡及东光县七街等三十个生产摊点，都"分享"过他签订的加工合同。

阜城的石棉瓦，如及时雨似的，源源发往深圳，解决了特区建设者们的急难，也初步赢得了信誉。

四　他凭嘛赢人

他在深圳扎下根了，成了业务关系单位顶受欢迎的人。在没办边防证以前，出出进进都由关系单位派车接送；他外出办事，有人主动推来摩托，遇有意想不到的急难事，人生路不熟，便有人出面相帮。先后跟随他跑过业务的人，都琢磨过：宋广林的能耐长在哪儿？他到底凭嘛赢人？他嘴笨是大家公认的，算不得能言善讲。有人说他"耳灵"，他却说"不看报，不学政策，不留心商品信息，见人充大辈，耳朵再灵敏也没有用"。有人说他"眼硬"，一进得业务单位门，他一眼就辨出哪位是主事人。"瞎编！"他自己矢口否认。再就是他那副"老实相"了，也许生人一见他的面，就觉得这人诚实可信。宋广林心里有数：外相好装，心地难亮。经营员出门在外，"走遍天下路，交遍天下友"，全凭一颗不走样的心；花言巧语，只能逞兴一时。这也是他的自身体验。在深圳，某建材店有位姓于的业务员，对广林"亲热"极了，见过两次面就称道广林是他一生中最可信赖的朋友。可一深接触，广林与这位于某断然绝交了，他嗅出于某的过分"热心"，是想拉他同一个港商合伙倒卖金子。

他为人诚实，表里如一，这一点倒是随他"跑外"的人公认的。纪连起学说起广林第二次进深圳，没有边防证也过了哨卡，但他没说半句假话。

"边防证！"

"是……是该开，可县……县里没给开。"

"不行，没证谁也不能过！"

"俺也觉……觉着不行，可队里催，那……那边等……"（他出示深圳建材公司催办业务的信）

交涉中，那边走动着一个旁听的人。广林拿眼一瞄，是戴着胸章的站长。

"请到这边来！"他听从站长的示意，走进一间小屋。

"站长，您若有……有时间，俺就细……细说说俺的难处……"他说着，从上衣兜里掏出红双喜牌香烟，递给站长一支。随即，他习惯地、手不由己地伸进另一个兜里，去摸他平时抽的廉价白牌烟。这一细微动作被站长瞥见了，站长马上把烟递还给他："这支烟你留起来'用'吧，别浪费了，知道你们出来一趟不容易。这么办吧，你们不是去过建材公司吗，把介绍信、东西全留下，只过去一个人，到那里开回个证明来，然后放你们一块儿走，怎么样？"站长边说边用探询的目光审视他。"太感谢您了！"他高兴地忙去握站长的手，连连摇着说他情愿留下。出于真诚的感激，他还一再向站长要活干，说自个儿闲坐着不得劲儿。后来，有了边防证，他每次过往哨卡，都不忘记去看看给过他一次方便的好站长。

纪连起还记得宋广林磨破他耳根的一句话："咱干嘛说嘛。干经营员要一靠心实，二靠货实，才能赢人。"他待货主如亲朋，业务上稍有空闲，他便去拜访用户，听取意见。用户说个别瓦块有气泡，造成些微渗水，他立时去现场观察，并暂借经销单位的新瓦，立马替换；用户嫌脊瓦尖、坡度小，风景区的用户喜欢色瓦，他便虚心地同用户商量，改进设计方案。回来后，又同工人一起反复试验，改了又改，直至用户可心、满意。在他眼里，产品质量就是经营员的声誉，凡是他经手的合同走的货，不管本队还是外村，质量不能有半点含糊。有一回，孟庄发给深圳某部队九百块瓦，货到就坏了三分之一，部队后勤负责人以为是货运中装卸造成的，宋广林比用户还认真，他用手一一捻摸损片，自知坏瓦都是用失效的苦土制作的，气得他脸色发青。部队领导建议，坏瓦按半价付款。广林说："光是降价不行！俺一定让孟庄的人来深圳亲眼看看，他是怎样哄骗用户的！对这种人，不让他出点儿血，总是不记疼！"

像这类事，他秉公处理不止一两次。

五　冷雨与春风

在我们生活中，还常有种种怪事发生。你把满盘子好心端给他，回报你的却是暗箭一支。那是1982年仲秋，华北大平原天高气爽，和风暖日，秋作物日渐成熟。每到这般季节，宋广林想到妻子淑玲在家的劳累，又忙摘棉又收庄稼，他总要把外边的业务安顿好，回来住上一时；可这次一迈进家门，总觉得淑玲神色异常。尽管当着他的面也说也笑，背转过身却久久愣神。"你是咋的啦？"他敏感地直截了当地探问淑玲。她总是连连摇头说："没事！"其实，那宗让她撕心拉肝的忧烦事，已经困扰她半个多月了。从县工商局派人下来调查的第一天，就有人给她捅了信，说有人写匿名信状告广林，说他倒卖加工合同。她自信老实的丈夫不会迈出政策圈儿，可心里又撂不下这桩事。有一点她倒拿准了主意：在事情没闹清之前，她决不把自己的忧烦掼给丈夫。然而，她想得太天真了，广林的耳目绝对不比她闭塞。果然没过两天，丈夫什么都知道了。

老实人暴怒起来更吓人。他浑身哆嗦，眼睛鼓得像铃铛，两腮的肌肉抖抖打战，大嗓门一吼叫，也不结巴了："俺卖合同？卖给谁啦？没有不透风的墙，凡是经俺手走的货，可以一个个地查嘛！"

没有谁比自己更知底细的了：外队经他跑的合同、走的货，都低于提成规定，收少量的手续费；有的生产摊，如孟庄的张瑞勤组、本大队宋广明组，他都是无代价地支援。经宋广明介绍的东光县连镇七街的货，至今他也不知道走货人是谁，更不要说收费了……

"没病不怕鬼缠身，你气哄嘛呀！"妻子温声细语地劝说他，"那个撒黑帖子的人，正红着眼要气死你哩，你就不想想……"

"俺早想啦！只怪俺操心太过度！唉，真叫人寒心哪！"

捕风捉影的事自然很快就平息下去，然而被暗箭中伤的心，却一时难以平复。

他不想再跑业务了，三年来，他尝尽了苦头。真像人们说的：走路像兔子，办事像孙子，吃饭像叫花子。前两年，队里每天只补助一元九角钱，可在广州或深圳，吃个炒菜需花一两元，他有时只买主食，就开水，后来又求工地食堂收他就餐。住房，他常睡五角钱的楼道或睡澡堂子。他去过肇庆市，却没逛过那里的七星岩；多次去深圳，却没上过笔架山……他实在觉得没时间，正常业务就够忙的了；出一桩节外生枝的扯皮事，纠缠起来没完。货到了，货主有意刁难，要退货；货在车站长期压库，要罚款；明明是野蛮装卸造成的恶性损伤，硬是没人认账。写诉状、打官司、求法律顾问出面调停，没完没了的口角，愁苦得他焦头烂额，一连几日吃不下饭；睡难眠，庄稼汉也吃起安眠药。这桩桩酸苦，谁知道哟！他只恨自己的肚皮不透明，不然，让那写黑信的人瞧瞧，他宋广林的苦心到底是嘛颜色！

然而，就在他心绪大落时，大队党支书、本队的老干部、老党员们，以及得到他帮助的干部、群众，都闻讯赶来看他、劝他、鼓励他。农民要靠商品生产致富，离不开经营员；国家资源的开发，同样需要能干的人才。他为"苦土换金"付出的艰辛，自在党员和群众的心中。

今年2月，他被推举出席了县、地两级先后召开的"经营员代表会议"，获得了表彰和奖励，并与地委领导一起合影。行署领导对经营员的正确估价和期望，使他受到鼓舞和激励。他决心为振兴河北、发展阜城县商品生产"狠卖一膀子"。听到开发大西北的号召，他想在年内去大西北蹚蹚路。会后，当地委书记乔世忠同志专程去拜访他时，他已起程南下了。

1984 年 4 月 20 日

原载于《农民文学》，后收入花山文艺出版社《百户农民列传》

富士山下说箱根

在去日本旅游之前，本未打算写点儿什么。因为前不久我出版了揭露日军侵华时强迫我家乡父老种植鸦片的小说《历史在说》，一种逆反的情感所致，只想看看现在的日本。

那是 2008 年 3 月 31 日，傍晚，当飞机在成田机场徐徐降落时，我晃见机场附近山坡的房舍，是那么窄小而密集，这并非高空中的感觉。走出机场，夜宿大阪一家旅社，第一感觉还是房小、窄挤。可是，房间的陈设现代而齐全，软床、沙发、电视、洗澡间等，应有尽有。后来去游大阪城公园，路见道边民居的村舍、院落，也都是小而精致。这时导游小姐刘洋（华人）才告诉我们："看到了吗，小日本就是小日本，什么都小，许是国土面积小吧，他们特珍惜每一寸土地。你们注意看吧！"我立即产生了诸多思考。这也是踏上日本国土之后，我的第一印象。

第二天上午，我们看了爱知县首府名古屋。下午，由名古屋乘车到神奈川县的箱根地境。据说，这里古时曾是流匪出没的蛮荒之地，近代已发展成为日本著名的旅游区，可谓山美水美。山是著名的日本最高山峰——富士山；水是离富士山不远的芦之湖。那天，我们乘坐旅游大巴，先来到山丘起伏的大涌谷。这里原是一片休眠的火山，山上修有层层参观台阶路，路旁有许多个沸腾着稀泥的黑水潭；也有一些冒着白色烟气的硫蒸气孔，散发着刺鼻的气味。当地一些小商贩就用这里冒出来的热泉黑水煮鸡蛋，十五分钟就能煮熟，蛋皮呈黑色，当地人称黑鸡蛋为"黑玉子"，并笑谈吃一个黑玉子能增寿七年。我便凑趣地买了一盒，六个，我和老伴各吃两个，送给申身老兄两个。我们边吃边笑，不亦乐乎！

告别大涌谷就去看芦之湖。这是一座深而清丽的天然湖泊，最深处约四十米，能清晰照见富士山的倒影，湖中还有许多好看的锦鲤。望着雪白半峰的富士山，忽想起儿时日军侵占家乡时日伪小学课本上的富士山，说它高三千七百多米，比我国东北（时称"满洲国"）的长白山还要高。那时少不更事，现在回想起来有种说不出的滋味。

看罢芦之湖去登富士山，经导游与管理部门联系，可乘车到山上的四合目（山顶最高处为十合目，当时积雪很深，到盛夏八月才能登顶，还需专业人员引领）。即使这样，我们也很高兴，总算能登山了。当汽车盘坡而上时，我们还欣赏到了日本的森林，多是密集的黑松；同时也感慨日本对植被的重视与保护。据导游说，他们尽量进口国外木材，极少砍伐本国的森林；他们防灾意识也极强，沿途公路两旁，只要没有植被覆盖的地方皆用钢丝网罩住，以避免山石流失或滑坡伤人。汽车绕山盘旋而上，大约一个小时，车到了四合目停车休息场地。四周全是几尺厚的冰雪，大家下车争相拍摄远近山景；从这儿还能仰视拍摄富士山的半白山顶。一些卖饮料、小吃的小商贩，不停嘴地叫卖着。这里虽比山下寒冷些，但场面却十分热闹。

下山时天色已晚，按导游的安排，我们宿在了山下的箱根。这是个十分美丽的小镇，似乎见不到什么民居房舍，全是接待游人的酒楼客店。建筑多样、优雅别致，每个酒店都设有泡澡的温泉。据说，箱根温泉已有一千三百年的历史，水中含有十四种物质，对神经痛、关节痛等多种疾病都有很好的疗效。我们宿在了"御殿场温泉酒店"。这里的温泉热而舒适，可倒卧泡身，亦可坐在泉边泡洗。按规定，先用淋浴将身体冲洗干净，然后再下池塘热泡。汤泉清澈见底，温度宜身。巧了，老申又和我相遇，同泉共泡。我们说笑中，想起日本作家川端康成的著名小说《伊豆的舞女》，事发地点就在离箱根不远的伊豆半岛，但不知他们那时的温泉酒店比当下我们泡的温泉条件高下如何。他们泡的肯定更天然一些，泡在温泉里能仰望星辰吧？或许能听到"伊豆舞女"的高齿木屐的"嘎嘎"响动？

次日清早，天空特别晴朗。我们闲步于酒店门前，富士山清晰地映现在瓦蓝的天幕之中，又是拍照的好机缘，大家不失时机地抓拍。这时，一只金翅老鹰飞翔于富士山与蓝天之间，我们岂能放过……

早餐后，我们游历了山下的伊豆国立和平公园。据说，公园的名字是为纪念"二战"而起的，但愿战争的硝烟永远消失，让这里的樱花、奇树、假山等美不胜收的胜景，永远呈现于人世间。

2010 年 10 月 24 日追记

秋忆 张峻散文选

阿诗玛印象

从寻甸赶到路南石林，正值宾馆开晚餐。饭毕，同伴老冯提议：趁天色还不太黑，可以去看看阿诗玛，只十分钟就到。

他自然是指石林的奇景之一，阿诗玛的熔岩石像。

老冯曾参观过石林。此次同行，如他所说，是"舍命陪君子"。因此，在来石林的一路上，他一直扮演着义务讲解员的角色。他很善于讲故事。石林的每一奇景，他都能描述得形神尽致，惟妙惟肖，使你仿佛身临其境。在描述阿诗玛时，老冯说她头戴撒尼姑娘的冠形帽，帽下露出卷曲的长辫，脊背上背着盛满东西的竹篓，昂首挺胸地伫立在一个半月形的池塘边，似在遥望村寨。一副勤劳、善良而又坚贞不屈的样子，像是永远恋念着故乡、亲人……老冯还说，电影《阿诗玛》的化石镜头，就是在这儿拍摄的。单是这些，就早已吸引得大家心向往之了。

我们一行五人，顺着两旁盛开着叶子花的甬路走出宾馆，又沿着树影倒映的长湖南岸西行，犬牙交错、奇峰伫立的石林，便举目可望了。老冯前面引路，我们先是来到"石屏风"，又经过"小水牛"，便步入石林胜景。此刻，暮霭像轻纱似的蒙罩着石峰，峭壁上镌刻的"石林"大字，看去已只有模糊不清的虚影。我心情急迫地看了看表，笑向老冯："你不说看'阿诗玛'只要十分钟吗？现在……"老冯也望望天色，愕然了。他犹豫片刻，瞥一眼石壁南侧的黑乎乎的通道，迟疑地说："也许从这儿钻过去就到了。"尽管他的语气不甚坚定，我们还是低头弯腰、满怀希望地随他钻岩缝。行至一石棚处，棚下有一石炕，那方方的指示牌告诉我们，这里是"且住为佳"。于是，同伴中一位爱说俏皮话的同志，便借用某作家一篇文章的题目，叹息着呼喊道："阿诗玛，你在哪里？"震得空谷回音，一下把大家逗笑了。老冯忙安抚大家："别急。我记得钻过洞，有片草坪，有个池塘，见着水，就到了。"他又引着我们穿过一条弯曲狭长的通道，能隐隐地听得淙淙的流水声；然而我们又失望了，这里是群峰环抱的"剑峰池"。老冯不服气，还要往一石窟里钻，大家忙劝阻他："太黑了，再钻，不等找到'阿诗玛'，怕我们就要坠入迷宫了。"是我们走错了方向。"阿诗玛"本在宾馆的东边，我们却朝着西南方向找寻，自然是越寻离她越远。

摸黑回到宾馆，许久，心下尚有种不满足之感，觉得空落落的。

还好，当晚 8 时许，热心的女服务员来通报消息："当地撒尼社员在大餐厅里和外宾们联欢，你们愿不愿意参加？"这种场合，自是难遇的，我们当然不想放过去。

大餐厅里，已响起欢快的竹笛和大三弦声。近百名来自不同国家的外国游客，坐在临时排好的红漆椅上，那么入神地观赏着面前的民族歌舞。

坦白地说，我们是专为"看场面"来的，对节目内容和演出者本身并不在意。谁知我们刚落座，就被一位撒尼姑娘的独唱吸引住了。她的女高音洪亮而委婉，似高山流水；她的表情真挚、细腻，动人心扉。她唱的正是《在阿诗玛的故乡》，歌词也好，我当即记下几句：

> 十二崖子上，
> 站着一个好姑娘，
> 她是天空一朵花，
> 她是可爱的阿诗玛。

可爱的阿诗玛？这姑娘不正像老冯描述的阿诗玛吗！她，头戴翠珠闪闪的冠形帽，身着月白色的勾云彩边长衫，肩挎花挂包，腰系描金带，面容隽美、俏丽，神态温柔且透着刚毅，只是她身后还缺少个竹篓。转而，她果然背着竹篓出场，并且自己向观众报幕：小舞剧《打虎》。然后，她朝场侧处轻轻摆手，那里又先后走出三位背篓的撒尼姑娘，她带领她们，边走边跳着优美的采茶舞。不料，她们竟闯到一只熟睡的老虎身边。当那老虎惊醒后猛扑过来时，又是她护住姐妹，奋身迎击……更使我意外的是，当歌舞节目结束时，她竟落落大方地走到外国游客中间，那么自然地一笑，邀请外宾们与她们一起舞蹈、联欢。那些善歌善舞的游客们，真的效仿着撒尼舞式，欢跳起来。其间有体态肥胖的英国老太太，也有留着大胡子的美国学者。他们笑舞欢歌，伴随着有节奏的掌声，使晚会的欢乐气氛达到了高潮。当外宾们离去时，她又频频招手话别："欢迎你们再到石林来！"像她这样对外宾如此礼貌又不拘谨的姑娘，我在城市里还不曾多见。于是，我惊异地问身边的一位外事人员："她是专业文工团的？"

"哪里有什么'专业'哟！她还是石林大队的插禾能手、模范民兵哩！"

"真的？"我有点儿不大相信，却又由衷地低声赞美，"她唱得真好，跳得也好，人也开朗。"

那外事人员轻点一下头，又冲我一笑："你知道吗？她是这一带标准的撒尼姑娘，能歌善舞，人们都叫她'阿诗玛'！"

"啊？阿诗玛？"我以为自己听错了。

"是的。春天一位雕塑家来塑造阿诗玛像，就选了她做模特儿。你没细瞧，她很像电影里的阿诗玛！"

电影里的阿诗玛是哪位演员扮演的呢？我一时记不得了，也难以比较，然而这姑娘的惹人喜爱的形象，却深印在我的脑海里。

第二天，我们早起散步，又经过长湖南岸。这里已失去昨晚的清雅幽静，沿岸摆挂得花花绿绿，人流纷乱。原来，附近村寨的撒尼人在这儿摆起了摊，向游客出售他们的民族手工艺品——做得精致的花挂包、冠帽、凤头鞋，绣着花边的长衫和描金腰带。这些都是撒尼妇女喜爱的日常用品。来这里观光的，多是些外国女游客。其间有几位已经穿上刚买到的绣花衫，或挎着花挂包，满脸带笑地走着，她们许是为买到可心的纪念品而得意吧！

我们不愿多看这样的场面，便信步西行。在湖边一座石峰旁，围拢着一圈外国人。我们凑上前一看，他们是在相争购买一位撒尼少女的花挂包。那少女显得很忙碌，却能从容不迫地应酬。她那温柔而俊丽的面容，使我猛地想起昨晚联欢会上那个"阿诗玛"来，但又不敢确认是她。

转瞬间，她把所有的挂包出售一空。将要离去时，我拦住她问："小姑娘，你叫什么名字？"

她孩子般地歪头一笑："我不告诉你！"

我又转问身旁的一位老婆婆，她也朝我摇摇头："我们不是一个寨上的，听别人叫过她阿诗玛。"

"阿诗玛！"我兴然地睁大了眼，"她真的叫阿诗玛？"

"哪呢！"老婆婆又轻摆一下头，"阿诗玛是我们撒尼的'精灵'，人们常把好心眼儿的撒尼姑娘称为'阿诗玛'……"

啊，也许她是另一个"阿诗玛"？我久久地立在湖边出神。

载于《散文》1983 年第 4 期

秋忆 张峻散文选

美的怡然

要不要给这里留下一点文字？我反复想过。

眼前，是潜进天体的大海，银花闪闪。极目所望，无边无际。伴随目光的回收，近海可见三五只驳船行进，"突突"作响，那是开发区刺参育种场的作业船。它们真的在犁海，驳船过处，一条条深沟，久不消失。

海水从没有固定的颜色，随天而变。歌词里的"天蓝蓝海蓝蓝"，定是晴空万里。晨曦蒙昽时望海，你会想起西北高原的大戈壁滩，黑滔滔一片。伴随着天色微明，海水由黑而灰，渐成淡蓝……目光再收，是浪花拍击的怪状礁石，似灰牛凫水，或群猪泡澡，海水时而漫过它们的脊背；有趣的闹海八仙，石桌对垒，争吵声喋喋……人们的想象力会在这儿尽展。

垂首近瞧，可见海水有节奏地撞击礁崖海岸，巨石把茅柴挤在窄缝挣扎。崖岸边，护坡植被葱茏，绿帐如蟒。一簇簇扁叶翠柏，间杂矬壮卧松，松的身量虽不及柏丛高，那弯曲攀爬的树干，粗而坚硬；松柏间隙，一丛丛细枝高挑的山春柳，碎叶如薄纱，风中摇曳似有若无，就像画笔不经意地淡墨轻点。但我并不把树们看作天然美画，视觉中，株株都是威武雄壮的护岸将士。松枝间繁生着一个个椭圆形松塔，在我眼中，它们就是将士们挂满腰间的手榴弹。连同翠绿柏叶间那白中透青、美如珍珠的柏籽，我都尊崇得不敢去碰。

许是怕护岸将士们寂寞，它们的脚前或左右，盛长着红、黄、粉、紫不同颜色的花卉。尤其那粗根木本、枝如人高、开着酷似芍药的粉红大花的植物，挤在绿松翠柏间，十分抢眼。经打问，当地人称它母鸡花，是因为那花儿枝头大朵盛开时，下面枝丫总有三五个含苞待放的大花骨朵儿；

再下面，依次又是一堆堆小花蕾，就像生蛋的母鸡总有生不完的大小卵黄。所以，母鸡花总能从春起，一直陪伴松柏们开到老秋，朵朵鲜艳喜人。为护岸将士，也为来这里看海的人。还有，那朵朵金黄的菠菜菊，独茎高挺，似傲示唯我独秀，夺人眼球。蜂儿最爱恋花儿，总有三五只花间起落；纱翅挺挺的绿头蜻蜓，也时不时赶来凑趣。

我与这片美景诱人的望海滩，结下了深厚的情缘。连着六年啦，每到暑热盛夏，我就来这儿避暑。几乎日日清晨，从我的住处——大屋花园小区，沿海边的环海北路，或快步或小跑，疾行四华里余，一身热气地来到这海风习习的观海肘弯。所以称"肘"，因它是麻子山下这段环海山路的独弯；如果将这段独弯比作鱼脊背，那么，这片临海肘弯就是长在鱼脊上的一片硬鳍。亏得威海市园林管理者深谙观海人的心理，将这片长百余米、宽五十多米的肘弯，用石板砖铺得平平展展。为安全计，沿崖边绿帐前安装了石垛连体的铁环；另设一些歇身木凳和能站立的望海石礅。

当然，清晨来这里看海或练身的不止我一人，坐在木凳上喘息间，早来的人们已在面向大海晨练。大都鸦雀无声地施展自己的招数：扬手扭腰、抻足压腿、抖手小跳、趴地俯卧……五花八门，少有正规的拳术。也有带随身听的，边练身边听自己喜欢的歌儿或戏曲；上年岁的人居多，青年男女为体型而练的也不少。大都悄悄地来，悄悄地走，但这儿是必须的一站。

当然，时有例外：几位像是退休不久的工人师傅，身体高大、粗壮，常是说说笑笑地一起来。说不清他们是为看海，还是来凑趣聊天，只瞎侃，不练身。许是久在机房养成的，个个高喉大嗓，话语赤裸、率真，漫无边际。多是从电视所见、广播所听扯起，你一耙子他一扫帚，联想身边见闻，家长里短，逗乐又解气；有时也来个冷幽默。有一位说起媳妇要回东北，他立马阻止："你走！你当天走，当夜就有'小姐'补床！你还别不信！"说者口气威严，横眉立目，脸儿绷紧。一位同伴悄声问他："嫂子到底走没走？"他手一扬："她敢！她立马低声下气地：'那，今晚我当

"小姐"……'"听者笑弯了腰，引得默默练身的俊男靓女偷笑，我的太极拳也乱了招数。有时话题也嘲笑时下的腐败，讥讽古今中外的小丑。人们正听得入神，他们却在说笑中扬长离去。

一位中风后遗症者，花白头，年纪六十开外，走路时一只胳膊"扛篮"，一只脚"画圈"。他不停地走，也不停地练嘴：说自己特知足，退休金不薄，妻子女儿都有工作，他要快快乐乐、堂堂正正活过九十；还说自己正研究中国近代史，看过很多本书和小人书，通晓古今中外；说某邻国的头目们，历史上就惯常偷偷溜进邻居的领地，转身就声称是自个儿的，想讨便宜先偷摸挑事，跟着就贼喊捉贼大打出手……"咳！咋呼啥呀？要不是咱铁甲船上败家的假炮弹，致远号的邓大人瞄准的吉野早喂老鳖啦！"他遥望海水西面的刘公岛，评说甲午海战。有人说他是当年北洋水兵的后代，不知真假。他在这儿走一阵圈、嚷嚷一阵后，又去路那边山坡的帐篷前，与养蜂人叙说同样的话……

每当朝阳悄悄爬上麻子山顶，清凉的山影徐徐让位给晨光时，常有个壮汉从绿帐南端的豁口处悄然爬上岸。他上半身黝黑，还带有海腥味，常是蓝工作服搭在肩上，一屁股拍在石砖地上，一脸笑意地瞭望来晨练的大男小女。看得出，他来这儿也为消除寂寞。时间长了，我知道他来自南边坡下的灰房子船坞，是一位老资格的育参师傅。

他姓毕，育参基地一起手就有他。三十多年，耳濡目染，他熟悉刺参如熟悉自己的手指，常是张口不离刺参。"这小东西，神嘍！"他谈参总先笑，"别瞧它长相不咋样，粗粗短短一身刺，俺叫它'海黄瓜'，贼哩！海里遇险巧逃生。噗地张大口，内脏肠肚全吐出，就在天敌吞噬它的脏器时，它一溜烟钻进沙里。逃脱后休养生息，很快又长出全新的内脏。这小精灵还会'分身术'，在恶劣的生存环境下，它能分身数段，各段都会自然地长成完整的刺参。它还会'自溶术''金刚不倒术'，多啦，不细说了，要不秦始皇两度来成山头寻找长生不老药。随同帝驾的术士们一见到刺参，就把它奉为'神虫'，认定它能炼出'不老仙丹'，捞取多多。秦始皇也喜极生悲，终老在返程的路上。"

每当他津津有味地讲他心中的刺参时，晨练的青年男女们就很自然地凑到他的周围，围成两层人圈，边听边练身。他们一个个活动着，跳起青春圆周舞，那些苍松翠柏、絮柳奇花、紫槐艾叶、灰荟蒿草……万千植物，也随着海风伴舞，瑰丽多姿、缤纷如画般地映衬在金色晨光中。

人在看海，海也在看人，看岸边苍野，看绿梢缥缈的麻子山。

美哉！大自然生态的活力竟如此怡然。

2013 年 8 月 23 日草于威海大屋花园小区

秋忆 张峻散文选

"过桥"的风味

离开地质队的油毛毡房，回望卧女山，只有半轮火红的夕阳。

此刻的山野，像条变色的巨鲛。转瞬间，由披金挂银幻化成暗绿，进而又浓妆墨染。

真后悔启程太晚了，若在白日间，这条山路上，似有观赏不尽的滇边风光。山坡上，一丛丛的凤凰树，盛开着嫣红的花儿，宛如一簇簇火炬，漫山点燃；山脚、道旁，那青里透黄的竹林，节节高蹿，似去连接云天；枝叶肥大而颀长的芭蕉，像篱笆遮掩在傣家竹楼前。那竹楼的外形，美丽而精巧，当地人称它是诸葛武侯的桂冠。还有，那些总愿结伴同行的傣族姑娘们，一个个肩担着竹箩筐，走将起来很自然地排成一线，竹箩筐一步一颤，多么像一队雁群，翅舞翩翩。至于那些专爱骑在水牛背上戏耍的娃娃们，扭动着柔软活泼的身体，口衔竹哨，吹出一曲曲优美的小调，更使你悠悠然似入仙境……而此时此刻，这瑰丽多姿的滇边山色，全让垂落的夜幕蒙住了，欢唱一天的鸟儿，也都疲倦地睡去；只有那些不甘寂寞的昆虫们，低低地伴奏着"小夜曲"。转而，这纷乱的虫鸣声，又被一种单调而洪亮的响声淹没了。

啊！这是沟谷里奔泻的河水在吼叫，声震群山。

不多一会儿，我果然望见黑黝黝的谷岸了。山道尽处的岸边，像有一条长长的黑带，伸向河谷那边。这是浮桥！如果我没记错队长的话，过了桥，便是我要去的山寨。

赶到岸边，定睛细观，可不，茫茫的夜色中，对岸竹楼的轮廓朦胧可见。我疾步跨上浮桥，不料，那用铅丝、板条穿连在一起的桥身，猛地摆晃起来。说也怪，此刻桥下的河水，号叫得声似虎啸，令人心颤。我赶忙收步、稳身……

人在急难时，忽有外力相援，会心欢欲醉。就在我一时慌乱、不知所措时，突地从河对岸射过一束手电光柱，那金灿灿的光圈，直直地照在我的脚前，帘形的桥板，一下变得那么清晰。啊！一种无限感念的心理状态，竟使我联想起神话中的“佛光引路”。心地一坦然，沉着地撒开脚步，跨过桥去。

“谢您哪！好心人！”一上岸，我发自肺腑地朝那照路的人呼喊。然而，对方却没有回音。只见那条人影已掉转过身，晃着手电筒，朝寨子里奔去。我赶忙追逐着光亮，紧步尾随。挨近了，凭借手电光反射的光亮，我终于看清楚那人的背影。呀！原来是一位傣族少女！

不高的个头儿，盘在脑后的一团长发，上身是月白色的束胸紧衫，下身是艳丽的紫红色筒裙，背影的轮廓曲线优美而纤细。按亚热带一般女人的身量判断，她顶多十六七岁。

来到一座竹楼旁，她立在芭蕉下，转身朝我微弯一下腰，打个手势，似是请我上楼。我一时弄不清是咋回事，忙问：“这是您的家？”

“错喽！错喽！”她吐出不十分清楚的普通话，又摇头，又摆手，“侬是替这家竹楼接客的！”

“接客？”我更觉茫然。

“呶？”她似乎觉察到我的神色，随即探问，“莫说您不是地质队的？”

若是地质队的，又该怎样呢？我急骤地思索着。她见我有所迟疑，又偏歪着头问：“噢，新来的喽？”

这回，我默认，点了下头。

“您准是饿饭了！”她许是判定我是地质队的，立时兴高采烈地说，“来西（吃）‘过桥’的？”

吃“过桥”？我先是一愣，但很快就明白过来。她说的“过桥”，是指云南特有的小吃，名叫过桥米线，前不久，我曾在昆明品尝过一顿。那是用沸热的鸡汤，泡进薄薄的鲜鱼片，再加一些调料、菜码，然后放进用大米面做成的米线，吃起来倒也别有味道。当地人都简称它"过桥"。

"咋？这儿也有'过桥'？"

"嗨呀！不信你不晓得，咱傣家是'过桥'的故乡！"她近于吃惊地冲我大笑。

这咯咯的嬉笑声，倒使我记起在昆明听到的有关"过桥"的种种传说。一说，早年有一傣家山寨，从远方请来一位石匠，帮他们开凿寨岩的山道，这石匠日夜不辞劳苦地干，博得了全山寨的人喜爱。于是，各家争相给石匠送饭。但因那凿路的地方距山寨过远，中间还要过一座桥，没容人们把饭送过桥，饭早已凉透了。石匠吃不上热饭，身体日渐消瘦，这使善良的傣家人感到不安。一天，寨子里有位热心肠的少妇，为滋补匠人，特意给他杀了一只肥鸡，然后又用浮着黄油的热鸡汤煮了米线。谁知这次她将饭担过桥，米线依旧热气升腾。事后，聪明的傣家人揣摩，许是鸡油的密封发挥了作用。后来人们便试着用热鸡汤泡生肉片，同样烂熟可口……又一说是一位好心的傣族少妇给远在山间的丈夫送饭，具体情节与前者相似。总之，无论以哪种说法为据，"过桥米线"确实源于傣家山寨。

"老咪陶（傣语"老大妈"）——老咪陶！"

遐想中，猛听得那姑娘朝竹楼上连声喊叫："来客啰！来客啰！西'过桥'！"

好一个急性而粗心的姑娘，她还没问清我吃不吃"过桥"，便拉扯着引我爬上楼梯。

竹楼的外厅显得很宽敞。厅中央有个方形铁火塘，离火塘不远的一角，摆着竹桌、竹凳。塘内熊熊的火光把全屋照得通明，使竹桌上的小油灯黯然失色。卖"过桥"的女主人是位干瘪而精神的老婆婆，她一个劲儿地冲我点头微笑，却不说话，似乎她对来客的全部热情都凝聚在那张脸上。那姑娘用傣语跟她叨咕几句什么，老人便兴然地忙碌起来。

姑娘告诉我，老咪陶不会讲汉话，可心肠好得像菩萨。她卖"过桥"，给了荒野里的地质队许多方便。你就是半夜三更来，她也接待。老人常说，汉家小伙子们千山万水地跑这儿来找宝，为的什么？皆因这，老人每晚都求姑娘去桥头接客，怕是汉家伙子摸黑过桥出闪失。这姑娘说得动情，使我想起刚才过桥时的心境，胸腔一热，越发地对眼前这位干瘦老人产生敬慕之情。

老婆婆心好手也巧，不到五分钟，大碗的鸡汤、生鱼片、几碟小菜和调料，都摆在竹桌上。也就在这时，那姑娘一晃溜下楼，再也没见她的影儿。

我敢说，老婆婆的手艺不亚于昆明的上好餐馆。我夹块鱼片一尝，不知是鱼肉的鲜嫩，还是调料的妙用，麻辣中带有一股清香，还有一点儿鲜竹笋的野味儿。傣家到底是"过桥"的故乡。我细细品着"过桥"的特有风味，又想起它那美好而动人的传说，心底里是那么满足。

尽管窗外夜幕沉沉，我的心扉却色彩斑斓：满山的红花，挺拔的青竹，漂亮的竹楼，夜幕中桥头的光亮……融成了一幅幅美丽的画。

竹楼里暖得人发热。老婆婆打开了楼窗，伴随着凉爽的风，吹进傣家姑娘那欢快而轻柔的歌声：

    ……
    进了竹楼不想走。
    不想走，就别走，
    搬进傣家的小竹楼！

歌声似是来自河边，且又是那半生不熟的普通话。或许是夜幕中桥头等客的姑娘在给自己壮胆吧？我猜想。

载于《鸭绿江》1983 年第 9 期

秋忆　张峻散文选

孔雀西南飞

　　落墨此题，自已也觉得好笑。汉乐府《孔雀东南飞》，久传于世，本不应弃"东"改"西"的，有什么办法呢？此行滇西南，目睹耳闻，积念日渐形成，且相当顽固。

　　翻越哀牢山，跨过阿墨江，步入风景秀丽的傣族、佤族聚居地区，总有种"孔雀障目"之感。真的，不论城镇或山寨，在欢迎客人的晚会上，总有孔雀舞；观光佤庙或傣寺，厅堂内外的雕梁画栋，孔雀犹如其他庙宇中的金龙，比比皆是。建造于大勐龙西山上的雄伟缅寺，那三百米长的围墙上，全以孔雀雕像镶嵌，色彩夺目；更不用说傣家竹楼上常见的孔雀屏风了。

　　我们还看到了栖居山野里的真孔雀。那是在哀牢山南麓的一个山坳——后来知道那山名叫钢厂冲——离我们十多米远的路边上，一只雄孔雀在悠闲地觅食。周围大片的红芽草，映衬着它那翠绿中透蓝的羽衣，显得格外艳丽、娇美；尤其那披覆在草丛上的长尾屏，似涂着金属光泽，熠熠生辉。司机小李缓缓地停住车，想让我们瞧个仔细，不料倒惊得它紧跑几步，展翅腾空而去，我很惋惜。小李操着川南话劝慰道："愁啥子哟！它总归要朝西南飞，同我们的去向一致，还会见得它的嘛！"

　　"你咋知道它往西南飞？"

　　"哟，这你就是'老外'了，"小李踏动油门，瞥我一眼，"孔雀是南边傣族、佤族人心上的吉祥鸟，他们特爱惜它，也叫它'春鸟'，说它总是追逐着春天。"

　　"春天？"我想到当下的节气，北方已百叶凋零，寒风扰天，愈发不得其解。

小李又得意地冲我一笑："晓得吗？鸟儿的春天，不是啥子节令，它是凭气候的直觉哟！"

可不是嘛！一过哀牢山，就感到气温高热。我把外衣、毛背心全脱掉，只穿件汗衫，还有点儿汗渍渍的。一路上，山那边在收割苞谷，山这边却晚稻青青，还见农民耧着刚拱土的豆苗，埋栽大蒜……噢，难怪《辞源》中记载，在我们浩大的国土上，唯有四季皆春的滇西南才有野生孔雀。我终于回味出"孔雀追春"的含义。这之后，虽然再没见到野生孔雀，但一路走访地质工作者，脑海中却不时浮起那朝西南腾飞的追春鸟儿。

在云雾罩障的鹏山地质队帐篷里，我认识了一位女工程师，她叫郑佳蕙，大家都唤她"郑姐"。她个儿不高，体态健壮而略显肥胖，但她的动作细微处却给人留下年轻、活泼的印象；她那黝黑的圆形脸儿，也总像挂着天真的笑，出出进进爱哼唱歌儿，如若不是亲眼见，谁能相信她已经是十九岁的姑娘的母亲。

在我到来的当天，她收到女儿的电报，说从老家来看她，要她去勐海接站。她慌了，赶忙翻找女儿的近照，并说："若不带上照片，怕是见面也认不出。"我很惊奇，她脸上也流露出天性的疚愧："说起来真对不住孩子，1964年回老家生下她，就扔给她姥姥；她四岁上，我回去看过一回，她只认得照片上的'妈妈'，却叫我'阿姨'。一晃，又十多年没见她了，真……""那，您就不能……"我话吐半句，却被她会意地截住了："整天爬野外，怎么能带她？再说，地质队的条件……"转而，她羞涩地一笑，"不怕您笑话，我跟她爸刚结婚时，有两年是四对夫妻住一个帐篷，中间只挂块油布……"

我哑然地沉思良久。由此，也引起我对她的钦佩和注目。

她生在河北平原，自小却向往大山，中学时酷爱描写探险家的传记、小说，高考时，九个"志愿"她填了八个地质院校。火一般的青春理想燃烧着她，爬过内蒙古的大青山、陕南的太白山，后又到四川金沙江畔参加渡口会战……追逐着祖国腾飞的春天，一步步移向滇西南。地质工作的艰辛始终没磨弱她的豪迈志趣。钻进原始森林，不识东南西北，迷茫中却感到神圣；夜来了，下不得山，火旁做记录、整石样，畅想着大山的未来；每天都被有意味的东西所吸引：白木耳、异果、珍禽、奇花；拉祜族姐妹抱着母鸡同她换念物，她都视为得天独厚的享受……当然，探矿也断不了遇险。有一回，她正挥动钉锤敲岩石，草丛里蹿出大蟒，那蟒奋力地一甩尾，险些把她打进澜沧江。还有一次，她同另一位女同志爬龙喀山，天黑时发现岩壁上有一空洞，便产生了进洞取石样的念头。她让那同志用绳子把她系下洞口，刚在洞前岩台上站稳身，洞里忽然冲出一个黑乎乎的大动物。这时，她脑子里只闪出一个念头：你死我活！就在动物也被她惊呆的一刹那，她使出了全身力气，将那动物推下悬崖。只觉得它肉乎乎的，死沉。至今也说不准是熊还是狼。她同我说起这段险情时，就像讲听来的故事那么轻松。后来，我从别人口里得知：现正开采的、誉满"锡都"个旧的高品位西盟矿石的矿苗，就是他们那次冒险发现的。

是的，祖国新兴的富饶矿区，哪一处不浸透着地质工作者最先泼洒的汗水。我想起了另一位工程师的一段经历。他在荒甸地质队工作，名叫常翼飞，人们开玩笑地说他是名副其实的"长翼"——从祖国东北一翅飞到西南边陲。他是吉林市人，毕业于长春"地校"，四个兄妹都在市里工作，近年来他们都把小家庭建设得很美满，唯有他，半生在西南串山丛。每次回家，兄妹们都劝他："早些调回吉林吧，都快五十啦，老了，哪个单位还收留你？"他也感慨地动过心；可当他乘车南行时，路见座座矿区新城，记忆中那一幕幕豪迈而壮观的场景，像股热流烧遍全身，对自己在滇边正从事的艰苦、荣耀的事业，又充满深情的留恋。

就说渡口这座工业城市吧，现今已是三十万人口的钢城、煤都；可当年他拉着一匹马，驮着简单的勘测仪器，来这里搞"区调普查"时，又是怎样的一幅荒凉景象啊！金沙江水咆哮奔腾，这边没一户人家，江对岸只一间艄公棚和两棵攀枝花树。依照地质的填图设计，他必须直线从这儿过江、采石样。他长声呼唤对岸的艄公，不知是江涛声扰耳还是艄公不在，久不见人影出棚，他只好拉马过江。因不识江水深浅，几次被冲倒，幸遇一麻风病人来引渡，他毫不顾忌地死死攥住这位病人的手……他常想，以后老了，该退休时，找找这里的市长，说声："请收留我吧，是我最先在这儿发现矿线，才有了这座新城……"

说也巧。在我要离开鹂山地质队的前一天，常翼飞也来了，他是去西盟考察锡矿带成因的，顺路瞧看一下这里的老同事。"走吧！"午餐时，他热诚邀约女工程师，"陪我回龙喀山去，再瞧瞧你的老战场。"

郑姐轻摆一下短发："这次失陪啦，这里的地质报告压着手哩！"

"得了吧！你不是怕杀头吧？"常工嬉笑着挥动筷子，在自己的颈项横抹一下。他的即兴表演，引逗得同桌人哄堂大笑。我这个局外人，不知内里的蹊跷，好奇地追问，才又引出女工程师那次岩洞探险之后的一段险情——

她们依据洞穴里的表样，决定在龙喀山背坡凿浅井，筛选砂样。浅井刚凿一米深，闯来四个粗壮的佤族汉子，怒目着用土话喝呼她们一通，丢下一小包火药掺辣椒，走了；她们不摸头脑地继续凿井。下午，那四个佤族汉子又来了，其中一个持着猎枪，暴怒地示意她们停止凿井，还伸直大手在自己颈项一抹，用生硬的汉话喊叫："杀头的！杀头的！"亏得公社干部闻讯赶来，才平息了这场风波。

原来，这一带是西盟佤区最闭塞的高山寨子。新中国成立前寨人皆穴居山上，前些年还"刀耕火种"，历史上延续下来的"杀牛祭鬼""猎人头祭谷"等迷信恶习，至1958年才被废除。虽然这里1969年从半原始状态的"共耕"直接过渡到"人民公社"，但一些人还存有迷信残余思想，害怕挖浅井破了寨子的"风水"。先送火药、辣椒以示警告，后又持枪而来，实是恫吓……我听罢很感兴趣地问："那里的佤族兄弟现在对地质队咋样？"郑姐笑着建议道："你随车去'体验'嘛！"

过午，我们离开雾散山青的鹏山营地，当晚宿在西盟。翌日，便"一山过后一山迎"地钻进龙喀山丛。尽管山路弯弯，步步攀高，路面还算宽阔、平坦，时见拉矿石的汽车、拖拉机往来。快接近那远远的山寨时，山道明显地狭窄了，也常遇手扶拖拉机和担竹筐运矿石的佤族男女。常工告诉我："西盟开发资源的门路就是采矿石，有国营开采的，也有社队企业开采的，送到公路边运输点，每吨一万四千元，若用汽车直送个旧镇，每吨升价多一千元；近些年西盟可富了。"

车还没进寨子，就被一群穿着漂亮网裙的佤族姑娘围住了。那一张张神采飞扬的笑脸，使我一扫行前的遐想。有位姑娘认出了常工，她蹦跳着，用不太准确的汉话打问郑姐怎么没来，又打着手势说："呶请她，阿爸的……甘蔗、孔雀翎用……"常工看出我没全听懂，笑吟吟地给我翻译："她是说，她阿爸给郑工留着甘蔗和孔雀翎哩！这是佤族人表示友好的高贵礼物，专送给为他们带来幸福的人。"

晚上，月朗星稀。寨子里举行了欢迎舞会，姑娘、汉子们边唱边舞。有一曲十分优美、动情的歌，特好听。经过翻译，我在本子上记下几句：

> 飞来的孔雀哟！
> 你不是神鸟，
> 可比神鸟更精灵。
> 赶走了"魔巴"，
> 衔来了甜果，
> 在阿佤山寨洒遍了欢乐……

载于《河北日报》副刊《布谷》1983年9月20日

追船的云儿

　　自信，夜空是晴朗的。西边，远远地走着一颗星；然而天却是铅灰色的，像淡墨刷过的幕布。海水该是蓝的，微风泛漾起粼粼浪波；然而海面却是黑色的，像刚犁过的肥沃大地。此刻是凌晨4:10，蒙眬中离舱时我看过表，不知是被谁喊醒的，只听得："快起，看日出去！"

　　人们都聚拢到船尾的甲板上来了。有的胸靠船舷，有的背手直立，面向朦胧的东方。人们都穿上御寒的外衣，连爱漂亮的、白天只穿半袖长裙的少女，也随手抓来舱铺上的薄毯，披在身上，毫不顾及自己在人前的形态了。还有两位中年男子，不知是作家还是画家，胸前抱着个大本本，操笔待写。然而海风和晨星都提醒大家：是不是起得过早了？

　　谁都不愿意回舱，生怕错过那一瞬间，随便地看海、看星、望云。

　　云是黑的，偏北方向的高空只那么几朵。可在人们的眼里，又是形态各异。有人说，那是撒在草滩上的几头猪；有人说像牛，最前的那朵大些的头上有角；又有人说全不对，那是猴王驾着祥云头前引路，后面的那几小朵，自是他的师父和兄弟们了……

　　"呀！又起来一大朵，像在追我们！"

　　"哪里？许是船上排出的烟气。"

　　"哼——嗯——烟气升到高空会变云的，我在一本书上见过。"

　　"不对！烟气会被风吹散的。"

　　"要是吹不散呢？你看呀，后面那几朵也像在追我们……咋办呀？"

　　这娇柔、忧虑、童稚般的少女嗓音，发自人丛当中，引起人们的笑声。听语声怪熟的，侧目过去，果然是我的同舱客友小艾姑娘。她虽然有点儿孩子气，却已进入青春妙龄。晨曦中，只见她猴蹲在一个没缠缆绳的缆墩上，双手拢在下颏，紧紧揪扯着披身的薄毯角，长发垂悬着，仰面盯望半空中的游云。伴在一旁同她争论的，是一位细高个、乌发被风扰动着的男青年，他也和我住同舱，小艾唤他大新，是北京某水泵厂的。闲谈中，得知他和她是婚期旅行的一对。披毯片的小艾姑娘满不在乎周围客友的侧目斜视，仍以不低不高且很急迫的语气跟大新较真："哎，你倒是说呀？我真怕……"

"怕啥！"大新难耐地截断她。

"云是风暴的尖兵，你不怕？"她似是强调担心的必要性，又转脸冲大新加了一句，"要知道，这是海上！"

人丛中发出低低的笑声，但很难判断出发笑人的心境。

"姑娘，这种云是不会起风的。"一位戴海员帽的瘦脸中年人加入了这场争论，话语略带轻笑声，"清早有这种云并不可怕，怕的是过午的疙瘩云；再就是有那么一种孤云……"

"呀！前面这朵算不算孤云？"

"不，这该算是祥云，预示今儿是航行的好天气，俺们海员就喜欢和这种云做伴。"

小艾姑娘长出了一口气，但仍不错眼珠地盯瞅追船的云朵："那，它为啥黑得吓人？"

中年海员笑笑，也仿学姑娘的口气："那，这会儿天为啥灰苍苍的，不露真面目？"

小艾被海员的趣话问笑了，笑声压过了涛声。我却生奇地、久久地凝视着这位怕云的同舱客友。

其实，"天潭"号在大连湾没启航时，她就是个引人注目的人物了。不全是因为她那披肩的波浪头，颈下的镀金项链，主要还是她那乳白色的紧腰长裙，一刻不停地摆动着。她看这瞧那，身影晃进蓝海里，宛如晴空游动着的一朵白云。过午3时许，船离港不久，海面上有点儿风，船在海浪上颠簸着。她不顾船身起伏，飘飘然地扶舷奔向颠簸较厉害的船尾，身体随船起伏着，笑望着海面。海水是墨绿色的，荡漾着波浪，低沉下去就像沟壑，高耸起来又像山峦。船尾拖出一条水路，泛起银白色的浪花。海鸥追逐着船儿，在浪花上翻翔。"快！快！"小艾抖动着白色长裙雀跃，催促挎相机的大新快对光圈。她转身背靠船舷，让她那柔玉般的倩影留在海鸥翻翔的浪花上。然而，这充满青春活力的姑娘还不满足，又将大新拉到她的近前，两个人相互扶肩紧紧地偎靠，求我替他们拍下这难得的幸福留念。

"走！逛'海上商店'去！"

"走！到服务厅去，定定下步的旅程。"

"走！到餐厅去！"

"走！到船头去！"……

我们虽住同舱，她没在舱位静坐过两分钟，总像浮云似的飘然流动。她的眼神总那么欢快，充满着新奇感，仿佛乍到一个奇异的世界。

晚餐时，我们在餐厅里相遇了。许是那舒适的临窗座位，或许是那盘清甜的凉拌西红柿和两杯啤酒，使得她能与我同坐十几分钟；然而这中间她没容我和大新说一句话，全是她的滔滔不绝的赞美声。

"船上生活太美了，真像一座小城！"

"百货部虽说不大，货还真全……"

"服务厅也气派，赛过大旅社的接待大厅！"转而她又赞美餐厅，说她目测过，足有五十平方米，二十张桌排四行，漆布转椅，比北京的二等餐馆还宽敞。

"呀！售货台上的海味可多哩：熘对虾、拌鱿鱼、拌海蜇……这儿的服务态度也好。我们这顿饭，就是服务员给搭配的，两个人才花八角钱……哎！您倒是快吃啊！别误了看晚霞……"没等我吃完，她就飘飘然地拉大新离去。

太阳往大海里沉没，有皱纹的波浪上形成片片金鳞，在变幻，在闪烁，时而发亮，在我们与太阳之间铺出一条金色的大路。很快，海面上只见半个红盾，还仿佛不愿沉没似的，骤然间喷射出万道金光。"呀！天红了，海红了！"离我不远的船舷旁，小艾又在雀跃、呼喊，"瞧呀，我们也红了！"我清晰地瞧见，这一对尽披红霞的恋人，正手扶船舷相对狂笑。小艾姑娘忽然扫见了我："老同志，电影快开演啦，《特殊的战争》，您看不看？反正我看！"话音未落，她那么匆忙地奔入船舱，染着霞光的白裙一闪不见了。

我没动身，电影我看过，我更想看看这紫红的波涛怎样消失。然而在我眼前闪动的，总是一朵白云般的心灵翅膀……

云儿在追逐着船，她在追逐什么？人处在美好的生活意境中，都会提防不测的风云吗？

昨晚最后从西边沉入海底的紫云，终又从东方的海面上隐现，开始是薄薄的一缕，紫中透黑，分着层次。不一会儿，黑变紫，紫变红……啊！天也在变，呈灰白色；云也不那么黑了，尽管它还在拼命地追逐我们。这时，我发现这位年轻的客友已不再留意云朵了，而是静目注视着东方。一瞬间，海面冒出个血红的边儿，顶破薄纱似的红云，渐渐升腾。很快，又变幻成半圆状，就像投到海面上的、殷红的降落伞；眼一眨，一个浩大的、扁圆形的红灯笼，像是刚从水里捞出，给人以水灵灵的透明之感。"灯"下那垂滴的红水，尚在海面上流淌……

啊！第一道霞光，重又射在海洋上，照出一条金箔似的路。

不知是什么时候，小艾甩掉肩上的薄毯，挤向船舷边，欢快地揿动起她那小相机，时而也翘首望天。此刻，晨空湛蓝，和海水一样。那几朵追船的云儿，也像小艾一样，换上白玉似的新装。姑娘似是大可放心了，望着冉冉升腾的、慈祥的太阳，一个劲儿地傻笑，神色是那样无忧无虑，